CB139993

CHRISTINE M.

ENQUANTO A CHUVA CAÍA

Novas Páginas

Copyright © 2010 Christine M.
Copyright © 2014 Editora Novo Conceito
Todos os direitos reservados.

Esta é uma obra de ficção. Nomes, personagens, lugares e acontecimentos descritos são produto da imaginação do autor. Qualquer semelhança com nomes, datas e acontecimentos reais é mera coincidência.

1ª Impressão — 2014

Produção Editorial:
Equipe Novo Conceito
Impressão e Acabamento Mark Press 160414

Este livro segue as regras da Nova Ortografia da Língua Portuguesa.

Dados Internacionais de Catalogação na Publicação (CIP)
(Câmara Brasileira do Livro, SP, Brasil)

M., Christine
Enquanto a chuva caía / Christine M. -- Ribeirão Preto, SP : Novo Conceito Editora, 2014.

ISBN 978-85-8163-447-0

1. Ficção brasileira I. Título.

14-02858 CDD-869.93

Índices para catálogo sistemático:
1. Ficção : Literatura brasileira 869.93

Novas Páginas

Rua Dr. Hugo Fortes, 1885 — Parque Industrial Lagoinha
14095-260 — Ribeirão Preto — SP
www.grupoeditorialnovoconceito.com.br

Às minhas queridas filhas,
para que jamais se esqueçam de que
o amor é a única fonte inesgotável da vida.

Agradecimentos

Há tanto e tantos a agradecer que seria impossível nomear cada pessoa que me incentiva, acompanha e alegra. Um enorme obrigada aos que me seguem pelas redes sociais e fazem parte da minha vida de maneira tão doce e presente.

Agradeço aos meus pais por cuidarem de mim no sentido mais genuíno e profundo da palavra cuidar.

O meu carinho eterno aos meus leitores beta – Caleb Henrique, Mariana Mortani, Martha Ricas, Matheus Santos e Priscila Souza –, por rirem e chorarem comigo. Por darem o seu melhor quando recebem o meu melhor.

Obrigada, minha amiga Tammy Luciano, por acreditar na verdade das minhas linhas e no sentimento que nasce em mim, morre no papel e renasce nos olhos de quem me lê.

Agradeço também ao meu editor, pela credibilidade, e ao Grupo Editorial Novo Conceito, por tornar o selo Novas Páginas a minha casa.

Àqueles que dividem os dias comigo, que conhecem a luta, os recomeços e os esforços, só posso dizer uma coisa: mais uma vez, nós conseguimos!

"Já que sou, o jeito é ser."
(A *Hora da Estrela*, escrito por Clarice Lispector)

"Enquanto houver você do outro lado
Aqui do outro eu consigo me orientar
A cena repete a cena se inverte
Enchendo a minha alma daquilo que outrora eu deixei de acreditar."

("O Anjo Mais Velho", de Fernando Anitelli,
interpretada por O Teatro Mágico)

Dúvida. É isso que te faz sair de onde está. É a dúvida, e não a certeza, que te tira o sossego e bagunça o que estava indo perfeitamente bem. Foi uma dúvida que me fez sair da cama, em plena madrugada, andar a passos lentos e silenciosos em direção àquela pasta. E agora essa mesma dúvida me faz parar e temer o que vou encontrar dentro dela, pois, seja lá o que for, sei que pode me fazer perder de vez o homem que amo.

1

Três anos antes

Porto Alegre, Rio Grande do Sul, Brasil

A única coisa que eu não consigo controlar em situações de crise é o batimento cardíaco. Eu faço o que tenho que fazer: interrogo, bato, invado esconderijos e até mato. Tudo bem para mim. Só que faço tudo isso com o coração latejando na minha carótida. Fico calmo, dou até risinhos, mas a veia atravessada no meu pescoço parece querer saltar pele afora, e isso me enerva.

Encaro o traficante que fugiu de São Paulo sem cumprir seus acordos e me pergunto se ele percebeu meu batimento acelerado imaginando que essa reação física denota nervosismo. Não sei quem ele é, nem o que fez. Apenas sei que meu telefone tocou no meio da noite e a missão me foi dada. Não faço perguntas, quer dizer, a única que faço é quanto vou receber. Depois, me mandam um envelope com as instruções e o dinheiro. Recebo adiantado; minha fama atual me permite esse capricho. A quantia é boa e ainda vai dar para visitar minha irmã em São Leopoldo, interior do Rio Grande do Sul, uma cidadezinha que não conhece meio-termo e que te cozinha e te congela na mesma proporção. Só por isso estou aqui, e, não se engane, não estou nervoso.

O cara está dificultando minha vida, então decido levá-lo para dar uma volta. Nada como passear no porta-malas e ser tirado de lá no meio de um matagal sem iluminação para ajudar a resolver problemas de memória. Embora eu o encare e perceba que ele é um daqueles que morrem sem dizer nada, decido seguir com o roteiro. Sem problemas se ele resistir, mas tenho que cumprir o prometido. Se ele vai morrer, será por não aguentar e não por eu ter desistido de fazê-lo falar.

Antes que ecoem gritos de piedade, deixe-me explicar: eu não sou o vilão. Esses canalhas que passeiam no meu carro e me fazem gastar punhos e balas são, quando bons, bandidos. Eu lido com o pior, e lido com os dois lados. Trabalho para a polícia, mas não sou policial. Sou eu quem limpa a sujeira que já estava embaixo do tapete e sou eu quem, não raramente, aumenta esse lixo também. Não há um termo oficial para o meu cargo, e eu não apareço na folha de pagamentos. Você já deve ter ouvido falar em informantes. Só que eu não apenas informo; eu também resolvo. Entende? Pense em um informante com benefícios. Eu sou esse cara.

Não lembro como comecei. Acho que meu primeiro caso não foi bem uma informação, e sim uma questão pessoal. Minha mãe, que Deus a tenha em um lugar onde não possa me ver durante o trabalho, prestava serviço em uma padaria que muitas vezes não tinha pão porque faltava farinha. Aparentemente, o tipo de pó lá era outro. Eu devia ter uns quatorze anos e vi o cara arrastando minha mãe pelo braço. Fiquei uma semana escondido só olhando o movimento, anotando horários, a descrição física de quem entrava e saía e marcando as placas dos caminhões que pareciam entregar e retirar produtos. Depois, fui até a casa do único policial civil que eu conhecia: meu tio. O resto é história, batida, polícia e tiroteio.

Tentei entrar para a corporação, mas me disseram que eu era bom no que fazia, e a diferença no dinheiro que ganharia nem me deixou pensar duas vezes. Aceitei essa vida dupla, tripla e sem muita regra. Não tenho nenhum problema com o tipo de vida que levo.

Para dizer a verdade, fico imensamente mais tenso na mesa que ocupo como advogado do que de madrugada, *limpando a cidade*. O problema é que a coisa anda piorando para o meu lado. Prestei serviços demais, matei demais, descobri coisas demais e agora tem gente atrás de mim. Querem me dar uma nova vida, aposentadoria com louvor, disseram que seria uma folha totalmente em branco para eu começar de novo, mas não sei se me animo com essa ideia. Não sei o que fazer com uma folha em branco. Não escolhi muito bem na primeira vez e, pelo que sei, sou exatamente o mesmo. O que garante que não vou me encrencar ainda mais?

O cara não fala o que eu preciso saber e está agonizando no chão. Jogo-o de volta no porta-malas, decido levá-lo para São Paulo e entregá-lo para quem se interessar, mas penso em Clarice e atiro nele de uma vez. Esse cara não vai conseguir atrapalhar meu fim de semana de folga. Vou para São Leopoldo comer churrasco e brincar com meus sobrinhos. Jogo o cara de volta no chão. Preciso me distrair menos enquanto trabalho, para evitar ficar carregando em vão um homem de um metro e setenta e que pesa uns oitenta quilos. Jogo gasolina e taco fogo. Missão cumprida. Menos um excremento no mundo. Quanto ao que ele não disse, tudo bem. Outro dirá. Uma hora eles sempre dizem...

Ligo o carro e saio calmamente, nem me lembro da veia saltadora. Talvez este seja o meu último serviço, ou quem sabe o penúltimo... Ainda tem muita munição lá em casa.

2

Manhattan, Nova York, Estados Unidos

As pessoas deveriam estar me oferecendo chá e seus mais profundos sentimentos, mas um trio de advogados está discursando sobre os bens da família, a empresa e minhas responsabilidades. Todos sabiam que isso aconteceria. Meu pai está doente há bastante tempo e, ainda que tenha tentado manter tudo como estava, não conseguiu. Honestamente, por mais que eu não queira estar sentada nesta cadeira agora, a ideia de que ele está mais livre e sofrendo menos me consola. Se é preciso que eu caia no centro deste furacão para que ele possa descansar, tomar remédios mais fortes e ter um pouquinho de paz, tudo bem.

Distraio-me por um instante e me recordo da primeira vez em que encontrei os olhos perdidos do meu pai. Estávamos em uma reunião importantíssima e ele parecia estar sonhando acordado ou dormindo sem ter se deitado. Quando voltou a si, ele arranhou a garganta, pediu licença e se ausentou por alguns instantes. Naquele dia eu soube que algo extremamente grave estava acontecendo. Infelizmente eu estava certa. Era Alzheimer, palavra que dispensa maiores explicações. Meu pai começou a se dividir entre o nosso mundo, o nosso tempo, o nosso espaço e o mundo dele, em que onze horas da noite pode ser um excelente horário para tomar café da manhã na cantina da universidade. Ele começou a olhar para o escritório procurando sua espingarda. Só a mamãe entendeu que ele pensava estar na cabana de caça em que costumava passar parte das férias com os amigos. Na maioria das vezes, o mundo de papai é só dele, e ele tem passado tempo demais por lá. Agora, cabe a mim cuidar do mundo real e de tudo o que ele deixou do lado de cá.

Um dos homens estica um papel para mim e eu vejo o nome da minha mãe escrito nele. Trata-se de uma procuração me dando plenos poderes para representá-la na empresa. Estou triste. Posso ajudar neste momento. Sei que sou capaz de dar andamento aos nossos negócios; estou familiarizada com tudo o que envolve a nossa empresa, e é como se eu tivesse passado a vida me preparando para esta missão. É que vislumbrar o fim de uma era me dói. Ver meus pais andando pela casa entre enfermeiras é tão estranho... Eles não parecem apenas infinitamente mais frágeis fora do escritório: parecem menores, mais pálidos e muito cansados.

Sinto falta de ver minha mãe atrás dos óculos dando ordens e fazendo os números de nossa conta bancária aumentar. Eu sabia que, no fim do dia, a satisfação estava em seu olhar mais pelo desafio vencido do que pela cifra atingida. Ela agora cuida do papai, e seu maior desafio é não enlouquecer com a nova função. A palavra "cuidar" nunca esteve presente nos discursos feitos sobre a mamãe. Não no sentido "cuidar de gente", pelo menos.

Assino os papéis e penso em Adam. Se pudesse estar aqui hoje, ele estaria encostado em uma das paredes, me olhando com ar de admiração e achando graça. Não posso deixá-lo em meu pensamento por muito tempo, pois, cada vez que imagino um sorriso dele, sinto as forças se derramarem sob meus pés... Não posso fraquejar. Não agora, não aqui.

Para espantar qualquer possibilidade de lágrimas e constrangimento, pergunto se há mais algum papel que ainda precise ser assinado, e todos dizem que não. Levanto-me e os convido a se retirar. Enquanto seguem em direção à porta, ainda me perguntam se eu tenho alguma dúvida. Tenho vontade de dizer que adoraria saber em quanto está a aposta dos funcionários que acham que eu vou falir a empresa em três meses, mas opto por negar, balançando a cabeça, e esticando a mão em uma despedida formal e definitiva.

Fecho a porta e me jogo na cadeira de encosto alto. De repente me sinto perdida. A maior parte da minha vida foi passada nestes corredores, nestas salas, dentro deste prédio, mas parece que acabei de chegar. Sinto-me como uma criança que balança os pés e gira sentada na cadeira de trabalho do seu pai. Talvez seja exatamente isso. No entanto, está feito. Sou a nova CEO da mais respeitada empresa de auditoria do Hemisfério Norte. Melhoro a postura e tento, aos vinte e cinco anos, me convencer de que colocar todo o patrimônio da nossa família nas minhas mãos não é uma absoluta loucura. Tento não deixar transparecer que, internamente, estou paralisada e assustada. Pior e mais perigoso do que temer seria deixar alguém conhecer esse medo.

3

HOJE

"Esse humor
É coisa de um rapaz
Que sem ter proteção
Foi se esconder atrás
Da cara de vilão."

("Cara Valente", de Marcelo Camelo,
interpretada por Maria Rita)

— Ei, acorde!

Eu não quero acordar, não quero estar aqui e nem quero a minha irmã me tratando feito uma das crianças. Mas há dez meses, em um dos meus milésimos últimos trabalhos, fui baleado e foi sério. Quando saí do hospital e soube que ficaria de licença por um tempo bem maior do que imaginava, corri para a casa da minha irmã. Ok, eu sei, fiz o que faria uma das crianças. É por isso que ela acha que tem que me acordar na hora certa, me fazer comer direito e tomar sol. Eu a entendo, mas não deixo que ela saiba. Afinal, ela já é mandona sem que eu lhe dê razão. Se der, eu estarei perdido.

Acordo, levanto e sigo o ritual da casa que não é a minha, mas que sempre me acolhe em períodos difíceis. Não existiram muitos períodos assim: um despejo, uma mulher e agora esse tiro. O despejo aconteceu há muito tempo, quando eu era um universitário falido e prestava poucos e fracos serviços para a polícia. Um dia, cheguei em casa e minhas coisas estavam na calçada. Olhei em volta e percebi que só tinha um lugar para onde ir. Felizmente, minha irmã ainda morava em São Paulo naquele tempo, porque o dinheiro que eu tinha no bolso só dava para uma passagem de metrô. A mulher foi a Luciana, minha segunda namorada e a garota mais bonita que eu já tive. Seu único problema era ser filha de um juiz. Mesmo assim, com tanta perfeição, brigávamos feito cão e gato, e acho que era por isso que não desgrudávamos um do outro. Perdi o chão quando ela desapareceu durante o julgamento de um traficante, e, mesmo seu pai tendo sido afastado do caso e seu substituto tendo facilitado as coisas para o malandro, ela nunca mais apareceu. É claro que eu matei o bandido. Meus serviços estavam mais avançados naquela época, e não foi difícil conseguir visitar o presídio e passar uns dias *cuidando* dele. Todavia, tirar alguém do mapa não apaga o que já foi feito, e daquela vez não foi diferente. Nada a trouxe de volta ou diminuiu a dor que eu estava sentindo. Portanto, só por precaução, nunca mais voltei a me apaixonar. Quanto ao tiro, foi um descuido. Eu estava com pressa; ia passar a final do campeonato na TV e eu queria voltar para casa depressa. Acabei queimando etapas. Minha distração serviu ao inimigo, e eu aprendi que minha soberba ainda vai me custar a vida. Anotado: nunca mais trabalho em dia de final de campeonato.

Enquanto tomo café, as crianças correm para a garagem, de onde meu cunhado grita para se apressarem. Minha irmã trabalha em casa desde o tempo em que percebeu que ter gêmeos e manter um emprego convencional custaria mais do que deixar seu antigo cargo de recepcionista em um hospital. Além disso, os horários não ajudavam. No fim, foi bom para todo mundo. Com o tempo ela foi se organizando e hoje usa sua experiência para ajudar outras grávidas e mães a organizar chás de bebê, batizados, festas de aniversário e o que mais pedirem. Ela parece feliz. Parece cansada também, mas quem não parece hoje em dia?

– Está entediado? – ela pergunta, interrompendo meus pensamentos.

– Eu vivo entediado – disfarço.

– Desculpe a correria desses dias.

– Imagine! Está tudo ótimo. Eu é que sou um quase trintão mal-humorado, pendurado na barra da saia da irmã mais velha porque está dodói.

– Não é verdade! Pelo contrário, Erik, você sempre foi cheio de graça e eu já te vi em momentos piores... Além do mais, você ainda tem três anos até chegar aos trinta. Não se envelheça, porque a consequência é me envelhecer junto.

Não resisto e dou uma piscadinha, acompanhada do meu sorriso mais canastrão.

– É disso que eu estou falando – ela diz, entre risos.

– Desculpe estar mais ranzinza do que o normal, Clarice. Só sinto falta da minha vida.

– Daquela na qual você levou um tiro?

– É. Principalmente daquela.

Clarice sacode a cabeça de um jeito lento e doce. Acabo me lembrando de nossa mãe, que fazia exatamente igual quando me ouvia dizer uma bobagem muito grande. Sinto saudade.

– Você não disse que estão querendo te aposentar?

– É verdade. Uma hora vai acontecer, mas acho que está cedo... Só faz oito anos.

– Que eu me lembre, você está nisso desde os quatorze, e isso é bem mais que oito anos. – Ela se levanta, retirando as xícaras.

– Eu sei, eu quis dizer "mais ativamente"... – Estou disfarçando, pois Clarice não conhece os detalhes do meu trabalho, nem sabe que ele mudou radicalmente há oito anos. Ela acha que eu só fico de olho, mantenho os contatos e forneço informações.

– Olha, você estudou... Não foi fácil nem pra mim, nem pra você, mas você conseguiu. É advogado, passou no exame da ordem, ainda é jovem e mais bonitão do que merece. Então, vê se faz algo de útil na sua vida, meu irmão.

– Eu faço. Sou consultor. E sou só por saber que você se sacrificou para me manter na faculdade depois que a mamãe morreu.

– Não faça por mim, faça por você, criatura. – Ela respira fundo e desfaz a expressão contrariada. – Agora chega desse papo, porque os meus filhos têm cinco anos e não vinte e sete... Além disso, você é meu hóspede e eu não devo me zangar com os convidados.

– Está parecendo o seu marido.

– Estou mesmo... Ele diria isso se estivesse aqui.

– Vocês dois estão iguaizinhos aos nossos pais. Daqui a pouco vão estar iguais até fisicamente.

Ela sorri. Não sei se por lembrar da harmonia da nossa casa ou pela breve sensação de felicidade por estar construindo um lar tão forte quanto foi o nosso.

– Você pode me fazer um favor? – ela pergunta, dispersando os pensamentos.

– Claro.

– Acha que consegue dirigir? Queria que levasse o meu carro para a revisão. Tenho tanta coisa pra fazer, e, pra completar, hoje as crianças chegam mais cedo.

– Sem problemas. Vai ser bom dar uma volta.

– Ótimo. Obrigada. Tenho que dar uns telefonemas. Estou lá em cima, se precisar de mim.

Clarice seca as mãos, se apoia em meus ombros e beija o topo da minha cabeça. Gosto dela! Não é aquele gostar forçado pelo grau de parentesco; eu gosto mesmo, de verdade. Aprecio sua companhia, sua conversa e seu jeito autoritário sem ser insuportável. Só a Clarice consegue te dizer coisas duras sem te deixar nervoso. Ela é capaz de te chamar de cretino e ainda te fazer agradecer por ela te mostrar o tamanho da sua própria cretinice. Se ela não fosse minha irmã, eu arrumaria um jeito de fazê-la minha amiga, pois não consigo imaginar minha vida sem seus telefonemas esporádicos, seus e-mails bobos e suas preocupações diárias. Ela é o que sobrou da nossa família feliz.

Papai morreu quando eu tinha doze anos. Teve um ataque cardíaco fulminante. Mamãe nunca mais foi a mesma depois de perdê-lo, mas se manteve firme enquanto pôde. Lamentavelmente, a tristeza só levou seis anos para carregá-la também. Clarice já era casada, mas ainda não tinha os meninos, e foi ela quem me ajudou. Morávamos em um bairro difícil, pobre e com todos aqueles problemas sociais que os jornais dizem que a periferia tem e mais alguns que não vendem notícias. Quando o marido de Clarice foi transferido para o Sul, fiquei desolado. Eu sabia que estava perdendo o meu único refúgio, mas tratei de esconder esse medo e a apoiei sem vacilar. Vê-la saindo dali e tendo a chance de construir algo novo, melhor e mais promissor era tudo o que eu queria. Obviamente, eles quiseram me arrastar junto. Disseram que eu poderia me transferir para outra faculdade e morar com eles, mas eu decidi que era hora de dar uma folga e deixá-los construir sua própria família. Além disso, foi nessa mesma época que meu trabalho começou a esquentar, e eu tinha planos de me mudar em breve também. Foi o que aconteceu bem pouco tempo depois de eles partirem.

Dirijo pelas ruas agora ensolaradas de São Leopoldo e tenho vontade de abrir os vidros, mas o vento está congelante e eu logo desisto da ideia. Paro no sinal vermelho e vejo um casal atravessando a rua e entrando em uma mercearia. Olho para o relógio e me pergunto que tipo de vida leva alguém que tem tempo de ir fazer compras às dez da manhã de uma quarta-feira. De mãos dadas, ainda por cima. Penso em Clarice me pedindo para fazer alguma coisa útil. Talvez seja hora de manter uma rotina mais estável, abrir um escritório, formalizar meu serviço de consultor, comprar um apartamento em um bairro tranquilo e correr no parque aos domingos. Parece tão perfeito que talvez eu tenha tirado essa cena de algum desses filmes que passam na TV. O sinal esverdeia e eu volto a dirigir. Acho que não conseguiria. Estou aqui há pouco tempo e já estou quase definhando com a monotonia. Estaciono e um rapaz sorridente vem em minha direção.

– Você deve ser o irmão da Clarice – ele diz, estendendo a mão e mostrando um pouco mais os dentes.

– Sou. Erik, prazer.

– Todo meu. Gostando da cidade?

– É adorável. Calma feito um domingo interminável.

Ele ri e parece não entender o que eu disse. Entrego as chaves e recebo a informação de que ele levará pelo menos uma hora para me devolver o carro.

Olho em volta e não sei o que fazer. Do outro lado da rua tem um restaurante que acabou de abrir as portas. Atravesso e entro. Pelo menos está quente aqui. Peço alguma coisa e volto a olhar a rua por uma das janelas. É tudo tão parado, tão bucólico. Sei que não conseguiria ter uma vida pacata, mas quem sabe eu conseguisse um meio-termo... Algo que não envolvesse telefonemas, envelopes e pagamentos em dinheiro. Eu precisava desacelerar, correr menos riscos. Talvez conhecer alguém, ter uma família... Opa, opa! Olho para o copo e penso que não devia beber tão cedo. Cheiro o líquido âmbar que rodopia no copo e decido que só pode ser isso que está causando esses pensamentos amolecidos. Ou talvez tenham sido as vozes dos meninos enquanto corriam alegremente para a garagem ao encontro do pai, hoje de manhã, ou as mãos de Clarice sobre meus ombros, com tanto cuidado e afeto. Felizmente o celular toca e me arranca desse momento sentimentalista e totalmente constrangedor. Olho para o visor e sei quem é.

– Deu saudade?

– Você está bem?

– Novo em folha.

– Você precisa voltar. Tenho que falar contigo pessoalmente.

– Pessoalmente?

– É.

– Eu aviso quando estiver de volta. Pode me mandar um mensageiro, como de costume. Não precisa me trazer flores e chocolates. Estou bem. É sério.

– Não. Quero te dar instruções pessoalmente.

– O nome disso é sau-da-de – debocho.

– Já que você não morreu para me poupar das suas gracinhas, volte ao trabalho e não me faça lamentar por você ter escapado de mais essa. – E desliga.

A adrenalina corre pelo meu corpo, e o meu coração salta no pescoço. É isso! Sinto-me vivo! Todo aquele papo sobre acalmar o cotidiano se esvai. É no perigo que eu me sinto em casa, e é na bagunça das minhas identidades que eu sei quem sou. Talvez nos acostumemos com qualquer rotina, qualquer vida, e acabemos criando involuntariamente uma teia em volta de tudo que consideramos nosso. Talvez fiquemos cegos, trancados ali, iludidos pela segurança que parece oferecer tudo o que nos é familiar. Não importa: para o bem ou para o mal, a gente quer o que já conhece, o que não gera receios ou insegurança. Nesse instante, não quero saber se há alguém mais feliz do que eu, se eu poderia ser mais feliz do que sou ou se essa estupidez de felicidade realmente existe. Só sei que essa é a minha vida e eu estou de volta, baby! Hora da ação!

4

"Não vale a pena sangrar por sangrar,
Crescer de véspera
Fugir
Diante das palmas
Lembrar de rolar um pranto, enfim..."

("A Culpa", de Fred Sommer e Aureo Gandur, interpretada por Os Varandistas)

— Parabéns, Marina!

Não costumo fazer festa nem nos meus aniversários, mas agora me vejo com uma taça nas mãos recebendo os cumprimentos dos outros sócios. Até as minhas secretárias me compraram flores hoje. Eu entendo que um ano como CEO, aparentemente, mereça ser comemorado. Obviamente, qualquer um que olhasse os números diria que, na verdade, flores e champanhe não parecem suficientes para essa comemoração. Devia haver fogos de artifício colorindo o céu neste exato momento. Isso sim seria digno dos nossos novos números!

Mais uma mão se estende, interrompendo meus pensamentos, e eu tento sorrir com gentileza. Por que é tão difícil me sentir realmente feliz, satisfeita? Dei conta do trabalho e surpreendi todos aqueles que imaginavam que eu desistiria em quinze dias. Eu consegui! Mais do que isso, aumentei o faturamento, diversifiquei os negócios e fiz mais contratações do que nos últimos dois anos juntos. Todos estão com um sorriso de orelha a orelha.

Olho para o lado e vejo James, meu amigo desde que eu tinha dez anos, conversando com outros funcionários. Lembro-me de vê-lo pela casa. Ele tinha vinte anos na época e vivia pendurado no meu pai, andando pela empresa e fazendo tudo o que eu faria quando chegasse a minha vez. Ele é parte deste sucesso. Esteve ao meu lado, me apoiando, enquanto, de portas fechadas, eu tinha crises nervosas e sofria de medo. Levanto a taça em sua direção e inclino a cabeça. James imita meu gesto e sorri. Nós nos entendemos desde sempre e ele ainda está aqui. Espero que fique por muito tempo. A vida tem mania de me dar pessoas maravilhosas por prazos insuficientes. Foi assim com a vovó Martha, com o papai e com Adam. Espero que pare por aí e que as pessoas que estão na minha vida neste momento permaneçam por mais tempo. Por um tempo longo, seguro e tranquilo.

Encerro a reunião com jeito de confraternização, e todos começam a se retirar. Dou algumas instruções para Karen, minha assistente, e faço um sinal para que James me encontre na minha sala.

Antes que ele chegue, olho os e-mails e respondo algumas mensagens. Retiro levemente os pés de dentro do sapato e relaxo. Entre as mensagens há um convite para o aniversário de Melissa, que eu tento ignorar. Ando tão cansada dessas reuniões do pessoal da faculdade. Você é obrigado a ser amigo de alguém para sempre só porque ele foi seu grande amigo um dia? Gosto das lembranças, do que vivemos e aprendemos juntos, mas a maioria mudou tanto que mal reconheço. Os encontros se tornaram enfadonhos, e sem Adam é pior ainda. Suspiro e marco a mensagem para respondê-la mais tarde. James entra e se joga em uma das cadeiras na minha frente. Depois, estica as pernas, apoiando um pé sobre o outro, e coloca as duas mãos na nuca, erguendo os cotovelos e parte de seu paletó.

– Sabe o que isso significa, Marina?

Ergo a sobrancelha e estico o canto dos lábios.

– Folga! É isso que significa. Desliga isso e vai embora – ele diz antes que eu possa responder qualquer coisa.

– Já estou indo. Vim só dar uma olhadinha nos e-mails.

Ele se ergue ligeiramente e bate uma mão na outra, fazendo um estrondo.

– Ótimo, então estou dispensado.

– Que pressa é essa, hein? Pode me explicar?

– Loira, alta, carente e vou *te* poupar das medidas para *me* poupar do seu sermão.

– Entendi – respondo, sorrindo, e ele pisca para mim.

James é o sonho da maioria das garotas que estão loucas para casar: bonito, atlético, gentil, loiro – com aquele ar de príncipe – e podre de rico. Só que ele quer todas as mulheres de uma vez, e nem sabe que a palavra "casar" existe. Grande dilema.

– Ok, *Don Juan*. Eu só queria agradecer você. Você foi importante em todos estes anos, mas nos últimos você se superou. Obrigada.

– Amanhã você me paga um jantar e estamos quites.

– Um jantar? Como você é barato... – brinco, balançando a cabeça e estalando a língua.

– Agora você disse uma grande verdade, minha amiga. – Ele se aproxima, beija minha bochecha e coloca os lábios a centímetros da minha orelha. – Eu sou beeem facinho.

Dou um tapa em seu ombro e ele sai correndo ao encontro de mais uma loira, se bem que ontem ele variou com uma ruiva. Ou seria morena?

Respondo mais alguns e-mails e começo me preparar para ir embora. O celular toca, e o nome de James aparece no visor.

– Ela ligou dizendo que vai te dar o cano? – pergunto.

– Nem saí da empresa ainda. Estou no carro.

– O que houve?

– Você está bem?

– Estou. Por quê?

– Eu, que sou um estúpido, só me dei conta agora de que hoje pode não estar sendo um dia tão bom assim para você.

Fecho os olhos e me sinto feliz por ver que meu amigo ainda nota minhas confusões.

– Não se preocupe comigo. Vá pegar a sua loira. Ela deve estar ansiosa te esperando.

– Posso desmarcar se você quiser conversar. Digo que a minha chefe sádica me segurou mais uma vez até tarde no escritório.

Não consigo segurar a gargalhada.

– Não, querido, não se preocupe. Amanhã conversamos no seu jantar de pagamento.

– Ok, te ligo mais tarde, então.

– Até.

Pego a bolsa e desço para o estacionamento. A cidade está com aquele ar de fim de dia: as pessoas correndo para as estações do metrô, apontando para os táxis, e os escritórios começando a silenciar. O manobrista me entrega o carro e eu, forçosamente, dirijo para meu apartamento. Foi um dia difícil. Preciso de um banho, de um jantar e de descanso, mas me perco, olho em volta e não sei prosseguir. Meu peito começa a palpitar e o ar, a diminuir. É quase uma sensação de pânico. Pego o primeiro retorno e prometo que, depois de hoje, voltarei a ir direto para casa. Tento me convencer repetindo mentalmente que será a última vez, a última visita, só mais uma despedida. Sigo assim até atravessar novamente o centro financeiro e chegar às balsas, mas, logo que me vejo mais uma vez cruzando o Rio Hudson, me dou por vencida: nunca mais vou conseguir sair do trabalho e não ir ao Brooklyn. O caminho para minha casa agora inclui uma grande volta pelo lado oposto da cidade, e eu continuo fingindo que isso é absolutamente normal, já que não consigo me convencer de que um dia terei forças para parar com essas visitas sem sentido.

Paul Goldberger escreveu no *The New York Times*: "É a ambição do nova-iorquino viver na Quinta Avenida, tomar um ar no parque e dormir com seus pais no Green-Wood". Eu não sei se isso é verdade; sei que foi o que Adam me disse quando compramos nosso apartamento de grandes janelas na Quinta Avenida, e foi nessa afirmação que voltei a pensar quando deixei o crematório com o que sobrara dele na palma das minhas mãos. Naquele dia, eu andei pelo cemitério Green-Wood até chegar ao ponto em que dava para ver a Estátua da Liberdade e joguei as cinzas dele no pé de uma imensa árvore. Sem pensar, sem questionar ou analisar as possibilidades de arrependimento, depositei naquela grama o pó do que tinha sido o grande amor da minha vida.

É com o mesmo espírito impensado que cruzo aqueles gigantescos portões e me sento sob a mesma árvore, olho em volta e converso com ele todos os dias. É aqui que eu estou quando deveria estar em casa.

– Hey, soldado – digo, alisando o tronco da árvore. – Ok, sei que não gosta que eu te chame assim. Olá, doutor bonitão. Melhorou?

Sorrio levemente e me sento.

– Não tenho muito tempo. Daqui a vinte minutos vão fechar os portões. Me atrasei. Pra dizer a verdade, pensei em não vir. Sei que você não deve estar gostando dessas visitas diárias... Tentei não vir, mas é complicado... Paciência comigo, querido.

Respiro fundo e tento não ver dentro da minha cabeça a expressão de reprovação de Adam e aquele jeito como ele olhava para mim quando não sabia o que dizer.

– Hoje faz um ano que assumi os negócios da família. Para a "pirralha" que você sempre disse que eu sou, estou me saindo muito bem. Nós sabemos que eu estava pronta para isso, mas, honestamente, eu não me importaria de esperar um pouco mais. Queria mais tempo vendo meus pais andando por aqueles corredores, sabe? Só que o tempo não é muito meu amigo. Parece que as coisas continuam acontecendo comigo antes do esperado. Sabe o que é, querido? Me sinto jovem demais para ser CEO daquela grandiosidade, jovem demais para estar à beira da orfandade e, principalmente, jovem demais para ser viúva.

Agora seria o momento em que Adam me abraçaria e diria que a vida é o que acontece entre uma coisa e outra. Ele diria, sorridente, que eu estou perdendo o foco, que estou olhando para o que não vale a pena. Discorreria sobre o risco que é não ver a grandiosidade que se esconde no vão da vida. Eu sorriria, me acalmaria e o beijaria, agradecida, mesmo sem compreender muito bem todas as suas filosofias e ideias, porque às vezes, mesmo sem entendê-lo completamente, cada palavra dele fazia sentido em algum lugar dentro de mim. Por isso, eu acabava me convencendo de que muito além das minhas interpretações existem coisas realmente importantes, valiosas e verdadeiras demais para deixarmos escapar.

– Tenho que ir agora. Prometo tentar não vir amanhã. Não se esqueça de que eu estou bem, ok? Mas sinto a sua falta. Sinto demais...

Caminho de volta para meu carro enquanto tento me lembrar da voz dele. Está cada vez mais difícil guardá-lo em mim. Como vou fazer para manter a fé na esperança descabida de Adam se eu perder até mesmo as lembranças? Como faço para que ele não deixe de existir de vez? Meu celular toca, e o nome de James aparece novamente. Entro no carro e jogo a bolsa no banco de trás.

– Qual é o problema dessa garota, J?

– Você está no Green-Wood de novo? – ele esbraveja.

– Sim. E você não está se divertindo por quê?

– Vou me encontrar com ela daqui a meia hora. Estou ligando pra te mandar pra casa.

– A administração do cemitério acabou de fazer isso. Não precisava ter me ligado.

– Que horas são? Não me diga que estou atrasado de novo! Olha só, preciso correr, mas preste atenção: tem que parar com esse ritual macabro. O Adam não está no Green-Wood, ok? Você pode conversar com ele sempre que quiser, se isso te faz bem, mas ir ao Brooklyn todo santo dia há quase dois anos é maluquice. Não me faça procurar um psiquiatra.

– James?

– Oi?

– Você está atrasado.

– Te ligo mais tarde.

– Divirta-se.

Ligo o som do carro e procuro a pasta com as nossas antigas músicas favoritas, aquela que Adam batizou como "nós". Dou a partida e tento entender essa minha necessidade de ir ao Brooklyn todos os dias desde que, sem pensar, espalhei as cinzas de Adam por aquela grama. *Eu sei que você não está no Green-Wood, querido. O problema é que você não está mais em lugar nenhum, droga*!

Volto à ilha e, finalmente, avisto o caminho de casa. Daqui para a frente, meu corpo assume o piloto automático: estaciono o carro, atravesso o hall e subo até o décimo sétimo andar. Pronto. Agora é só cumprir mais duas ou três tarefas e dormir. Estou de volta à Quinta Avenida, que, honestamente, foi o único pedaço do sonho nova-iorquino que restou para mim.

5

"E *como o Sol é a sombra*
No final da estrada
E *você não sabe o que é*
Se é fim ou se é chegada."

("De Onde Vem?", de Walter Afanasiek e Kenny G,
interpretada por Zélia Duncan)

— Você está fora, Erik.

Qual é? Será que querem que eu implore? Já expliquei um milhão de vezes que estou bem, e o que aconteceu foi por distração minha. Levanto-me e abro a janela do meu apartamento pensando em um jeito de reverter aquela conversa.

– Eu me distraí, não percebi que estava sendo seguido. Devia ter esperado mais antes de sair, só isso.

– Não, Erik. O problema é que você foi longe demais. Você pegou alguém importante para a facção, e devia só dar uns petelecos em um ajudante e dar o nosso recado. Você já andava encrencado. Agora, então...

– Você acha que vão fazer o quê? Me matar? – Dou uma risada forçada, tentando transformar aquela verdade em piada.

– Não. Primeiro eles vão atrás da sua família, vão usar toda a crueldade que conhecem para te fazer sofrer até perder a sanidade e ir atrás deles. Aí sim eles vão te matar.

Penso em Clarice e nos meninos. Não consigo responder.

– É só por um tempo, está bem? Você precisa sumir, desaparecer. Depois, quando tudo se acalmar, você volta. É o melhor que você tem a fazer... – Ele retira um envelope de dentro do paletó e o estende em minha direção. – Seu último envelope.

– Por enquanto... Você disse sumir *só* por uns tempos.

– Ok, seu maníaco. Se quiser voltar, volte. Mas eu, se fosse você, aproveitaria essa chance. Agora eu vou indo. Até mais, Erik.

Ele sai batendo a porta e eu permaneço em pé olhando pela janela, com o envelope queimando em minhas mãos. "O último envelope". Rasgo-o de uma vez e vejo tudo com calma. Preciso encarar isso como mais uma missão, como algo que eu preciso cumprir independentemente de gostar ou não. Leio papel por papel e de repente me perco do meu ensaiado personagem profissional. Pego o telefone e ligo para Clarice. *Atende, atende, atende...*

– Oi?

– Estou indo para Nova York.

– Como é?

– Parece que mais gente quer que eu faça algo de útil na minha vida.

– Quer explicar direito?

– Arrumei um emprego.

– Sério? Em Nova York?

– É. Parece que essa empresa acabou de fazer umas novas aquisições, e algumas delas foram aqui no Brasil. Estão aumentando o quadro de funcionários.

– E o que você vai fazer lá?

– A mesma coisa que faço aqui, ué. Eu sou consultor, Clarice. Trabalho com grandes empresas, esqueceu?

– Não. Mas daí a arrumar um emprego em outro país... Nem sabia que você estava procurando emprego.

– Faz parte do meu pacote de aposentadoria.

– Aahhhhh...

– Ei, não faz assim. Parece que eu seria incapaz de conseguir um emprego desse tipo!

– E é. Não por falta de capacidade, mas pela falta de juízo na hora de fazer escolhas. De qualquer forma, fico feliz por ver a vida dando um jeito em você.

– Da próxima vez você diz apenas que está feliz por mim e que vai me visitar quando puder.

– Ok, combinado. Vai quando? Mande os detalhes por e-mail. Preciso ir buscar as crianças na escola agora.

– Certo, mando sim. Até mais.

– Erik?

– Diga.

– Estou feliz por você. Espero poder visitar você em breve.

– Eu sei. Tchau...

– Tchau, querido.

Largo os papéis em cima da mesa, sento-me no sofá e jogo a cabeça para trás. É isso: um emprego em tempo integral na área jurídica, em um país onde não conheço ninguém. Essa deve ser a tal da folha em branco, o recomeço. Sei que muita gente adoraria estar no meu lugar. Sei que a ideia de passar uma borracha no passado e entrar em uma vida nova, com grandes chances de sucesso, pode parecer tentadora. Sobretudo se o seu passado envolve um trabalho sujo, repleto de insegurança e de queimas de arquivo. Sim, eu deveria estar fazendo as malas e comprando a passagem para hoje mesmo, só para me livrar dessa gente que prometeu vir atrás de mim e da minha família. Mas é a minha vida que estou deixando para trás, e foi o meu passado que me trouxe até aqui. Foram as minhas escolhas, boas ou não, que criaram o cara que eu sou, e, honestamente, eu gosto um absurdo de mim mesmo. Exatamente por isso, não consigo deixar de pensar no que vai restar de mim, sentado horas a fio atrás de uma mesa, sufocado por leis e mais nada. O que vai ser de mim esperando a justiça se fazer através de petições? O que eu faço com a munição que ainda tenho?

Levanto-me e começo a tratar da burocracia. Decido mandar um e-mail para meus clientes avisando sobre a mudança e me oferecendo para continuar prestando consultoria, só que agora a distância. Alguns respondem que não haverá problema, e que estão felizes por saber que estou expandindo os negócios. Outros dizem que, infelizmente, se for dessa forma, o serviço não lhes interessa mais. Assim, um nó de cada vez, começo a desatar tudo o que sustentava minha vida: negocio a multa da quebra do contrato de aluguel usando os vários anos que passei como inquilino e todo o meu um metro e noventa de charme; encerro algumas contas bancárias; dou o aquário de presente para a vizinha e vendo armas e munições no mercado negro. É como se eu nunca tivesse existido.

Dias depois, sentado na sala VIP, ouço a última chamada para o meu voo. Olho para minha única mala, apoiada no meu pé, e tenho vontade de fugir, mas recolho meus desejos e cumpro minha parte do acordo. Nova York, aí vou eu, com meu inglês tupiniquim, meus conhecimentos jurídicos medianos, totalmente desarmado.

6

"Tristeza
Por favor vai embora
A minha alma que chora
Está vendo o meu fim."

("Tristeza", de Vinicius de Moraes, Haroldo Lobo e Niltinho, interpretada por Toquinho e Vinicius de Moraes)

Ao longo da vida, aprendi que você nunca está preparado para uma alegria intensa ou uma tristeza da mesma proporção. Eu não imaginava que seria pedida em casamento aos vinte e um anos e, pior, não imaginava que ficaria viúva quatro anos depois. Hoje faz dois anos que Adam se foi. A família dele não é muito religiosa. Não vai haver missa nem nada do tipo. Eles me ligaram logo de manhã e mantiveram a conversa em assuntos amenos. Disseram que ele estaria orgulhoso de mim, e que eles também estão. Ninguém além de James sabe que joguei as cinzas de Adam no cemitério mais famoso de Nova York, muito menos que eu vou lá todo santo dia. Sim, eu continuo a terminar meus dias sentada ao pé daquela árvore, olhando para a Estátua da Liberdade e falando com o vento. Ninguém além de James conhece a minha parte insana, por isso todos acham que estou lidando bem com a tragédia que é perder um marido jovem, bonito e charmoso que cruzou o oceano em uma missão de paz e voltou lacrado em um caixão de luxo.

Termino a ligação dizendo que gostaria que Adam estivesse aqui, e a mãe dele concorda, chorosa. Respiro fundo, pego a bolsa e saio. Há tempos não consigo chorar. É como se o meu corpo tivesse percebido que é desperdício de tempo derramar lágrimas. Afinal, nada muda: você continua sofrendo e ainda fica com dor de cabeça. Se eu pudesse fazer algo para trazer Adam de volta, ou tirar o papai daquele estado e ver a minha mãe ter sua vida de volta, eu faria. Se chorar resolvesse, juro que eu me sentaria e alagaria a casa. Eu secaria, me derramando de dor, mas não é assim que as coisas funcionam. Alguém decide como a vida vai ser, e a você só cabe seguir em frente. E é exatamente isso que tenho tentado fazer. Em alguns dias avanço; em outros, retrocedo. Mas ainda não desisti de continuar tentando.

O sábado está ensolarado, e, assim que cruzo os portões, vejo meu pai sentado em uma das cadeiras de balanço da varanda. Visto daqui, parece o meu querido e velho pai de sempre. Estaciono e desço.

– Oi! Como o senhor está?

– Bem, a cozinha fica nos fundos, mocinha.

Agacho-me em sua frente e olho dentro de seus olhos, tentando sacudir alguma coisa dentro dele, arrancar uma lembrança, apertar um interruptor que ilumine os caminhos confusos de seu cérebro doente. Ele me devolve uma expressão de estranheza, como se eu estivesse sendo inconveniente. Levanto-me, entristecida, e entro pelos fundos para não contrariá-lo. A cozinha está vazia, e eu me sento em volta da mesa sem saber o que fazer. Será que ele nunca mais vai me reconhecer? Há tempos ele acha que eu sou uma estranha qualquer, ou então a mamãe mais jovem. Ele não faz ideia de que tem uma filha, e isso é excruciante. Dói ver o seu olhar frio, porque eu me lembro de que ele é o meu pai e o quero de volta.

Ouço passos e me levanto, tentando disfarçar a apatia. Minha mãe invade o ambiente andando firme, dando instruções para o almoço. Uma mulher de meia-idade a escuta atentamente. Assim que me veem, interrompem a conversa e olham para mim.

– Marina? O que está fazendo aí, minha filha?

– O papai me mandou entrar pelos fundos.

– Sinto muito, querida – ela diz, com pesar, e me abraça carinhosamente. – Essa é a Carmem. Ela vai trabalhar conosco. Agora que passamos o dia todo em casa, precisamos de mais gente.

– Bem-vinda – digo, estendendo a mão. Carmem a recebe sem jeito.

– Venha, minha filha.

Seguimos para a sala e nos sentamos de frente uma para a outra. Olho para a minha mãe e percebo que estou ficando parecida com ela, justo eu, que sempre fui a cara do meu pai. O que faz essa semelhança acontecer? Algo comum às mulheres ou aos sofrimentos?

– Como estão as coisas?

– Bem, na medida do possível. Ver o papai assim me deixa arrasada.

– A todos nós...

– Ele não teve mais nenhuma daquelas reações histéricas?

– Não. Tem estado calmo.

– Ainda bem... Hoje faz dois anos. – Mudo radicalmente de assunto.

– Eu sei. Foi a primeira coisa em que pensei quando acordei – ela responde, compreensiva.

– Como podem dois anos mudarem as coisas a ponto de nem parecer mais a *nossa* vida? Olho em volta e não reconheço nada...

– Nem a empresa?

Nós duas sorrimos. A empresa é o quintal da nossa casa, o castelo da minha família real. Tudo naquele lugar parece intocável.

– Tudo bem por lá.

– Que bom.

– Mas sinto falta de vocês.

– Um dia ia ter que ser assim. Vai chegar o dia em que você vai se afastar e o seu filho é que vai tomar conta de tudo.

– Mamãe, prometemos não voltar a esse assunto...

– É verdade, desculpe. Você é tão jovem.

– Preciso ir.

– Não vai ficar para o almoço?

– Eu ia, mas preciso resolver algumas coisas e, pra dizer a verdade, quero descansar.

– Claro. E como está o James?

– Bem. Exatamente o mesmo desde que o conheço.

– E na empresa?

– Também...

– Tem te ajudado?

– Mãe, ele é o meu braço direito. A senhora sabe disso. Por que tantas perguntas?

– Nada, minha filha. É que eu não o vejo há muito tempo.

Uma sombra passa pelos olhos da mamãe, mas finjo não notar. Não estou com cabeça para tentar decifrar a sempre poderosa Helen.

– Vou dizer para ele vir lhe fazer uma visita.

– Não se preocupe com isso, foi só um comentário. Nos vemos durante a semana?

– Claro. Eu te ligo amanhã.

Enquanto me despeço, vejo pela janela o papai passar só de cueca. Meu coração encolhe. Inconscientemente, aperto a mamãe em meu abraço.

– Você vai ficar bem, querida. Fique calma, ok?

Balanço a cabeça, confirmando e tentando acreditar naquilo.

– Tenho que ir.

– Fique bem, filha.

Saio tentando conter a vontade de correr dali. Ouço minha mãe chamando o nome do papai e ele resmungando algo que eu não consigo entender. Eu deveria ficar, ajudar a resgatá-lo e colocá-lo na cama. Já fiz isso antes, mas hoje eu não suporto mais tristeza. Hoje eu quero ficar sozinha.

Sigo para o Green-Wood e me deito sob a mesma árvore de sempre. Desta vez não digo nada. Fico apenas ouvindo o barulho dos pássaros e dos turistas. A temperatura está agradável, e o clima, nada solidário à minha tristeza. Comigo é sempre assim, meio do avesso. Não me lembro de um momento bom acontecendo em um dia ensolarado. As coisas mais importantes da minha vida sempre aconteceram com o céu cinza, trovejando, com meu cabelo pingando e a roupa molhada, colando no corpo. Estranhamente, a chuva é minha amiga e se tornou sinônimo de bom presságio. Por isso, olho para o céu com vontade de mostrar a língua para o sol, que sempre serve de testemunha para os meus dias difíceis.

Só me dou conta de que o tempo passou quando ouço o celular tocando. Sei quem é e não estou com a mínima vontade de atender. Já imagino o sermão, e não tenho ânimo para escutar conselhos sobre algo que ninguém pode ter noção do que seja. Normalmente entendo e aceito as boas intenções, mas hoje é o dia mais triste do ano e eu quero ter o direito de me sentir triste. Deixo tocar até parar, mas amigo que é amigo prevê suas reações, por isso, logo em seguida, James manda uma mensagem pedindo que eu vá até o seu apartamento com urgência. Ele sabia que eu leria a mensagem, e sabia também que eu não deixaria de ir ao seu encontro após ler as palavras "com urgência". Bufo e me levanto, resignada.

– Tchau, querido. Vou ver o que nosso amigo está aprontando. Porque, sinceramente, nós sabemos que o conceito de urgência dele é meio torto.

Cruzo o rio sem sair do carro. A travessia está começando a perder o encanto. Antes eu sempre me apoiava no carro ou andava pela balsa para sentir o vento, degustar a brisa úmida e olhar para cima sem ver os prédios arranhando o céu. Agora, só penso em chegar logo ao outro lado e acabar com aquela parte do caminho que atualmente faz parte de todos os meus destinos.

Antes que eu possa imaginar, já estou caminhando pelo hall do prédio do meu amigo. Não preciso ser anunciada. Simplesmente aceno para as recepcionistas, que devem pensar que eu sou a amante mais antiga e frequente dele. James adora barbarizar. Certa vez ficou acariciando minha mão enquanto eu estava abraçada com Adam em frente ao elevador. Quando me dei conta, ele estava piscando para uma das recepcionistas, fazendo caras e bocas libidinosas. Esse é o James, e todos nós nos divertimos com ele.

Entro no elevador e me olho no espelho. Devo estar quase oito quilos mais magra, e acho que minha nova condição me envelhece ainda mais que os números da bolsa de valores. Aperto a campainha e aguardo. James coloca a cabeça para fora, sorrindo:

– Chegou cedo. Considerando o lugar onde a senhora estava.

– O trânsito até que está bom. Considerando o lugar onde moramos.

– E os desvios estranhos que você faz – ele insiste.

– Vai me deixar entrar ou vou ficar aqui na porta, admirando a natureza da sua urgência?

James olha para dentro do seu apartamento e volta a olhar para mim.

– Só mais um momento, por favor.

– Não me diga que tem alguém sem roupa aí dentro.

– Não, não digo.

– Qual é, J? – digo, impaciente.

– Espera, espera... Só mais um pouquinho... Pronto!

Em um segundo ele escancara a porta e uma pequena multidão grita "surpresa!". Em frente à porta da sala de estar, uma foto enorme de Adam está apoiada em um cavalete e ao fundo está tocando "Burning Love", com o Elvis Presley. Fico paralisada, de olhos arregalados, sem saber o que fazer. Uma festa? Que tipo de maluco organiza uma festa no aniversário da morte de alguém?

– O que é isso tudo, James? – cochicho.

– É uma festa. Entre.

Ele me puxa para dentro e me entrega uma *long neck* que só serve para gelar meus dedos: meu cérebro está tão ocupado tentando processar aquilo que esqueceu como se faz para enviar a mensagem para minha mão levantar e levar a garrafa até a boca.

– Uma festa? Hoje?

– É para o Adam... É claro que tinha que ser hoje.

– E eu é que tenho que parar com os rituais macabros?

– Os irlandeses costumam fazer algo semelhante, inclusive em velórios. Quer dizer... Acho que fazem. Já vi em vários filmes. É um jeito de se lembrar com alegria

– O Adam não era irlandês. Eu não sou irlandesa. Você também não. Além disso, você precisa acreditar menos no que vê na TV.

Ele se prepara para contestar, mas algumas pessoas se aproximam, me abraçam e dizem que têm saudade dele. A maioria é gente dos tempos de Harvard, do exército também. São nossos amigos. Todos eles estavam em nosso casamento. Melissa sai da sacada e vem em minha direção. Ela me abraça forte:

– Você faz falta. Não suma mais, está bem? Promete?

Eu confirmo com a cabeça e aceito que, por mais que eu tenha me esforçado para me afastar de todos, os amigos continuam amigos em nome do que viveram, na esperança de poderem voltar ao tempo em que juraram que seria para sempre. Da mesma época, vieram Priscila e Brenda. Esta última foi minha companheira de quarto. Todas agora estão à minha volta, e eu começo a relaxar. James apoia o braço em meus ombros e chama uma garçonete. *Céus, a festa tem até garçonete*! *Há quanto tempo estão planejando tudo isso*? A garota se aproxima e troca minha garrafa. Eu agradeço e vou para a sacada com as meninas. De lá, vejo todos aqueles que, de certa forma – uma que eu considero muito menor do que a minha, é verdade –, sentem o mesmo que eu.

As músicas, mesmo as alegres e dançantes, acabam comigo, pois é como ter Adam ali, selecionando cada uma delas. Todas me lembram algum momento, alguma fala ou algum olhar. As garrafas da minha mão são trocadas a uma velocidade que não me permite saber quantas passaram por aqui, ou se as bebi até o fim. Só sei que minha cabeça já estava meio turva quando os discursos começaram.

O dia já havia se despedido quando todos pararam para ouvir a primeira pessoa que começou a contar histórias sobre Adam. Primeiro, um amigo de infância disse que ele sempre gaguejava quando a professora lhe pedia para responder algo em voz alta. Depois, colegas da faculdade relataram que ele foi o pior contador de piadas, o pior esportista e o melhor jogador de pôquer da história de Harvard. Outros afirmaram que Adam se transformava dentro do hospital e que ele era espetacular nas emergências. Isso incentivou os amigos que serviram o exército com ele a começarem a falar. Confesso que ouvi-los me causou uma ansiedade que eu adoraria ter evitado. Escutar depoimentos sobre o cara engraçado, amigo e bacana que ele foi era prazeroso, mas ver as pessoas se referindo a ele como soldado e contando histórias de bombardeios me fez odiar Adam por ter se alistado e morrido lá.

Embora aquilo me desagradasse, todos continuavam rindo e se lembrando da parte feliz da história de Adam. A certa altura, James começou a falar, e contou sobre a primeira vez em que mencionei o garoto bonito da Escola de Medicina que eu havia conhecido durante uma partida de basquete dos jogos internos. Depois disso, inevitavelmente, todos olharam em minha direção, esperando que eu dissesse alguma coisa. Era a minha vez de honrar sua memória, contando algo sobre ele. Mas minha cabeça estava vazia. Todas as boas histórias que eu havia compartilhado com ele simplesmente fugiram da minha lembrança, e eu não conseguia me recordar de nada espirituoso para compartilhar. Havia um nó travando minha garganta e me inundando com sentimentos difíceis.

– Conte como ele pediu você em casamento – disse Melissa.

– Ou como vocês se conheceram – pediu Brenda.

Minha cabeça tonteou e eu comecei a gargalhar. Alguns convidados começaram a me acompanhar no riso, enquanto outros tentavam entender. Deve ser o que chamam de reação nervosa, mas, naquele momento, foi como ver algo muito engraçado. Talvez fosse o álcool, não sei. Apenas sei que, entre as gargalhadas, comecei a falar como uma metralhadora:

– Um brinde ao melhor cara que eu conheci e que sempre pareceu tão esperto, tão inteligente e charmoso.

Agora, estou quase chorando de rir.

– Tão charmoso que me fez aceitar um pedido de casamento aos vinte anos, com ele vestido de uniforme, me informando que havia se alistado.

As pessoas que estavam rindo começam a parar, constrangidas, mas eu não interrompo meu discurso.

– Um brinde a mim, que devo ser a pessoa mais imbecil do planeta por ter aceitado todas as loucuras do Adam e por ter testemunhado ele jogar sua vida fora sem nunca ter feito uma objeção.

Nesse ponto, minhas risadas começam a se misturar com lágrimas.

– Quem melhor do que eu para ser a viúva do herói? Ele foi, sim, um grande cara. Mas, acima de tudo, ele foi um completo idiota...

Apenas lágrimas em mim e muita piedade no rosto dos que me encaram.

– Quem, por livre e espontânea vontade, larga uma carreira de médico promissora e a família para se enfiar no meio da guerra? Quem escolhe morrer a continuar sua vida? Por que me deixar aqui sozinha? Por que ele fez isso comigo? Por quê? Por quê?

Estou soluçando, e James tenta tirar a garrafa da minha mão, mas não consegue. Olho para ele, com o rosto molhado de lágrimas, e respiro fundo para mostrar que estou bem. Então ele levanta seu copo e diz:

– Ao Adam e à Marina, que se amaram como ninguém. – Todos levantam os copos, fazendo coro com ele.

Apoio minha testa em seu peito e choro como há muito não fazia. Choro como não me lembro de ter feito antes na frente de ninguém. Não me escondo nem peço desculpas. Eu sou a viúva, e esse é o dia mais triste do ano. Tenho o direito de ser infeliz, mesmo que não seja sozinha.

7

"Me olhas como se fosse normal
Me coro ao seguir a tua rota
Meu abraço te amarrota
Meu estranho natural."

("Estranho Natural", composta e interpretada por Maria Gadú)

Antes mesmo de abrir os olhos, eu sei o que vou encontrar: o quarto de James, um copo d'água com duas aspirinas sobre o criado-mudo e uma dor de cabeça daquelas que te fazem lamentar estar vivo para acordar. Não é a primeira vez que isso acontece. Já estive nessa mesma situação outras vezes. Aqui sempre foi o meu refúgio. Foi aqui que aprendi a curar as minhas ressacas antes de voltar para a casa dos meus pais, e foi aqui que me acostumei a acordar depois de noites péssimas. Este lugar existe desde antes da faculdade, antes de eu ter me tornado CEO e antes de Adam também. Por isso, por estar habituada a essa situação, é que eu me levanto sem abrir os olhos e sigo tateando os móveis até chegar ao chuveiro. Deixo a água cair, enfio a cabeça debaixo dela, molho a nuca e desabotoo a blusa, enquanto imploro para que a dor escorra pelo ralo.

Meia hora depois, enquanto estou sentada na beirada da cama esperando o banho e os comprimidos fazerem efeito, James abre uma fresta da porta e coloca a cabeça dentro do quarto. Ao me ver acordada, ele entra, apoia uma bolsa familiar no chão e se senta na poltrona à minha frente.

– Karen passou no seu apartamento e trouxe isto – ele diz, apontando para a mala.

– Você ligou para ela em pleno domingo? Ela é minha assistente, não minha escrava...

– Ela ligou. Estava preocupada – ele responde, tentando disfarçar quão óbvia é a minha situação.

– Sou previsível, não é?

– É. Você cria padrões. O que é bom para nós, que somos seus amigos. – Ele se levanta e dá dois tapinhas no meu ombro. – Se troca. Vem comer alguma coisa.

Tiro o roupão e visto o jeans com camiseta que Karen sabiamente me enviou. Depois, prendo os cabelos, sem apertar demais, para minha cabeça não explodir de vez, e sigo para a copa. James está na varanda, lendo o jornal, esticado em uma poltrona. A melhor parte dele é não me sufocar, não exigir conversas intermináveis nem abraços sentidos. Ele fica perto o suficiente para me socorrer e longe o bastante para me fazer acreditar que minhas imensas e ridículas quedas são apenas escorregões corriqueiros. Acho que essa é a melhor definição de amigo que eu consigo imaginar.

– Vou indo, Jamie – digo, num tom um pouco mais alto do que minha enxaqueca suporta.

– "Jamie"? Você só me chama assim quando está de porre. – Ele se levanta e vem em minha direção.

– Vai ver ainda estou – retruco, fazendo uma careta.

– Fica para o almoço.

– Não, obrigada. Já abusei da sua hospitalidade. E eu quero dar uma volta pela cidade. Amanhã a gente se vê na reunião.

– Certeza?

Aceno que sim e o beijo no rosto.

– Está bem. A gente se vê amanhã, então. Vou contigo até o estacionamento.

– Não precisa. Conheço o caminho de olhos fechados. Obrigada pela festa bizarra, pela cama, pelo chuveiro, pelo café... Você sabe, por tudo. – Dou um abraço nele e sinto sua mão em minha cabeça. Um carinho protetor, preocupado e amigo.

– Cuide-se – ele sussurra em meu ouvido.

Coloco os óculos escuros e lhe devolvo um largo sorriso como resposta.

Andar pelas ruas que separam o apartamento de James do meu é como cruzar um pátio de escola na hora do intervalo no final do inverno: você sabe que a distância é curta, mas também sabe que os obstáculos serão imensos e a barulheira, também. Aos domingos costuma ser melhor. Dá para ver pessoas andando, cheias de sacolas, pelas calçadas, garotas com fones de ouvido passeando com cachorros fofinhos e casais de namorados de mãos dadas, tomando sorvete. O trânsito para e eu olho em volta. É impressionante como a vida parece tão óbvia, comum e rotineira quando admiramos sua superfície. Incrível como as pessoas seguem seus afazeres sem adiar seus planos e risos. Eu sei disso porque sou uma delas. Evito pensar demais. Levo a vida adormecendo indagações e consultando a agenda assim que acordo, antes mesmo de me perguntar se estou bem ou se deveria dormir mais um pouco. Não penso, porque pensar só traz perguntas, e eu não aguento mais essa falta de respostas.

Volto a dirigir e desacelero ao me aproximar do Central Park. Eu gostava daqui. Costumava correr ou simplesmente me sentar para passar horas lendo. Faz tempo que isso não acontece. Não sei se tenho trabalhado demais ou se ando com preguiça para tudo que não seja obrigatório. Prefiro me manter ocupada. A empresa sempre foi minha segunda casa, mas ultimamente tenho me dedicado ainda mais. Gosto de lá. Do cheiro que vem da máquina de café, das conversas silenciosas nos corredores, do barulho do telefone vindo da mesa de Karen, das piadas sem graça sobre o mercado financeiro e do jeito como eu faço o dia acontecer lá dentro. Lá, apesar de tudo, continua igual, e eu quase me esqueço do resto. Porém, quando saio... Bem, quando atravesso aquelas portas, tudo desmorona. Não sei explicar a sensação, mas é como se existisse uma bolha em torno de mim e de tudo que me pertencia: minha família, meu lugar, meu amor... Agora, ainda sou eu, na mesma família, sentindo basicamente as mesmas coisas, mas a bolha estourou e não há mais aquele tom furta-cor em volta de mim. Ainda é a vida, mas sem o encanto. Será que foram as decepções ou será que eu apenas cresci? Entrego a chave para o manobrista e resolvo caminhar. A temperatura está agradável, embora o céu anuncie chuva para daqui a algumas horas. Cruzo aqueles bosques tão conhecidos e me perco observando os turistas, os domingueiros e os esquisitos. Vejo uma jovem empurrando um carrinho de bebê. Dentro, uma menininha rosada, cheia de laços e roupas fofas. Sorrio de leve, e a moça sorri de volta, orgulhosa. Eu queria ter tido um bebê; aquele que eu estava esperando, sobre o qual Adam nem chegou a saber. Não era para ser, dizem. Não sei. Só sei que não quero outro. Eu queria aquele, e isso é outra coisa sobre a qual não penso a respeito, porque não consigo entender.

A chuva se adianta, tirando todo mundo do lugar. As pessoas se levantam, apressadas, e começam a correr. Mudo a rota e sigo em direção a uma rotisseria para comprar meu almoço. Enquanto espero, vejo o entra-e-sai da loja, que parece mais agitada do que de costume. Há uma porção de gente se espremendo no espaço apertado ao redor das mesas e em frente ao balcão. Ao fundo, em pé e com os cabelos levemente molhados, reconheço a moça que encontrei empurrando o carrinho pouco tempo antes. Ela está conversando com uma jovem senhora que está sentada em uma das mesas com o que parece ser um grupo de amigas. Há uma breve conversa, um olhar para o relógio, outro para a chuva que escorre pela janela e alguns dólares pagos. A moça beija a testa do bebê e vai embora, enquanto as mulheres voltam a conversar e o carrinho fica esquecido ao lado das cadeiras. Devia ser a babá. Então, por que é que o olhar de orgulho, o carinho e o passeio estavam nela e não em quem gerou aquela criatura tão linda? Meu pedido fica pronto e eu suspiro, resignada, pego o pacote e saio. Fujo da chuva, me escondendo nos toldos e guarda-chuvas alheios, enquanto penso em como as aparências são frágeis. De longe, a vida é óbvia e tudo parece corriqueiro. No entanto, se nos aproximarmos e invadirmos a linha do íntimo, do secreto e do individual, notaremos que, quanto mais de perto, mais complicado, mais difícil, mais único, mais indecifrável.

Este final de semana precisa acabar. Preciso parar com esse dramalhão que é pensar demais na morte de Adam. Preciso deixar tudo isso para lá e voltar a me lembrar de que a chuva é minha amiga.

Sim, o Central Park é bonito. O dia está agradável e tudo parece estar em seu lugar, menos eu. Aliás, eu me sinto como aquele personagem de revista de passatempos que está no cenário errado esperando ser encontrado. Sinto-me como se estivesse escondidinho atrás de uma palmeira, com o sol brilhado, usando cachecol, meias e gorro, só esperando aparecer uma seta piscante bem acima da minha cabeça ou um círculo imenso a meu redor a qualquer instante... Nunca me senti seduzido pelos Estados Unidos. Não dou a mínima para o sonho americano e nunca quis atravessar a fronteira do Brasil para nada. Sou daqueles que pensam que cada um pertence ao seu hábitat, não importa quão inóspito ele seja. Sou de São Paulo, do Brasil, independentemente da qualidade do ar, do governo ou do trânsito. Ok, não quero ser hipócrita: saí da periferia, melhorei meu saldo bancário e aprecio um bom sapato, mas daí a me encantar com a fantasia de sair do país, fazer fortuna e encontrar um grande amor... o salto seria muito grande. A verdade é que eu não gosto daqui, não quero nada daqui, não sou ninguém neste lugar, não tenho o que fazer, estou entediado com o futuro que me espera e só consigo pensar em quanto tempo preciso esperar até poder voltar. Além de tudo isso, meu vizinho é um grandalhão que usa roupas de academia... Que saudade da Ana, dos seus vestidos, dos pedaços de bolo e do cheiro de colônia barata. Saudade também de não precisar acessar o Google até para achar a porcaria de uma farmácia.

Em poucos dias, desenvolvi uma mania de perseguição. Não importa onde eu esteja ou o que esteja fazendo, todo mundo me olha o tempo todo com aquela carinha de "você não é daqui, né, estrangeiro maldito que só quer saber dos nossos dólares e da nossa boa vida?". É claro que estou dramatizando e fazendo tudo isso em silêncio, dentro da minha cabeça, enquanto aceno para uma mocinha bonita que passa bem na minha frente empurrando um carrinho de bebê. Ela é tão gatinha que aposto que é só a babá... Ela dá mais uma olhadinha e eu aceno, sorrindo. Certeza que é a babá. Mais provável do que uma jovem mãe bem danadinha flertando no parque no meio do dia. Continuo olhando até sua silhueta se perder na curva.

O céu começa a escurecer, anunciando chuva, e eu quase me arrependo de ter saído. Só me levantei da cama por estar com fome, e, no fim, nem comi ainda. Olho em volta, procurando abrigo, enquanto os primeiros pingos caem em meus ombros. Há um movimento no final da rua, e eu, para me fazer de nativo, vou com a multidão. Um cheiro delicioso me alcança. Sigo seu rastro até entrar em um lugar apinhado de gente. Alguns estão sentados conversando, comendo e bebendo. Outros estão de pé esperando seus pedidos. Sento-me no final do balcão e olho o cardápio. Minha boca se enche d'água. Escolho algo que não tenho muita certeza do que seja e um vinho qualquer. A chuva aperta e o estabelecimento fica ainda mais cheio. Mal consigo enxergar o outro lado do balcão. A comida chega e é surpreendentemente saborosa. A carne está no ponto e os acompanhamentos, bem temperados. Esvazio a taça e peço outra. Repentinamente meu humor melhora e eu começo a acreditar que talvez nem tudo esteja perdido. O barulho da chuva começa a sobressair, abafando as palavras enroladas daquele idioma, que é estranho para mim. O gosto ácido do vinho, o salgado da comida, o cheiro familiar, o calor do excesso de gente, tudo isso me deixa confortável e eu quase relaxo. Talvez se sentir em casa não seja uma condição geográfica. Talvez seja um estado de espírito que eu precise aprimorar. Limpo o prato, seco a segunda taça e peço a conta. Levanto-me para deixar o lugar livre. A conta chega e eu percebo o motivo de aquele lugar não servir hambúrgueres nem salsichas: o valor da minha refeição daria para passar o mês comendo fast-food. Felizmente, tenho uma reserva financeira que me permite seguir para o caixa sem sofrer um ataque cardíaco. Obrigado, mundo cão que acabou de pagar a conta.

Esbarro nas pessoas até encontrar a saída e encarar a chuva. Sigo sem me preocupar com a água. Estico o braço e um táxi para. Destino: um *studio* alugado que seria extremamente charmoso se não tivesse caixas de pizza, minha mala e meus sapatos pelo caminho. Cruzo a cidade tentando me preparar para o dia seguinte. Amanhã começa a vida de Erik Gouveia, novo advogado da Holmes & Lewis Associados, bonitão nas horas vagas e recém-aposentado da vida bandida. Moleza!

8

> *"Um dia eu vou estar à toa*
> *E você vai estar na mira."*
>
> ("Eu Sei (Na Mira)", composta
> e interpretada por Marisa Monte)

Em frente ao espelho, sou a cara da confiança. Estou enfiado em um dos cinco ternos caríssimos que comprei assim que cheguei, minha barba está naquele ponto "sem fazer porque sou despojado" e não "sem fazer porque sou relaxado", e meu cabelo está curto como se eu tivesse acabado de me alistar no exército, então não há muito que fazer, mas também não há como dar errado. Pego a carteira e, antes de sair, me aproximo do espelho, conferindo a limpeza do sorriso e o acerto da barba. Assumo o modo profissional, e isso funciona como um neutralizador de emoções. Planejo o dia, as horas, os sorrisos e os apertos de mão. Imagino um jeito de me infiltrar, quer dizer, de me adaptar e logo ser parte do grupo. Admiração das mulheres, respeito dos superiores e camaradagem dos colegas. É isso e esperar alguns meses para a promoção. Não, eu não sou ganancioso, mas, se é o que terei que fazer, preciso calcular metas e estipular objetivos! É isso ou a morte. Dramatizando de novo, eu sei, mas tenho que ser emotivo assim quando converso comigo mesmo, já que, externamente, eu passo longe, bem longe desse comportamento.

A empresa é como qualquer outra empresa muito rica e líder em seu ramo. Um prédio de dimensões monstruosas, com acabamento de luxo e um monte de gente que anda sem fazer barulho. Outra coisa importante é que os departamentos são todos muito confortáveis e espaçosos, mas as salas e os andares ficam melhores conforme o cargo vai subindo. O carpete do andar da gerência é bem mais fofo que o dos assistentes. Na área dos analistas há uma máquina de café, enquanto no andar da diretoria há uma copeira. Tudo para mostrar que todos são importantes, sem tirar a competitividade daqueles pobres cãezinhos adestrados.

Terminado o processo de contratação e uma infinidade de papéis assinados, uma moça do RH – cujo nome eu não consegui memorizar por pura falta de interesse – me leva ao meu andar, o andar da diretoria. Desculpe se eu sou o cara mais sortudo do planeta e consegui começar pelo andar que cheira a chá marroquino. Obviamente não sou um diretor, mas sou assessor de um, o que me dá direito a uma pequena, mas confortável, sala com uma boa janela e vista panorâmica. Sim, cheguei há quarenta e cinco minutos e já sou mais um da matilha. *Wolf*! Dane-se.

Não tenho tempo de me sentar, porque a mesma mocinha do RH vem trazendo o diretor que vou assessorar. Ele estende a mão, sorri e começa a explicar que, no meio de tanta fusão, ficou responsável pelas novas empresas latinas. Minha ajuda é bem-vinda, já que ele também é responsável por alguns processos em andamento e blá-blá-blá. Tento manter um ar de interesse e demonstro total disposição para ajudar. Ele avisa que, após o almoço, vai trazer algumas coisas para eu fazer, mas antes vamos dar um passeio pela empresa.

Jack diz que quer me mostrar o departamento, me apresentar aos colegas de trabalho e me explicar algumas coisas.

– Vamos passear a manhã toda? – arrisco, com meu tom simpático.

– Não. Temos uma reunião em uma hora.

– Ótimo. – Agora sim eu tenho que exercitar meu ar de interesse. *Sorria, meu caro, sorria.*

Vai ser um tédio, altamente previsível. Qualquer um que já tenha visto *Advogado do Diabo* ou *A Firma* consegue passar um dia falando com outros advogados fingindo ser excelente no que faz. Já estou me gabando, jogando na cara deles todo o sistema tributário, misturado à CLT e aos métodos pouco ortodoxos da advocacia brasileira. Estou no centro da roda, falando com desenvoltura e graça, dono da situação, quando a porta do elevador se abre. Não é uma aparição, não descem anjos nem uma luz se acende, turvando minha visão e meus sentidos. Eu não paro de falar nem perco o jeito. Minha garganta não seca e eu não suo frio. No entanto, eu a vejo e noto que o cabelo dela é cor de chocolate, com pequenos raios dourados. Ela não olha para mim; parece ter a atenção presa a alguns papéis que um rapaz lhe mostra. Seu semblante é sério, mas suave. Seus dedos viram as páginas com destreza, e seus olhos percorrem as linhas rapidamente. Paro de falar quando um dos integrantes da minha roda de exibição me interrompe:

– O que será que a Senhora Muller está fazendo por aqui?

– Não faço ideia. Será que é alguma coisa grave?

– Quem é a Senhora Muller? – interfiro.

– De que planeta você é, cara? Veio trabalhar na H&L Associados e não sabe quem é Marina Muller? – alguém diz.

– Desculpe, acho que não fiz meu dever de casa – respondo, intrigado.

– Venha, vamos ver se há alguma coisa séria acontecendo a ponto de fazer Marina andar pelo jurídico – completa Jack, me tirando do meu palco.

Apresso o passo enquanto cruzamos os corredores, mas nada de a moça de pele clara, estatura média, olhos azuis e jeito delicado aparecer.

– Ela deve ter voltado para o andar da presidência. Depois falamos com James. Ele certamente vai nos dizer se apareceu algum novo processo, aquisição ou qualquer outra coisa.

– Marina Muller é a presidente?

– Ela é a dona disso tudo.

– Dona?

– Quer dizer. Dona de sessenta por cento das ações da empresa de auditoria, de sessenta e oito por cento da holding que gerencia algumas empresas de telecomunicação pelo mundo e ainda tem uma fundação que tem até uma escola de negócios.

– UAU!

– É... E só tem vinte e seis anos.

– Quem ela matou pra chegar onde está, já que não tem o sobrenome Holmes nem Lewis?

Jack, meu chefe imediato, com ar de tio rico que não consegue esconder a barriga nem mesmo no terno mais caro do mundo, me olha com ar de incredulidade e deboche.

– Ela é Lewis e também é Holmes. O Muller ela herdou do marido. A empresa sempre pertenceu às duas famílias. Até que Helen Lewis se casou com Josef Holmes e os dois fundiram a vida e os negócios na sua única filha: Marina Lewis Holmes, que se tornou Marina Muller.

Casada, penso, e um pesar me invade. Não que eu tenha qualquer intenção com a dona da empresa. Não que eu queira cruzar com ela no elevador só pra conseguir vê-la melhor e terminar de completar a imagem que se formou na minha mente. Não que eu esteja pensando em sentir o aroma daqueles cabelos.

– Muito jovem para ser CEO de uma empresa deste porte e muito jovem para ser casada – digo, em tom frio, fazendo parecer um comentário evasivo e despretensioso.

Jack entra em sua sala e me convida a segui-lo. Fecho a porta e ele pede para eu me sentar.

– Na verdade, jovem demais para ser viúva. Ela se casou quando o namorado se alistou no exército, e, logo em seguida, ele foi para o Iraque.

Não consigo evitar franzir a testa. Felizmente, Jack se vira para pegar o telefone e pedir dois cafés e não pode testemunhar meu lapso.

– História inusitada, mas me diga: o que eu preciso saber para não me sentir absurdamente perdido na reunião?

Eu quero saber mais. Quero passar a tarde fofocando com meu chefe, tricotando e comendo bolinhos, ou seja lá o que as pessoas fazem quando especulam a vida alheia. No entanto, não posso listar todas as perguntas que me invadem e despejá-las em Jack. Não posso simplesmente perguntar se o marido de Marina morreu na primeira missão, se ela é viúva há muito tempo ou se o tubinho preto em que está vestida ainda é do período de luto. Não posso demonstrar que a palavra "viúva" faz voltar a vontade de flertar com a chefe do chefe do chefe do meu chefe. Mesmo porque eu não entendo de onde vem essa vontade. Provavelmente do mesmo lugar de onde vem a vontade de flertar com qualquer mulher, mas aquela é do tipo "inatingível", e, honestamente, nem é tão bonita assim. Não vale a pena me expor. Só que a imagem dela continua a reprisar na minha cabeça feito uma fita emperrada, e continua assim pelo resto do dia.

– Droga, James! Um processo contra o papai?

– Eu sei... É quase desumano, Marina.

– Eu quero isso resolvido e quero logo! Cadê o Carl?

– O ramal dele continua ocupado.

– Vamos até lá. Quero mostrar isso a ele o quanto antes.

– Ok. Vamos.

Enquanto o elevador desce os andares, meu estômago revira feito uma montanha-russa. Um processo de assédio sexual contra o meu pai? É tão absurdo que nem parece real. Certamente aquela mulher sem o menor escrúpulo está aproveitando do momento frágil dele para aumentar seu plano de aposentadoria. Reviro os papéis e vejo alguns depósitos feitos na conta dela. Por que o papai teria feito isso? Vingança pelos antigos erros da mamãe? Não pode ser. Tudo isso é passado, superado. Ou não é? De qualquer maneira, eu não posso perguntar agora. Ele está tão silencioso e alheio a tudo que mal abre a boca.

– Posso saber o motivo de você querer falar sobre isso com o Carl? – James pergunta.

– Ele é discreto.

– O departamento jurídico vai acabar sabendo de qualquer maneira.

– Eu sei, mas quero saber o que o Carl acha melhor. Assim tenho como me posicionar na reunião.

– Está pensando em um acordo?

– Não sei, James. Quero ouvir a opinião dele.

A porta se abre e seguimos direto para a sala de Carl. Ele é só mais um dos diretores do departamento jurídico. É especialista em marcas e patentes, área que em nada se aproxima do assunto assédio sexual, mas Carl é amigo do papai. Foi ele quem o controlou na primeira vez em que papai surtou na empresa. Somente Karen, mamãe e ele presenciaram aquela cena, e nunca ninguém ficou sabendo. Até hoje todos comentam como o velho Josef parecia bem e saudável na última vez em que esteve na empresa. Por isso, Carl é o advogado que eu consulto quando o assunto é pessoal demais. Mesmo que depois ele me encaminhe a uma junta de advogados, prefiro agir dessa forma. Pelo menos eu tenho certeza de que não havia outra saída.

Depois de tudo jogado sobre a mesa, lido, relido e discutido, chegamos à conclusão de que um acordo é o melhor a ser feito para evitar os holofotes sobre esse caso. Mesmo assim, Carl sugere que conversemos com os advogados de defesa da empresa, pois ele não se sente à vontade para nos representar em um caso tão fora de sua especialidade. Ele me indica Jack, pois, embora tenha assumido o setor de direito internacional, seu histórico prova que ele é um advogado com uma taxa de êxito surpreendente.

– Certo. James, você pode marcar um horário para conversamos sobre isso com o Jack?

– Sim, mas vai ter que ser amanhã. Hoje o jurídico está reunido. Revisando antigos processos, estabelecendo novas diretrizes... Bem, você sabe.

– Amanhã, então... Tenho muita coisa pra resolver hoje, de qualquer forma. Obrigada, Carl.

– Disponha.

Alguns dias duram semanas. Não sei se foi a notícia do processo maculando a bela imagem correta do empresário que meu o pai sempre teve ou se o número de planilhas que analisei, contratos que assinei e telefonemas que fiz sugou todas as minhas energias. Sei que só reparo na chuva quando saio com o carro do estacionamento. Já na rua, olho para o relógio e calculo o quanto aquela chuva vai piorar o trânsito e se eu vou conseguir chegar ao Green-Wood antes de seus portões se fecharem. Vai dar tempo. Um tempo cronometrado, justo, que servirá apenas para eu entrar e sair do cemitério, mas, ainda assim, vai dar tempo.

Contudo, além de longos, cansativos e doloridos, alguns dias estão fadados a dar errado. Três quadras adiante, um dos pneus do meu carro estoura. Pode ter sido um prego, um pedaço de qualquer coisa, mas na hora é como um raio partindo o carro ao meio. Não consigo explicar. Em alguns segundos há um estouro, um solavanco, buzinas, e eu sou obrigada a estacionar. Paro em um local proibido e não sei o que fazer. Eu posso acionar o seguro, que vai enviar alguém para trocar o pneu, ou um guincho, mas isso iria demorar horas; posso correr três quadras de volta à empresa, onde certamente haverá alguém disposto a me ajudar, mas isso iria demorar muito e custar um banho de chuva na ida e outro na volta; ou posso eu mesma trocar o pneu e acabar com isso tudo. Ora, não seja ridícula, Marina. Você não conseguiria tirar o pneu do lugar nem de um carro popular, muito menos de um Cadillac Escalade. Eis que, nesse momento de constatação da própria inutilidade, surge uma ideia nada inovadora, mas provavelmente eficaz: pedir ajuda em um bar. O problema é que nos filmes sempre tem alguém que olha e corre para ajudar a garota molhada de chuva, toda frágil, enclausurada em seu pedido mudo de socorro, mas, na vida real, as pessoas estão preocupadas em beber, conversar e paquerar em paz. Sou obrigada a pedir socorro, oferecer cinquenta dólares para quem me ajudar a trocar o pneu e esperar uns três minutos até alguém aceitar minha oferta.

– Onde está o seu carro?

– Quase aqui na frente.

O rapaz alto, de olhos brilhantes e terno moderno, tira o paletó e vai na frente. Abre a porta, espera que eu passe e me segue.

– É este aqui – aponto.

Logo ele está levantando o carro com o macaco e trocando o pneu com uma facilidade semelhante a amarrar os cadarços. Tento segurar o guarda-chuva sobre mim e ele ao mesmo tempo, mas o rapaz se move depressa e com uma leveza assustadora.

– Você não é daqui, é? – Tento quebrar o silêncio constrangedor.

– Não.

– Notei pelo sotaque. Veio a passeio?

– Não, a trabalho.

– Ah... Sei... Trabalha por aqui? – Nem termino de falar e começo a desejar morrer depois de uma pergunta tão cretina. É óbvio que ele, assim como noventa e cinco por cento das pessoas nessas calçadas, trabalha por aqui.

Ele se levanta e sorri de um jeito que me faz tentar lembrar um sorriso mais bonito que aquele, mas não tenho sucesso.

– Eu trabalho para você.

– Como é? – digo mais para ganhar tempo do que por não ter entendido.

– Quer dizer, trabalho em um departamento da sua empresa.

– Marketing, comunicação?

– Jurídico – ele responde, carregando o pneu com uma das mãos até o porta-malas.

Só consigo ficar olhando e pensar como ele consegue fazer tanto esforço sem nem suar.

– Você está fazendo cara de espanto – ele avisa.

– Ah, desculpe. Não sei por que não pensei no jurídico – respondo.

O que dizer? Estou chocada por você ser despojado – e bonito – demais para ser parte do meu departamento jurídico ou estou espantada olhando os músculos do seu braço, que parecem querer rasgar a manga da sua camisa enquanto você carrega um pneu sem o menor esforço? Melhor não dizer nada, abafar o lado ridículo e fazer cara de superior.

– Prazer. Sou Erik Gouveia e lhe estenderia a mão se ela não estivesse toda suja.

– Gouveia? Brasileiro? – respondo, estendendo a mão sem me importar com a graxa que cobre a dele.

– Sim. – Ele aperta minha mão levemente. Mão macia, mão quente... Controle-se, Marina.

– Também sou brasileira. Morei em Parati até os sete anos.

– Você só pode estar de brincadeira.

– De jeito nenhum – retruco, com meu português desajeitado.

Um guarda de trânsito se aproxima, quebrando o encanto e me colocando juízo. Explico o acontecido e termino dizendo que estou de saída.

– Desculpe, Erik. Tenho que ir. Obrigada pela ajuda. Depois te conto como foi que eu acabei nascendo e passando parte da infância no Brasil. Se você quiser saber, é claro.

– Será um prazer.

Já estou abrindo a porta quando ele me chama:

– Marina!

– Sim?

– Você vai me pagar agora ou vou ter um adicional no holerite?

Sorrio, pensando ser algum tipo de graça ou piada, mas, como ele permanece parado, me encarando, pergunto:

– Você quer os cinquenta dólares?

– Você disse que pagaria essa quantia para quem trocasse seu pneu, não é?

– Ah, claro, claro... Vou pegar a bolsa. – Se o mundo se abrir e me engolir neste momento, vai me fazer um favor.

Tiro da carteira uma nota de cem dólares e estendo em sua direção.

– Não tenho troco.

– Não quero troco.

– Dar uma gorjeta no valor que custou o serviço é exibir riqueza – ele diz, em tom engraçado, meio sem jeito também.

– Uma gorjeta alta nada mais é do que demonstrar satisfação em relação ao serviço prestado. Você demorou metade do tempo que a maioria demoraria, e ainda me fez pensar nos tempos que passei no Brasil, o que me traz muitas boas lembranças. Eu tenho notas de cinquenta na carteira, mas quero lhe pagar cem, porque te tirei do seu momento de folga e você está todo ensopado. Então...

Ele pega a nota e olha para ela de um jeito indecifrável. Depois, encara a camisa e parece ter pena de colocar a mão suja sobre o tecido.

– Você pode guardar para mim?

– Claro – digo, enquanto coloco a nota no bolso de sua camisa.

– Obrigado.

– Eu é que agradeço, Senhor Gouveia. Bom trabalho amanhã.

Entro no carro, tentando entender aquela cena. A princípio pensei que ele tivesse vindo em meu socorro por causa do dinheiro. Contudo, ele foi ficando cada vez mais gentil, sorriu com o canto da boca, disse que trabalhava para mim de um jeito quase bonito, o que me fez pensar que me auxiliara para conseguir uma aproximação. Inesperadamente, quando a conversa estava seguindo para o rumo informal, agradável e leve, ele me cobra o dinheiro. Que homem estranho.

A chuva cai pesadamente, e o engarrafamento está em seu auge nova-iorquino. Ligo o rádio. Norah Jones me convida para uma fuga no meio da noite. O céu está escuro, as luzes dos carros, acesas e eu com aquela sensação indescritível do novo. Pena aquele momento ter durado tão pouco. Sinto a euforia sendo substituída pela angústia. Olho para o relógio e me dou conta de que o Green-Wood já está com os portões fechados. Finalmente seus mortos podem ter paz, longe dos turistas e dos loucos feito eu.

– Perdão, querido. Me atrasei. O pneu furou e está um temporal terrível aqui fora.

A voz de Adam é quase real dentro de minhas memórias, e eu quase sorrio ao me lembrar dele dizendo:

"Mas o que é que te preocupa tanto, pirralha? Pelo menos para você, a chuva sempre significou bons tempos. Está tudo certo, querida, tudo exatamente no seu lugar. Olha só, o mundo continua girando. Tudo o que importa já está em você."

Então me acalmo, tentando acreditar que há dias que só farão sentido no futuro.

9

"Vem afastar as assombrações
Arejar meus porões
Vem acalmar os meus vendavais
Meus temores, meus ais."

("Amor", de Ivan Lins e Vitor Martins,
interpretada por Ivan Lins)

O lembrete que coloquei no e-mail sobre o aniversário de Melissa pisca e eu confirmo presença sem pensar demais. Preciso retomar minha vida social. Me esconder parece estar me deixando frágil além do ponto. Ontem quase convidei para minha casa um funcionário que nunca tinha visto antes. Isso é tão absurdo que me faz querer enfiar a cabeça na lixeira e não tirar mais. Eu sei que estava de ressaca pós-fim de semana de viúva, mas poderia ter feito uma grande besteira. Pior: sei que só não fiz porque ele não quis. Para deixar claro, se é que já não está, não me envolvi com ninguém desde que perdi Adam, e dois anos é um tempo razoavelmente longo. Não digo que esteja na hora de me envolver, de ter um relacionamento, mas eu preciso voltar a me sentar no mesmo balcão que um homem que não seja James. Preciso conversar, flertar e voltar a saber a diferença entre uma pessoa querendo me ajudar e uma pessoa me querendo.

O telefone toca e Karen avisa que todos me esperam para a reunião. Levanto e respiro fundo. Preciso tratar esse processo como mais um processo. O objetivo é resolver, não importa o quê. Não posso ficar me lembrando de Mia, a antiga secretária do papai que agora quer tirar uma fortuna dele com a acusação de assédio. Não quero me lembrar de que isso é um assunto pessoal demais para discutir em uma mesa de reuniões. Sou a chefe e não a filha neste momento.

– Boa tarde.

Um pequeno coro responde ao meu cumprimento. Ando em direção à cadeira vazia e não olho para ninguém, mas assim que me sento posso ver que Jack está acompanhado por um homem de cabelos curtos, barba por fazer e muito bom em trocar pneus.

– Olá, Marina. Este é o Senhor Erik Gouveia, meu novo assistente. Importa-se de ele participar?

– Não, Jack. Sei que você vai precisar da ajuda dele. Bem-vindo, Senhor Gouveia.

– Obrigada, Senhora Muller.

Estou calma, focada no meu momento CEO, distribuindo pastas com cópias do processo, falando pausadamente e sem emoção. Explico o que sei e menciono a possibilidade de fazermos um acordo. Contudo, é como se a presença dele fosse maior do que todas as outras. Meus sentidos estão totalmente conectados com ele. Cada virar de página, cada palavra sussurrada, cada anotação é percebida por mim como se eu fosse uma onça à espreita de sua vítima. Quando ele esfrega o queixo, pensativo, volto a falar, a fim de não deixar minha máscara cair.

– Então, Jack... Acha que podemos fazer um acordo que a deixe feliz e não nos faça falir?

– Sim. A quantia que a Mia está pedindo é exorbitante, mas eu posso falar pessoalmente com ela e mostrar que um acordo é interessante para ambas as partes.

Estou começando a calcular uma cifra quando alguém interrompe meus pensamentos.

– Desculpe, mas não acredito que um acordo seja a melhor opção.

Ninguém está gritando, mas neste momento é como desligar um rádio que estava em um volume absurdamente alto.

– Por que não, Senhor Gouveia? – indago.

– Perdoe-o, Marina, ele é novo aqui...

Interrompo a fala de Jack levantando o indicador em sua direção.

– Deixe-o falar. Prossiga, Senhor Gouveia.

– Eu não quero ser indiscreto, mas um acordo em casos desse tipo costuma denotar culpa. Esses funcionários podem até ter tido um caso, mas não acredito em assédio. Então por que fazer um acordo?

Ele sustenta meu olhar como se estivéssemos apenas nós na sala e como se ele fosse meu advogado particular há tempos.

– Porque um dos funcionários é o meu pai e eu não quero escândalo com o nome dele.

– Honestamente? A senhora acredita que um acordo milionário não vai render um escândalo? Seu pai está doente. Só ela vai poder ir à mídia e se posicionar. Pense bem.

Penso por alguns segundos, sem desviar meus olhos dos dele.

– Um julgamento pode expor demais a sua família – James pondera.

– Mas uma absolvição vai inocentá-lo sem sombra de qualquer dúvida, e ainda vai nos permitir processar a ex-secretária. Além disso, quem garante que, se nós a tornarmos rica, ela vai ser a última a nos procurar com um processo desse tipo? – Erik não vacila.

As engrenagens do meu cérebro só faltam fazer barulho de tanto trabalhar. O olhar dele é tão firme que logo me decido.

– Certo. Vamos a julgamento e o caso é seu, Senhor Gouveia. Vamos nomear alguns assistentes para assessorá-lo.

Levanto-me e ele vem em minha direção, estendendo a mão.

– Está limpa desta vez – ele diz baixinho, em alusão ao acontecimento do dia anterior.

Eu a aperto suavemente:

– Se perder essa causa, está despedido.

– Não vou perder.

– Ótimo. Mantenha-me informada. Quero acompanhar de perto.

– Certamente.

Solto sua mão e ele abre a porta para mim. Sou seguida por James, que só espera estarmos sozinhos e de porta fechada na minha sala para começar a falar.

– Primeiro vou falar como seu assessor. No que exatamente você estava pensando para dar um caso desse tipo para um advogado que está aqui para trabalhar em relações internacionais e filiais latinas?

– Porque ele foi o único a demonstrar um real interesse pelo caso.

– Ok, agora vou falar como seu amigo. O que esse cara tem que te fez colocar a reputação do seu pai nas mãos dele?

– Primeiro, ele é nosso funcionário. Não está sozinho nessa. Vamos acompanhar de perto. Só estou aproveitando a paixão de novato que ele ainda tem, mas vamos contar com o conhecimento dos nossos velhos e espetaculares advogados. As ideias dele servirão de guia, e os outros vão tratar de fazê-lo vencer.

– Você está ficando má, Marina Muller.

Sorrio.

– Em segundo lugar, ele é gatíssimo – prossigo.

James gargalha.

– Você está má de verdade.

– Brincadeiras à parte, eu realmente acho que ele está certo. Um acordo milionário só serviria para gerar ainda mais especulação, e talvez abrisse um precedente perigoso.

– Uma parte minha diz que você tem razão, mas a outra grita que no mundo dos negócios um dinheiro gasto para calar a boca de alguém é um dinheiro bem gasto.

– Eu sei, mas, quando assumi a empresa, prometemos fazer sempre o que achássemos certo.

– Estou contigo, mas espero que a sua concepção de certo seja melhor que a minha.

Vejo James abrir uma revista e me pergunto se aquela afirmação é real ou se foi simplesmente uma frase de efeito.

– Não precisa ser melhor. Precisa funcionar – brinco.

– Eu não digo isso há muito tempo.

– Já disse tantas vezes que eu me apropriei da ideia.

– Não faça isso. Você é um milhão de vezes mais competente do que eu.

Ele beija minha testa e segue em direção à porta. Não é a primeira vez que vejo meu amigo se colocar em posição de desvantagem e dizer coisas do tipo "sou um cara de caráter torto, não sirvo de exemplo". Desta vez, porém, algo me parece mais preocupante. Resolvo amenizar:

– Ei, aniversário da Melissa na sexta, no Meatpacking District. Você vai comigo.

– Você vai?

– Preciso retomar minha vida sexual, quer dizer... social. – Faço um ar inocente.

– Devia se inscrever em outro MBA, então. É mais a sua cara do que arrumar um namorado nesses lugares caros e esnobes de que eu e a Melissa gostamos.

– Eu não quero um namorado, quero um...

– Shhhh... – Ele coloca as mãos sobre os ouvidos. – Não quero ouvir, não quero saber. Fique linda. Te pego às nove.

É possível não amar o James?

As persianas estão abertas, Manhattan se mostra esplendorosa à minha frente e eu tenho uma nota de cem dólares entre os dedos. Há duas digitais nela, deixadas pelos delicados dedos sujos de Marina e pelos meus. As duas estão sobrepostas e borradas: uma minha, uma dela. Sem entender o motivo, me lembro dos legistas do *CSI*. Se essa nota fosse encontrada em uma cena de crime, qual seria o resultado do exame de DNA? Sairia o meu, já que a graxa estava na minha mão? Sairia o dela? Ou os dois? Que ideia estúpida! Às vezes os meus pensamentos fogem da racionalidade; eu concluo coisas sem sentido ou de um jeito que só faz sentido para mim. Um exemplo dessa lógica particular é dizer que, para mim, foi romântico imaginar que nós poderíamos estar misturados na pequena marca impressa na nota. Romântico e doente também.

Ontem, quando a vi com o olhar perdido dentro do bar, preferi me esconder. Juro que tentei deixar pra lá, mas ninguém se ofereceu para ajudar e eu não consegui vê-la parada ali, sem saber o que fazer, no meio de um bando de gente bêbada demais para notá-la. Era só uma garota, e em nada se parecia com a grandiosa Marina Muller. O mais impressionante é que ela se manteve assim mesmo depois que eu falei que trabalhava para ela. Gostei do jeito como ela se preocupou em pegar o guarda-chuva do manobrista para tentar evitar que eu me molhasse. Achei bonitinho ela se desarmar e falar em português. Quase me apaixonei quando ela me estendeu a mão com tanta naturalidade, sem se preocupar em se sujar. Mas eu não podia me deixar levar por um acaso. No outro dia teria que encará-la. Ela é minha chefe, e eu preciso passar uns tempos por aqui. Já que não tem outro jeito, que seja em uma sala com ar-condicionado e não vendendo hot dog em alguma esquina.

O Outlook avisa que tem e-mail novo. É dela. Nada demais. Anexos com a ficha de registro da ex-secretária, extratos do cartão de crédito corporativo que ela usava e algumas fotos. Na mensagem ela não diz muita coisa, apenas "Não sei se isso poderá te ajudar. Espero que sim. Atenciosamente" e uma daquelas assinaturas digitais, totalmente padrão. Aqui dentro ela é tão diferente... Não que eu a conheça, mas as pessoas emitem sinais, e os que ela emite são quase contraditórios. Ontem, quando Marina estava indo embora e eu a chamei, eu não queria cobrar o dinheiro. Estava pensando em convidá-la para um café ou qualquer outra coisa, só para poder ver mais um pouco a sua versão de cabelo desalinhado, mas acabei desistindo e encerrando a conversa com aquela cobrança imbecil. Até isso foi surpreendentemente bom... O jeito autoritário e ligeiramente sensual como ela reagiu acabou me divertindo ainda mais. Eu devia estar em um daqueles dilemas, com o diabinho em um ombro e o anjinho no outro: nos poucos minutos que dividi com ela, mudei de ideia uma dúzia de vezes.

Agora, enquanto penso em como resolver esse processo contra o pai dela, que queima em minhas mãos, relembro seu olhar sério, arrogante e penetrante cravado em mim minutos antes, tão diferente dos doces olhos úmidos de chuva da noite anterior. Não há como negar que ela me atrai. Ela me atrai em suas duas versões, e não existe motivo lógico para isso. Mas é assim que funciona, uma verdade não exclui a outra. Por mais que não faça sentido, eu só consigo pensar em conhecer melhor Marina Muller ou só a Marina. Quem sabe as duas.

10

"Se eu não me vigio um instante
Me transporto pra perto de você."

("Equalize", de Pitty e Peu Souza,
interpretada por Pitty)

Uma semana nesta vida de mocinho. Até que não foi tão ruim assim. Tenho uma pilha de papéis na minha mesa, uma dezena de e-mails para responder e ando estudando, como se não houvesse amanhã, antigas acusações de assédio sexual que envolveram grandes empresários e figurões da política. Resultado: muita distração e pouco ócio. Combinação excelente para quem quer que o tempo voe. E voou. Nunca mais cruzei com a nossa ilustre CEO, o que ajudou a diminuir minha fixação. Note que falei em "diminuir", não em "extinguir", pois eu tenho tempo ocioso em casa e agora também tenho internet, o que me transformou no maior stalker dos últimos tempos.

Descobri que ela cursou economia em Harvard, onde conheceu um estudante de medicina, e eles namoraram por um ano e meio. Ficaram casados por quatro anos e ela está viúva há dois. Uma matemática tão surreal que me fez consultar vários sites para ter certeza de que é verdade. Descobri também que ela ganhou um número exorbitante de prêmios nos últimos tempos por quase ter dobrado a fortuna dos pais em um ano de gestão. Sobre o fato de ela ser brasileira não há muita coisa. Ligando os fatos, concluí que ela nasceu na época em que seu pai estava investindo em petróleo e acabou fixando residência no Brasil, metido em negócios com o governo. De tudo o que eu vi e li, o mais importante foi ter certeza de que a cor do cabelo dela é natural, porque é exatamente a mesma em todas as fotos, inclusive em uma em que ela tem no máximo doze anos e aparece ao lado dos pais. Soa estranho até mesmo para mim, mas confesso que minha fixação por Marina começou pelos cabelos. Adorei saber que eles são exoticamente naturais. Para tornar tudo ainda mais assustador, preciso dizer que passei uma noite procurando fotos dela só pra ver se encontrava alguma em que aparecesse de cabelos soltos, mas eles sempre estão presos. Sempre, e a fixação foi aumentando...

Depois daquela noite, passei a levar trabalho para casa. Ótimo *autoanalista* que sou, decidi que estava transferindo minha energia, antes destinada ao combate ao crime, para Marina. Durante o dia eu continuava advogado, mas de noite estava sem função, então adotei, para me distrair, a personalidade de um adolescente obcecado por uma rockstar. Como tratamento, estabeleci uma meta de leitura por noite e resolvi o problema.

Olho para o relógio e resolvo fazer uma pausa. Ligo para Jack e pergunto se ele quer sair para almoçar. Ele pede quinze minutos e eu respondo que vou esperá-lo na calçada. Já não estranho tanto as ruas, as pessoas e os sons. Estou me habituando. Sempre levei uma vida solitária, de raros amigos (leia-se *nenhum*) e pouca diversão. Vendo por esse lado, Nova York está se saindo melhor que a encomenda. Tenho me alimentado e dormido bem. Estou trabalhando em uma empresa bacana e há uma moradora nova no meu prédio. Tudo muito bom para um período de férias. O único problema é que possivelmente minhas férias vão durar alguns meses, e é exatamente essa parte que ando bloqueando para não pirar. Ainda bem que meu chefe tem o lindo dom de falar feito uma matraca, e é só ele se aproximar para encher o ambiente com sua falação.

– Desculpe a demora. A H&L adquiriu muitas empresas neste último ano, e essa diversificação de negócios está me deixando quase louco.

– Muitos problemas?

– Não, mas algumas são do mesmo segmento, então estamos liquidando algumas razões sociais e fazendo a unificação.

– Entendo. Alguma no Brasil?

– Sim, mais tarde te passo os processos.

– Certo. Vamos almoçar?

– Vamos sim.

Jack tem jeito de boa gente. Ele é do tipo que abre a carteira, mostra foto da esposa, dos filhos, do cachorro. Conta como foi seu primeiro dia na faculdade, no primeiro emprego, na H&L Associados. Notando sua facilidade de comunicação, aproveito para encaminhar a conversa.

– Você está aqui há quanto tempo?

– Ah... Muito tempo. Quando cheguei aqui, não tinha esse físico nem essa cor de cabelo.

Dou uma risadinha típica.

– E como foi ver a empresa mudar depois da saída do Senhor Holmes?

– Foi difícil. – Jack muda o semblante. – Principalmente por causa das condições em que o tiraram de lá.

– Os sócios não pensaram em nomear alguém mais experiente para liderar a empresa?

– Claro que sim, mas são sócios minoritários. Tiveram que aceitar quando a Marina assumiu.

– E vocês não ficaram com medo de a garota estragar tudo? – digo entre uma garfada e outra, como quem não quer nada.

– Sinceramente? Não. Mas eu não era a maioria. O medo era compreensível. Parecia um grande risco, porque ela era jovem, recém-viúva e para piorar estava vendo o pai, que sempre foi o seu ídolo, terrivelmente doente. Ninguém desconfiava dos seus conhecimentos sobre negócios, mas alguns questionavam o seu estado de espírito.

– Mas ficou tudo bem.

– Tudo ótimo. As empresas nunca estiveram tão bem.

– Ela deve ter superado todas as adversidades.

– Ou focou nos negócios para não desmoronar.

Quanto mais migalhas eu recebo sobre a vida dela, mais imagino o complemento das informações, e isso é tão instigante que chega a ser prazeroso. Imagine uma história cheia de lacunas, em que nada combina com a figura da pessoa que você viu brevemente. Não me julgue. Você certamente também se sentiria tentado a entender melhor essa garota, principalmente se fosse uma pessoa ociosa e fora das redes sociais como eu.

– Hoje tem happy hour. Todo mundo vai para o Blind Tiger depois do expediente. Posso te dar uma carona.

– Legal.

Legal é tudo o que eu consigo dizer quando estou prestes a fazer algo por falta de opção melhor, mas Jack é boa gente e deve estar querendo enturmar o estrangeiro deslocado, então me esforço.

– Legal. Vou sim.

As sextas-feiras tendem a ser mais leves, mas esta parece ter saído diretamente do inferno. Aconteceu de tudo. Karen teve uma queda de pressão e precisou ser levada para o hospital. Exatamente pelo excesso de contratempos, perdi a vontade de ir à festa, mas James me intimou, disse que já estava saindo de casa e que estava vindo de táxi. Ele avisaria quando estivesse na porta, e era para eu descer IMEDIATAMENTE. Não tive escolha a não ser escolher algum vestido caro, preto e brilhante. Será que isso ainda está na moda? Bem, preto é básico, brilho é clássico e no Meatpacking District vale mais a grife e o preço do que qualquer outra coisa. Prendo o cabelo e desço. Do hall do prédio, ligo para James.

– Você está atrasado.

– Vamos nos mudar para o interior e isso nunca mais vai se repetir.

– É preciso considerar o trânsito para não se atrasar para os compromissos.

– Você não é um compromisso, é só a caçula com vontade de passear. Cheguei, pode sair.

O táxi para e James desce do carro para abrir a porta.

– Você está um espetáculo. Adorei o vestido. Devia ter soltado o cabelo, para ficar mais descontraída.

– Paetê pra todo lado e um salto indecentemente alto lhe parece pouco?

James pega na minha mão, me faz dar uma voltinha e me olha de cima a baixo.

– É... Até que está bom. Eu pegaria.

– James!

– Estou brincando. Entra logo.

Não lembro exatamente quando foi a última vez que estive no Meatpacking District, mas certamente faz mais de três anos. A única coisa de que me recordo é que eu estava com as meninas comemorando algo que na verdade era só uma desculpa para sair, beber e dançar. A gente riu e falou bobagem a noite toda. Depois, elas foram para minha casa e passamos o domingo todo de roupão, assistindo TV e tagarelando. Adam estava em algum lugar do planeta do qual eu não me lembro, salvando o mundo ou apenas enriquecendo alguém, considerando mais de um ponto de vista. Ao repassar essas lembranças, eu diria que tudo aconteceu há mais de dez anos. Parecíamos tão meninas, éramos tão meninas, talvez ainda sejamos, mas com menos risos.

Melissa nos abraça. Eu lhe entrego o presente e ela dá pulinhos sussurrando o nome da marca. Ela sabe que é uma joia, e sabe que eu a conheço o suficiente para não ter comprado nada discreto. Não me pergunte como ficamos amigas. Nós simplesmente ficamos, e, falando abertamente, o pouco de alegria que a minha vida teve em Harvard foi graças a Melissa, que sempre soube de todas as festas e tem um talento nato para entrar de penetra. Priscila também estava em todas, mesmo que fosse para carregar alguém bêbado de volta para o dormitório, ajudar a encontrar a cama e servir um café forte. Brenda era minha colega de quarto e tinha jeito de certinha, mas, como nós morávamos sob o mesmo teto, eu sabia que ela conhecia os jogadores de todas as modalidades esportivas da faculdade. Conhecer no sentido arcaico da palavra, entende? Quanto a mim, sempre fui a garota do meio. Aquela que bebe mas não dá vexame. Dança mas não extrapola. Beija alguns, transa com raros. Sempre convivi igualmente com os nerds e com a turma do baseado, sem nenhum problema. Sou neutra, mas não sei se isso é bom ou ruim.

As pessoas se dispersam e vão tratar do que se deve fazer em um night club badalado. Eu prefiro ficar no bar até estar alegre o suficiente para me acabar de dançar. Antes disso, um rapaz se aproxima e pergunta se pode me pagar uma bebida. Dou de ombros e espero para ver no que vai dar. Dois minutos depois, já estou entediada. Olho para o lado e vejo James conversando com Priscila. Fico pensando na improbabilidade daquela cena enquanto o cara tenta se exibir falando de carros, lanchas e sei lá mais o quê. James olha em minha direção e eu dou um tchauzinho. Ele me pede para esperar e eu digo que estou bem, que ligo depois. Dou risada da nossa cena de leitura labial em meio ao barulho e o rapaz me pergunta se há algum problema.

– Não. Tenha uma boa noite.

– Mas você já vai? Nem terminei de contar como eu me tornei modelo.

– Ah... sim. Me deixe pensar. Você estava tranquilão bebendo com a galera, nem pensando nesse lance de ser top model internacional e desfilar nas passarelas de Milão, mas um cara chegou, te disse que você era boa pinta, que levava jeito e te entregou um cartão. Você ligou no outro dia só pra ver qual era, nem estava tão interessado assim, mas dois meses depois você já era o cara mais requisitado em uma fashion week qualquer. Agora você já está cansado dessa vida puxada de viajar pelo mundo exibindo sua beleza e resolveu dar uma parada, abrir uma empresa, virar agente ou algo do tipo. Acertei?

Ele me olha constrangido e não diz nada.

– Imaginei. Obrigada pelo testemunho tão inspirador. Tenha uma boa noite.

Saio depressa, antes que alguma das meninas me veja e começa aquela história do "não vai ainda, está muito cedo".

O club fica na cobertura de um hotel, por isso é impossível sair sem dar uma paradinha para apreciar a vista. Assim, longe do campo de visão dos conhecidos, aproveito para dar uma olhada. Daqui de cima, Manhattan está ainda mais linda. Suas luzes parecem um cordão de enfeites, e é quase um desperdício deixar para trás aquele lugar que parece estar suspenso no céu de tão alto. Porém, não importa quão precioso seja um ambiente, tudo passa pelo crivo do nosso humor, do nosso julgamento e do nosso cansaço. Não tem jeito: uns três anos se passaram no tempo real, mas eu envelheci bem mais do que isso. Não sou mais menina o suficiente para ser feliz sem motivo.

Pego um táxi e, no meio do caminho, desisto de ir para casa. Adoraria dizer que resolvi ir tomar uma cerveja para espairecer e aproveitar a noite despretensiosamente, mas só pensei em tudo isso porque me lembrei de que estamos na última sexta-feira do mês e isso significa que o pessoal do escritório está no Blind Tiger. Olho para o relógio e me dou conta de que já está bem tarde para um happy hour, mas quem sabe alguém ainda esteja por lá? Se tiver sorte, talvez encontre até um brasileiro perdido em alguma das mesas. Envelheci, mas não estou morta, e essa ideia vem com tanta força que não posso – e não quero – resistir.

Abro a porta e o som de conversa, risada e copos me invade. O bar está lotado como deve ser. Dou uma olhada ao redor e não vejo ninguém. Me aproximo do balcão e um copo surge do nada.

– Crossroads Brick Row Red, nova-iorquina como nós, 5% de álcool, bem levinha para ser apreciada várias e várias vezes. Sua preferida.

– Você ainda lembra?

– É claro que sim. Eu sabia que você ia voltar.

A vantagem de crescer em uma empresa é que se começa a frequentar happy hours muito cedo, o que nos faz virar o mascote de alguns donos de bar.

– Obrigada. – Tomo um gole e sorrio. – Continua sendo a minha preferida.

– Essa é por conta da casa.

– Tem alguém da H&L por aí ainda?

– Acho que não. Eles estavam sentados lá no fundo – ele diz, esticando o pescoço para tentar enxergar.

– Vou até lá. Obrigada pela cerveja.

Entre uma mesa e outra, uma pessoa e outra, acabo esbarrando em Jack.

– Oi, já está indo? – digo naturalmente, o que não parece convencer, porque ele está com aquela cara que meu pai fazia quando eu dizia que ia estudar mas na verdade ia namorar.

– É, estou. Já passou da hora...

– Ah! Que pena. – Céus, qual é o tamanho da minha cara de pau?

– Mas o Erik ainda está lá – ele informa, apontando para uma das mesas próximas à janela.

Bingo!

– Legal! – é o que eu consigo dizer de imediato, mas Jack continua me olhando com sua expressão paternal, então penso em algo mais. – Legal, vou lá dar um oi pra ele.

A expressão vira um balançar de cabeça desconfiado e um "até mais". Vai entender...

Erik está distraído, olhando para fora. Após observá-lo por dois segundos e meio, me aproximo, apoio o copo na mesa e espero ele olhar para mim.

– Posso me sentar ou você já está de saída?

– Eu estava saindo, mas acabo de mudar de ideia. Pode se sentar.

– Mudou de ideia por quê?

– Estou doido para saber o motivo de você estar toda brilhante em um bar que serve frango frito e cerveja.

– Aqui também tem ótimos vinhos e a melhor salada mediterrânea que eu já comi – respondo.

– Você não parece estar atrás de uma salada...

Ok, eu sou desenvolta e é difícil um cara me inibir. Convivo com James, que é o meu curso intensivo de canalhice masculina, por isso me sinto vacinada. No entanto, esse cara tem uma frieza e um calor que me desconcertam.

– Eu estava em uma festa – admito.

– E o buffet era terrível. Além disso, um cara sem dente ficou no seu pé querendo contar quantos paetês tem nesse seu vestido.

– Caramba! Você é bom mesmo nessa coisa de adivinhação.

– Eu sei. É um dom que eu tenho – ele diz, abrindo os braços e fazendo uma expressão de confissão.

– Estou realmente impressionada.

Depois do riso, inesperadamente começo a tagarelar.

– Na verdade o buffet era excelente e o cara que estava a fim de ver os paetês do meu vestido espalhados pelo chão era escandalosamente bonito.

– Mas... – Erik espera pela conclusão da frase.

– Mas era um completo imbecil.

– E você desperdiçou uma comida boa por causa disso?

– Vai parecer estranho o que eu vou dizer, mas acho que estou velha para badalações.

– Não parece estranho não. Olha pra mim. Eu poderia estar em qualquer lugar de Nova York e resolvi passar a noite tomando cerveja com o meu chefe.

– Puxa, estou até me sentindo mais normal agora.

– Ao seu dispor.

– Não conhece mais ninguém aqui?

– Não.

– Então por que veio para cá?

– Exatamente por isso.

Ele ri por trás do copo e eu me dou conta de que não foi uma boa ideia ter vindo. Vou fazer besteira, sei que vou. Todos os poros da minha pele estão gritando isso.

– Acho que já vou indo. Você estava de saída e eu não quero ser inconveniente.

– Marina, só volto a ser seu empregado na segunda-feira de manhã. Temos bastante tempo até lá.

Fico em silêncio e esboço um sorriso.

– Você pode reclamar da vida ou me falar sobre as suas lembranças do Brasil. De repente, pode ficar calada e só tomar a sua cerveja. Sei lá, seja o que for, não vai ultrapassar a porta de entrada da H&L. Não se preocupe.

– Desculpe, eu não quis parecer...

– Não precisa se desculpar. Você não me conhece. É absolutamente normal – ele me interrompe gentilmente.

Dou um gole grande na cerveja e tento quebrar o gelo:

– Então quer dizer que aqui tem frango frito?

– Dizem que é o melhor da cidade. A senhora gostaria de lambuzar os dedos em uns pedaços?

– Adoraria.

As horas seguintes são deliciosamente rápidas. Nós não conversamos sobre o Brasil, a empresa ou os Estados Unidos. Não falamos de romance, amor ou casamento. Não chegamos nem perto de assuntos familiares ou pessoais. Falamos sobre as nossas piores quedas na infância e quantas vezes engessamos braços e pernas. Falamos sobre futebol, basquete e MMA. Discursamos sobre os melhores sanduíches do mundo e a pior ressaca que tivemos. Ele me conta que a cicatriz que deixou uma falha em sua sobrancelha direita foi deixada por um cachorro que, de tão assustado, o mordeu enquanto ele tentava salvá-lo de uma enchente aos nove anos. Eu conto que sou cega feito uma porta e uso lentes de contato especiais. Confesso que já assisti a *Como se fosse a primeira vez* vinte e duas vezes e que sei as falas de cor só porque a ideia da conquista diária me parece tão perfeita que só caberia em uma comédia romântica com Adam Sandler e Drew Barrymore. Nessa hora, ele não me confessa nenhuma fixação estranha, mas sorri de um jeito que não me deixa sentir vergonha.

Não sei o motivo de eu ter escolhido conhecê-lo, mas cada detalhe faz com que a razão não importe. É bom estar de volta a essa parte da vida, e é melhor ainda que esteja acontecendo com ele.

Ah! Não, eu não faço nenhuma besteira, mas dou meu telefone para o caso de ele querer me ligar e eu, finalmente, perder o juízo de vez.

11

"Será que eu sei
Que você é mesmo
Tudo aquilo que me faltava?"

("Por Onde Andei", composta
e interpretada por Nando Reis)

Eu ainda estou deitado, com os olhos fechados e os pensamentos perdidos, quando ouço o som da ligação pelo Skype. Lembro-me da promessa de ligar no fim da sexta-feira para Clarice e entendo perfeitamente o motivo de ela estar chamando tão cedo. Vingança, claro. Sento-me na cama, passo a mão pelo rosto e puxo o computador.

– Oi, maninha. Não vou me desculpar porque você já se vingou me tirando da cama a esta hora.

– Quase dormi em frente ao computador esperando você ligar.

– Saí com o pessoal do escritório e acabei voltando mais tarde do que imaginava.

O semblante de Clarice se suaviza, demonstrando claramente sua felicidade por saber que estou tendo uma vida normal.

– Está gostando daí?

– Para um período de férias, não está nada mal.

– Está com uma cara boa.

– Impossível. Nem lavei o rosto ainda.

– O pessoal deve ser bacana pra conseguir te segurar num happy hour até tão tarde.

– Conheci uma garota.

– Ai, Deus. Não me diga que ela está aí.

– Não, claro que não. Se ela estivesse, não teria te atendido.

– Adoro a magia das suas prioridades.

Inclino a cabeça e entorto a boca, naquela típica careta "fazer o quê?".

– Fala mais.

– Falar do quê? Estou dormindo ainda, Clarice.

– Fala dela.

Não, não, não. Não vou entrar nesse esquema de ficar fazendo confissões para a irmã mais velha. A minha é mal-acostumada feito o diabo só porque tem adicional de mãe.

– Ela é legal.

– Não vem com essa de *legal*.

– Aaaah, Clarice! Ela é bem-humorada, leve, inteligente, tem bom papo e é meio ruiva... Sei lá. É só uma garota bonitinha e bacana que me fez companhia ontem e foi legal.

– Bonitinha?

– É, ela não é nada espetacular, mas tem uma coisa... – Paro de falar quando percebo que minha irmã está conseguindo exatamente o que queria: confissões.

– "Tem uma coisa". Sei... Aquela coisa que não se consegue explicar, mas que atrai, encanta, aproxima?

– Para de viajar. A gente se esbarrou num bar e conversou, só isso.

– Está bem, vou parar de insistir. Só vou dizer mais uma coisinha: se ela te deu o telefone e você tiver vontade de ligar, ligue. Você está velho para fazer joguinhos.

– Você parece uma tia solteirona de meia-idade dando conselhos sentimentais a um garoto de quinze anos. Pelo amor de Deus...

– Tchau, Erik. Termine de acordar para melhorar o seu humor. Vou te mandar um e-mail depois para saber como foi o final de semana.

Despeço-me e vou direto para o chuveiro. Já que acordei, decido começar logo o sábado. Depois de tomar banho e de comer alguma coisa, olho para o celular e me lembro de Marina sorrindo e tentando me convencer de que o basquete é o esporte coletivo mais emocionante que há. Ela é daquele tipo de pessoa de quem você tem que se forçar a se afastar, porque a conversa é tão boa, tão variada e tão natural que você passaria a vida se entupindo de cerveja e coxinha de galinha sem perceber. A vontade de ligar é grande. Passar o sábado sozinho, enfiado na cama, enquanto eu poderia discutir com ela o valor do orégano para um bom bauru, parecia um desperdício de vida.

Mas eu não posso ligar. Mesmo sabendo que as chances de ela estar esperando que eu ligue sejam imensas, há uma pequena possibilidade de ela ter um compromisso, querer descansar ou simplesmente me achar invasivo. Clarice está casada, talvez por isso ache que os mais velhos não precisam de jogos. Ela está enganada. Quando o assunto é homem e mulher, tudo é jogo, e eu preciso de uma estratégia para manter Marina por perto nem que seja como amiga. Não vou negar que, entre um riso, uma bobagem e a cerveja, tive vontade de beijá-la. Principalmente quando ela apertava os olhos, estreitava os lábios e balançava a cabeça, contrariada. Ela tem olhares e expressões atraentes, mas não fiquei pensando nisso o tempo todo, como costuma acontecer. Na maior parte da conversa, não me preocupei em encaminhar as coisas para a minha casa ou para a dela. Estava tão absorto naquele bem-estar que só pensava nas palavras dela e em como prolongar aquele papo. Só voltei a pensar em beijos e roupas no chão quando ela olhou para o relógio e notou que o bar estava quase vazio. Eu me ofereci para acompanhá-la, mas ela respondeu que estava acostumada a andar sozinha. Estranhamente, não insisti, nem me aproximei. Nós dividimos a conta e encerramos a noite com um aperto de mão. Tem algo nela que eu não consigo decifrar. Uma parte me diz que, se eu me aproximar, vai ser encrenca. A outra diz que, se fizer isso, ela pode fugir. Mesmo assim, eu só quero poder dar mais um passo em sua direção.

São quase seis da tarde e ele não ligou. Está certo que a probabilidade de ele ligar era baixíssima, mesmo assim pensei que ligaria. Durante o dia foi fácil me desligar da sensação deliciosa daquele encontro, pois estive na casa dos meus pais, e, como sempre, foi muito triste. Papai dormiu a tarde toda, e mamãe parecia tão cansada que deveria ter dormido também. Depois, fui ao Green-Wood cumprir minha missão diária, que só não cumpri no fatídico dia do temporal acrescido do pneu furado. Hoje foi um dia absolutamente normal, mas ainda é cedo, e eu tenho muitas horas para ficar remoendo a imagem do que vivemos. Felizmente a campainha toca, e, por um segundo, sinto um frio na barriga, pensando que pode ser ele. Engraçado como nossas reações são instintivas. Se meu cérebro sabe que é impossível ser o Erik, já que ele não tem meu endereço e, mesmo que tivesse, não o deixariam subir sem ser anunciado, de onde vêm esses cinco segundos de agonia juvenil? De onde vem essa ansiedade por cogitar um reencontro inesperado?

Abro a porta e James invade o ambiente com seu andar sempre resoluto e charmoso.

– O que te traz aqui num sábado à noite?

– Não posso te visitar?

– Claro que pode. Só que suas visitas costumam ser diurnas, já que as noites tendem a ser agitadas.

– Estou mais para um filminho hoje.

– Legal. A gente pode pedir comida chinesa.

– Perfeito.

– Você está agitado.

– Passei a noite com a Priscila – ele desabafa.

Apoio o cotovelo no braço e a mão sobre a boca, tentando formular um pensamento que dê algum sentido ao fato de James e Priscila acabarem na mesma cama, mas é em vão. Não consigo, e mesmo que eu quisesse não conseguiria, pois James não me dá tempo para pensar.

– Fala alguma coisa.

– Como é que isso aconteceu?

– A gente estava conversando sobre você.

– Sempre me deixa feliz saber que eu sou o assunto da rodinha – digo, arregalando os olhos.

– Me deixa terminar.

– Ok.

– Falávamos da nossa preocupação com a sua dificuldade para voltar a se soltar... De voltar a ser quem você era antes de tudo isso.

– Como vocês foram parar na cama com um assunto desses?

– Ela disse que algumas pessoas têm dificuldade para se soltar mesmo sem ter passado pelo que você passou, e eu perguntei se era o caso dela.

– Ela disse que sim.

– É, e eu falei que ela era jovem, bonita e devia aproveitar mais a vida.

– Você não disse isso.

– Disse e complementei com aquele meu papinho-padrão e ela me beijou. Quarenta e cinco minutos depois, paramos o beijo e ela me perguntou se iríamos para a casa dela ou para a minha.

– Que beleza!

– Segui meu instinto e fui para a casa dela.

– Instinto?

– Nunca levo ninguém para a minha casa, para ninguém saber onde eu moro.

– Mas a Priscila sabe.

– E eu só me lembrei disso quando estava com a cabeça dela adormecida em cima do meu braço.

– Você passou a noite toda lá?

– Ela estava em cima do meu braço!

A risada surge na boca do meu estômago e eu aperto os lábios para controlá-la, mas a cara de repreensão dele me faz deixá-la escapar. O riso vira gargalhada, e James fica cada vez mais bravo.

– Desculpe. É que a imagem é hilária. Você com o braço preso debaixo dela, entrando em pânico, morrendo de vontade de fugir...

– Não tem graça.

Começo a recuperar o fôlego e a tentar me controlar.

– E depois?

– Tomamos café juntos, ela chamou um táxi para mim, me acompanhou até a calçada e me deu um selinho de despedida.

Mais uma vez tenho vontade de gargalhar diante da cara de fobia a relacionamentos que o James tem, mas dessa vez me seguro.

– Vai ficar tudo bem – tento contemporizar.

– Sério? Isso era o melhor que você tinha a dizer?

– Na verdade eu poderia dizer várias coisas, mas digamos que eu também me diverti ontem sem pensar muito bem no hoje. Não estou em condições de julgar.

– O que você fez? Eu vi que você saiu sozinha.

– Mas eu não fui pra casa.

– Foi pra onde?

– Blind Tiger.

James franze a testa, demonstrando um esforço imenso para entender aquela escolha. Não é necessário muito tempo para ele traçar a linha do meu raciocínio nada lógico.

– Você foi atrás do advogado malhado que não faz a barba?

– Dito dessa forma, parece ridículo.

– É ridículo dito de qualquer maneira. Você está maluca? Está se comportando como uma adolescente óbvia.

– Pode ser, mas tem alguma coisa nele que me faz querer conhecê-lo.

– Tantos homens no mundo e você cisma de conhecer um dos seus empregados?

– Eu o conheci fora da empresa, mas isso não vem ao caso. A parte intrigante é que a gente costuma supor. Costuma querer interpretar tudo no outro, criar estereótipos e julgar. Só que com ele eu não consigo. Eu olho para ele e não consigo ver nada, não consigo prever nem adivinhar nada. Ele é uma incógnita.

– Ele é só um cara. Você está fantasiando.

– Pode ser, mas foi divertido passar algumas horas com ele. E, honestamente, se você me perguntar se ele tem algum interesse em ultrapassar qualquer limite comigo, não faço ideia. Não ficou claro.

– E você está doida para ver aonde isso vai dar.

– Estou.

– Você tem uma relação hierárquica com ele.

– Sim, mas não imediata. Além disso, não há conflito de interesses em nossos cargos. Passei uma semana no mesmo prédio que ele e nem o vi.

– Você pensou em tudo.

– Pensei que, se eu consigo separar as coisas entre mim e você, que é o meu melhor amigo, posso fazer isso com um estranho.

James se aproxima de mim e passa as mãos em meus braços. Depois me olha firmemente e diz:

– Mas você não é apaixonada por mim.

– Nem por ele.

– Por enquanto.

– Ai, que dramalhão! Foi só uma boa conversa, provavelmente nem vai dar em nada. – Digo isso e o abraço.

Já deu, Marina... Já deu.

Resisto bravamente durante o sábado todo, assistindo a vídeos bizarros no YouTube e lendo mais um pedaço do livro que comecei. Depois, uma maratona de uma série na TV e eu adormeço em algum ponto da madrugada, no meio de um episódio qualquer. Cumpro a parte de dar um dia de folga para fazer a pessoa se afastar se quiser ou sentir vontade de me ver de novo. Talvez o manual diga que eu devo deixar a semana passar, mostrar que profissionalmente nada mudou e que ela pode confiar nos meus bons modos de advogado. Mas a essa altura, camarada, dane-se o manual, o jogo e as instruções. Eu quero vê-la de novo e não quero que seja dentro da empresa. Pego o celular e mando uma mensagem. "Faltam vinte horas para eu voltar a ser seu funcionário... Almoço?" Um minuto, dois e nada. Começo a conferir se recebi alguma notificação de erro no envio e me preparo para demonstrar toda a minha pressa reenviando a mensagem. Felizmente, a resposta chega para me salvar do ridículo: "Estou no Central Park. Me encontre no Boathouse. Venha com roupa confortável". Jeans e tênis serve? Meu armário não está dos mais variados... Respondo: "15 minutos".

Ainda estou bem distante, mas já consigo vê-la encostada em uma árvore com fones de ouvido, vestida com roupas de corrida: legging, tênis, regata e um moletom com o zíper fechado pela metade, levemente caído, deixando parte do seu ombro de fora. Eu não sei qual é o fenômeno, mas a cada encontro ela me parece mais bonita.

– Não sabia que você era do tipo que corre aos domingos – eu disse ao me aproximar.

– Eu não sou. Quer dizer, eu era, mas há muito tempo não fazia isso – ela responde, tirando os fones e os guardando no bolso da blusa.

– Desculpe não estar vestido para lhe acompanhar nessa aventura rumo a uma vida saudável, mas fazer compras não é o meu passatempo favorito e eu não trouxe uma mala muito grande.

– Tudo bem. Essa deve servir. Bicicleta ou barco?

– Para o almoço?

– Ainda está cedo para o almoço, vai.

– Bicicleta – decido.

– Excelente escolha.

Marina segue em silêncio até o quiosque de aluguel de bicicletas e cada um de nós escolhe uma. Depois de subir na sua e de me lançar um olhar desafiador, ela diz:

– Tente me alcançar, Erik. – E sai.

Não sei se você já reparou no quanto uma pessoa alta pode ser desajeitada. Se não, repare e se lembre de mim. Tudo é pequeno para alguém que mede mais de um metro e noventa: carro, poltrona de avião, mesa, pia. Agora me imagine em cima de uma bicicleta. Não estranho as gargalhadas de Marina ao olhar para trás e me ver tentando segui-la temendo dividir meu veículo ao meio. Para piorar, quando começo a pegar o jeito, ela simplesmente para no meio de uma curva e eu quase derrapo ao tentar frear. Ela nem vê. Está absorta vendo o Boathouse do outro lado do lago. Salto da bicicleta e me aproximo, empurrando a pobre magrela, que deve estar aliviada agora.

– Bonito – comento.

– É, sim.

– Você se casou aqui? – arrisco.

Marina aperta os lábios, demostrando que não se sente confortável com a pergunta, mas responde com gentileza.

– Não, mas eu queria muito. Não conseguimos uma data. Tive que me casar às pressas, porque ele estava de viagem marcada para o Iraque. Você já deve saber que ele era do exército.

– Sim.

Nem sempre o silêncio é constrangedor, e este não é. Tinha tudo para ser, mas inexplicavelmente não é. Andamos um ao lado do outro, empurrando as bicicletas e apreciando o parque. A certa altura, Marina tira o celular do bolso e fotografa alguns esquilos. Adoro vê-la sob a luz tranquila de um domingo.

Uma hora se passa sem que eu note. Logo estamos devolvendo as bicicletas.

– Da próxima vez vou escolher o barco.

– Desconfio que você fique desajeitado dentro dele também – ela diz, rindo.

– Ser alto não é muito vantajoso. Nem prático.

– Mas é bem atraente. – Marina olha para mim e acrescenta. – Almoço?

– Claro. – Voltamos a andar e eu continuo. – Eu ouvi aquilo.

Ela gargalha.

Não há a menor dúvida de que Marina fica à vontade naquelas ruas e que combina perfeitamente com elas. É tão natural o seu andar entre os turistas, o modo como atravessa fora da faixa e o jeito como cumprimenta algumas pessoas. Eu não preciso de muito para me sentir entretido ao lado dela. Gosto de observá-la e já começo a notar semelhanças entre aquela garota de moletom amarrado na cintura e a mulher que comanda um império. Ela é segura ao me levar para o parque ou para um restaurante charmoso chamado Sarabeth's. Não é autoritária, mas toma essas pequenas decisões sem me consultar, o que não é muito comum nas mulheres – e me agrada. Confesso que cada vez gosto mais.

– O que você sugere? – pergunto, olhando o cardápio.

– Acho que você devia pedir o one great burger.

– É o que vai ser.

O garçom se aproxima e eu sinalizo para que Marina faça o pedido. Ela fica bem no comando. Estamos sentados em uma mesa da calçada, e a sensação é bem diferente da que eu tive no domingo passado, quando precisei controlar o desejo de colocar uma bomba em algum lugar.

– Está gostando daqui, Erik? – ela interrompe meus pensamentos terroristas.

– Do restaurante ou de Nova York?

– Da cidade, da vida.

– Honestamente?

– Sempre.

– Pensei que seria muito pior.

– Por quê?

– Porque eu não gosto de mudanças.

– Eu gosto do seu jeito direto.

– Está flertando comigo, Senhora Muller?

– Levemente.

Não consigo conter o riso, nem ela. Suas respostas são sempre surpreendentes e divertidas, o que é bom, mas me confunde. Não consigo ter certeza das suas intenções, não sei se ela está só brincando ou se está falando sério e usando a graça como escudo. Preciso de mais tempo para descobrir. A comida chega e nós nos ocupamos em mastigar.

– Gostou? – ela pergunta.

– Sim. O hambúrguer está muito bom. Tem um molho, um creme, sei lá.

– É o guacamole. Muito bom, não é?

Conforme meu cérebro absorve a informação, a velocidade da mastigação diminui.

– O que foi?

– Guacamole é aquela coisa com abacate?

– É, por quê?

Engulo o que está na boca por educação. Depois, abro o sanduíche e, com a ajuda de uma faca, começo a tirar tudo lá de dentro.

– Mas você disse que estava bom.

– Até eu saber que você me fez comer hambúrguer com abacate.

– Mas você estava gemendo de prazer enquanto comia.

– Eu não sabia que tinha abacate no meio da minha comida. Também não exagere. Eu não estava gemendo.

– Que criancice – ela critica, divertida.

– Criancice nada. Um homem tem o direito de não querer frutas se metendo no meio da sua carne.

– Ok, desculpe. Da próxima vez eu descrevo os ingredientes.

Nós dois já mencionamos a possibilidade de haver uma próxima vez. Será que ela notou?

Terminamos nossa refeição e desta vez eu insisto em pagar.

– Eu te convidei, eu pago.

– Mas eu te trouxe até aqui. Deveríamos pelo menos dividir.

– Larga de charme. Essa é por minha conta. Além disso, eu te deixei escolher porque você tem a vantagem de ter nascido aqui.

– Não nasci, esqueceu?

– Vai me contar essa história?

– Na verdade não é uma história muito interessante. O meu pai estava expandindo os negócios enquanto a minha mãe cuidava da empresa aqui. Ela estava grávida, foi visitá-lo em um feriado e eu acabei nascendo dois meses antes do esperado. Os meus pais ficavam de um lado para o outro enquanto eu fixei residência em Parati, na casa da minha avó, que morava havia muitos anos lá. Era bom para todo mundo, e foi a fase mais feliz da minha vida. Os meus pais estavam sempre por lá, eu corria pelo quintal, adorava o clima quente e a minha mãe amava ver o mar, os barcos.

– Por isso o seu nome é Marina?

– Exatamente.

– E o que houve depois?

– Minha avó morreu.

– Entendo.

– Os meus pais iam me trazer de qualquer forma. Lembro deles dizendo que já era hora de eu começar a estudar em tempo integral. Foi o que aconteceu.

Repentinamente, percebo que a vida de Marina pode não ter sido tão boa quanto a maioria imagina.

– Então quer dizer que você é uma caiçara? – falo para aliviar o peso de algo que não sei bem definir.

– Você notou o meu bronzeado? – ela brinca.

Enquanto andamos pela calçada, Marina vai me apresentando os estabelecimentos, me contando histórias e curiosidades. É um bairro rico, cheio de gente que eu chamaria de esnobe andando pela rua. Só que não posso mais usar essa palavra, porque entre todos aqueles estranhos está a minha mais nova amiga. Marina, que me cativa a cada palavra, a cada riso e a cada gesto autêntico. Entre todas essas pessoas estamos nós, nos conhecendo como se tivéssemos nos escolhido pela impossibilidade, irresponsabilidade e estranheza. Eu, que escondo tanta coisa, sinto que nela existe alguma coisa que eu também não sei o que é. No entanto, não desconfio, não temo e sigo sem indagar demais.

Ela para em frente a um prédio e aponta para a portaria.

– Eu moro aqui.

– Nossa! Tão perto.

– É... – Ela parece sem jeito e confere a hora no celular. Morde os lábios e dá a impressão de estar em um dilema. – Quer subir e tomar um café?

– Você não tem nenhum compromisso? – pergunto, para lhe dar a chance de me mandar embora educadamente.

– Tenho, mas só daqui a algumas horas.

– Certo. Acho que temos tempo para um café, então.

– Temos, sim.

E lá vou eu atravessar a porta da casa dela e uma linha que, depois de cruzada, não tem mais volta.

12

"Hoje preciso de você
Com qualquer humor, com qualquer sorriso
Hoje só tua presença
Vai me deixar feliz
Só hoje."

("Só Hoje", de Rogério Flausino,
interpretada por Jota Quest)

Fico tentando me lembrar de quando foi a última vez em que me peguei pensando fixamente em alguém, mas não consigo. Minha história com Adam não teve esse frenesi constante e febril. Éramos dois jovens trocando telefonemas a cada dez minutos, não dávamos tempo um para o outro entre os encontros, vivíamos grudados física ou virtualmente. Nas noites em que ele fazia plantão por conta da residência, eu vivia me esgueirando pelo hospital até termos dez, quinze ou, com muita sorte, trinta minutos de sexo e declarações do tipo "não vivo sem você". É péssimo constatar da pior maneira que frases como essa são apenas tentativas de demonstrar o quanto se ama, mas não refletem a realidade. É uma pena ver que estou vivendo sem ele e que agora aquele amor imenso, lindo e incomparável que eu sempre senti está se espremendo em um canto para que caibam Erik e todos os seus olhares indecifráveis, palavras afáveis e pausas excitantes.

A verdade é que eu tenho pensado nele um número de horas muito maior do que considero saudável. Também gasto muito tempo olhando para o meu celular, torcendo desesperadamente para que ele me ligue no começo de alguma noite ao longo da semana. Desejo ainda que, de repente, ele quebre o decoro e faça uma visita à minha sala na H&L só para dizer que leu ou viu alguma coisa e se lembrou de mim. Contudo, eu entendo e, no fundo, aprecio sua atitude discreta. Ele prometeu que não invadiria meu espaço no trabalho, disse que eu não tinha com o que me preocupar, e está mantendo a palavra. Mas será que, secretamente, ele olha para o telefone e pensa em me ligar? Será que, mesmo sem contar a ninguém, ele assistiu a *Como se fosse a primeira vez* só para se sentir um pouco mais perto de mim ou para entender minha fixação? Será que todas as respostas que ele também não tem o fazem se distrair dentro das inúmeras possibilidades?

No meio de todos esses pensamentos e sensações abobalhadas – e deliciosas –, recebo a notícia de que vou precisar me ausentar, fazer uma viagem importante para a empresa. Confesso que, no exato momento da notícia, mesmo estando sob o efeito do encantamento provocado pela boa conversa e com o jeito como Erik cabe naturalmente nas minhas noites de sexta e tardes de domingo, foi em Adam que pensei quando fiquei sabendo que precisaria passar quinze dias em Chicago. Pensei nas visitas ao Green Wood. Afinal, há dois anos evito viajar porque não sei como vou funcionar sem a rotina que criei para me sustentar. Não sei como vou conseguir terminar o dia sem minha sessão de terapia alternativa e altamente torta. No entanto, não tive escolha: um dos maiores bancos americanos está com problemas, e nossa auditoria apontou que a coisa só pode piorar. Eles pediram tempo, pediram coisas que não entram em um contrato comum, e só eu posso ter essa conversa a portas fechadas com o conselho de diretores. Existem trâmites confusos no mundo dos negócios, inúmeras formas de resolver os mais diversos problemas, mas o que separa uma simples exceção de um ato ilegal é a interpretação da lei e um jeito de usá-la a nosso favor. Por isso, eu e três advogados estamos seguindo para Chicago para arrumar um jeito de a empresa não perder sua credibilidade sem perder um de seus maiores clientes.

Erik e eu havíamos combinado de nos ver novamente no fim de semana. Prometi leva-lo à Estátua da Liberdade, já que ele, por livre e espontânea vontade, ainda não tinha se rendido aos encantos dos passeios turísticos. Pensei em esperar a noite chegar para ligar, mas achei que pareceria descaso. Depois, pensei em ligar para o ramal dele, mas era uma conversa particular e temi cruzar essa linha tão cedo. Sem ter muitas opções, peguei o elevador, fui até a cobertura e liguei para ele do celular.

– Como devo atender? "Olá, Marina, quanto tempo!" ou "O que a senhora deseja?", já que estamos em horário de trabalho? – ele atende com aquela ironia que faz minha boca encher d'água.

– Sofri desse mesmo dilema. Por isso estou no heliporto, ligando do meu celular para o seu celular. Assim, tecnicamente, estou fora da empresa fazendo uma ligação particular.

– Sua inteligência é estimulante, Marina.

Disfarço o sorriso.

– Vou precisar adiar o nosso tour. Viajo amanhã de manhã. Desculpe.

– Que pena. Eu estava ansioso pelo meu momento turista.

– E eu, pelo meu momento guia. Mas é só um adiamento. Não se atreva a conhecer tudo sozinho e não me deixar exibir meus conhecimentos sobre história, geografia, gastronomia e frivolidades.

– Você tem tantos talentos...

– Você nem imagina.

Epa! Que conversa é essa? Era só para ter avisado do adiamento e terminado com "até a volta".

– Não faça isso. Minha imaginação é muito fértil... Não a estimule – ele brinca, diminuindo o volume da voz de um jeito que o faz parecer estar contando um segredo.

– Anotado. – Um pequeno silêncio se instala. Será que ele também está com cara de bobo? Tomara que sim, tomara que sim... – Até a volta, Erik.

– Até, Marina.

Estou há dois dias com a cara enfiada no processo Mia *versus* Josef e já começo a encontrar pontas soltas. Há viagens, quase dez anos de trabalho juntos e muitos depósitos bancários, o que não faz o menor sentido. Além disso, algumas viagens não batem com os gastos dos cartões de crédito do mesmo período. Nada faz sentido, para ser honesto: nem a acusação, nem o embasamento para a defesa. Perdi algum capítulo e não consigo saber qual. A cada vez que revejo os documentos, é como olhar para um jogo dos sete erros, mas com uma figura de dez metros quadrados.

Tranco a pasta dentro da gaveta. Já é tarde, e meus olhos estão ardendo de tanto olhar para aquilo. Vou para casa e tento me segurar à rotina. Tomo banho, como alguma coisa, faço flexões, vejo televisão, leio, volto ao item número um e repito tudo. Nada seria diferente se ela estivesse aqui, pois hoje é apenas uma quinta-feira qualquer. Mas anoiteceu e eu só consigo pensar que amanhã começaria a nossa folga, e que talvez pudéssemos fazer alguma coisa juntos. Amanhã é sexta-feira, e ela devia estar aqui. Pego o telefone e acabo escrevendo uma mensagem:

"Como está Chicago?"

Segundos depois:

"Chuvosa. E NY?"

"Silenciosa."

"Impossível."

"A minha NY é muda, tirando uma sexta no bar e um domingo no parque."

Nenhuma mensagem de volta. Talvez ela esteja recuando. Apoio o aparelho no balcão da cozinha e imediatamente ele vibra. Olho para o visor e o número é restrito. Atendo:

– Alô.

– Achei muito solitária a última mensagem. Não vejo problema em fazer um pouco de barulho em uma noite de quinta – ela diz, docemente.

– Obrigado. Tudo está especialmente silencioso hoje.

– Posso saber o motivo?

– Estava aqui pensando... Se eu vou ter que adiar o meu glorioso passeio turístico até você voltar, é justo que você fique me devendo algo – desconverso.

– Mas você não está nem aí para esses passeios.

– Não é verdade. Hoje fiquei com lágrimas nos olhos ao ver a Estátua da Liberdade de longe, porque preciso esperar quase duas semanas para visitá-la.

– Por favor... – ela reclama, disfarçando o riso.

– Você vai ter que me compensar de alguma maneira.

– "De alguma maneira" soa muito vago para mim.

– Vou ser razoável.

– Razoável do tipo...

– Do tipo: quero jantar na sexta, tour no sábado e almoço no domingo quando você voltar.

– Me deixe ver... Um fim de semana inteiro? Você é bem exigente.

– Ainda não terminei.

– Uh! Ainda tem mais?

– Sim. Sem cardápios exóticos desta vez.

– Ei, não tinha nada de exótico naquele hambúrguer.

– Meu fim de semana, minhas regras, mocinha.

– Vou ver o que posso fazer por você.

– Olha que eu posso comprar ingressos online para fazer um monte de bobagens pela cidade. O meu computador está bem aqui na minha frente.

– Você é tão bom em coação.

– Agora quem não consegue imaginar o quanto eu sou bom nisso é você.

– Você não vai precisar me mostrar quanto. Aliás, você não precisava nem da metade desse discurso todo. Bastava ter me convidado para jantar e eu já teria aceitado. Obviamente, o jeito que você escolheu fazer deixou tudo mais charmoso. Gostei muito.

– Você é surpreendente.

– Espero que seja do jeito bom... Boa noite, Erik.

– Boa noite, Marina – respondo.

É do jeito ótimo – penso.

Depois dessa noite, Marina e eu passamos a trocar mensagens e ligações diariamente. Algumas ligações são longas e trazem o humor de sempre, ainda que o assunto sejam intermináveis e detalhadíssimas descrições do clima ou do cansaço. Outras são curtas e sonolentas, recheadas de desejos de boa-noite. Não forçamos a barra com ligações melosas ou provocantes, mas há uma coisinha de saudade entre as palavras e muito desejo no som daquela voz. Marina está longe, mas a cada dia eu me sinto mais próximo dela.

Mesmo com os minutos bons em que Marina adentra minha vida de alguma maneira, já estou para sufocar com esta rotina. Ainda que Jack trate de me ocupar no escritório e que os colegas de trabalho me levem a bares, rodas de pôquer e boliche em algumas noites, estou desanimado. Sobretudo quando paro para pensar que vou ficar meses, quem sabe anos, preso nesta esfera calma de dar nos nervos. Sei que é contraditório, mas acredite quando eu digo que o problema não é a escolha das palavras, e sim o meu estado de espírito totalmente avesso. O ar já está rareando, e eu procurando passagem para voltar ao Brasil, quando meu celular traz uma brisa fresca lá de fora:

"Conseguimos terminar tudo antes do previsto. Jantar hoje?"

Ela só chegaria dali a três dias.

"Já está em NY?"

"Desembarquei há uma hora. Sim ou não?"

Ela parece incisiva, meio urgente também.

Pego o telefone e digito o ramal de Jack.

– Não vai rolar repeteco no Blind Tiger hoje, amigão – falo enquanto digito no celular:

"Hora e lugar."

13

"Eu quero te ter
Não me venha falar de medo
Não me diga não
Olhos negros, olhos negros."

("Pedra, Flor e Espinho", de Dulce Quental, Fernando Magalhães e Frejat, interpretada por Barão Vermelho)

A manhã está com aquela temperatura boa de primavera. É a minha época favorita em Nova York. Parece que o clima decide ser equilibrado e nos oferece temperaturas entre 15 e 25 graus, céu aberto e alguma chuva. Tudo na medida, sem nos fazer tremer de frio nem derreter de calor.

O jantar de quarta-feira foi bom. Estávamos escancaradamente cansados, e, a princípio, percebi certa inquietação em Erik. Todavia, esses detalhes foram realmente simples detalhes. A conversa correu fácil e o tempo passou depressa. Ele também deve ter notado que eu não estava em um dos meus melhores dias e tratou de se empenhar nas descrições do jogo de boliche entre o pessoal do departamento dele a fim de me arrancar boas risadas.

Quando o avião pousou, eu ainda tinha a pressão das negociações aliada à minha crise de abstinência de visitas ao Green-Wood. Pensei que reagiria com normalidade, que meu inconsciente aceitaria que eu estava em outro estado, mas não foi assim. No fim de cada dia, eu me via querendo ligar para Adam, enviar uma mensagem ou tentar alguma comunicação pela internet. Na impossibilidade disso, minhas mãos suavam, eu sentia palpitações e a boca secava. A primeira mensagem de Erik chegou em um desses momentos de crise, e foi como abrir uma janela e deixar o vento entrar. Cada palavra serviu como um antídoto, e eu me via ligando para ele cada vez que a ansiedade me pegava.

Fui ao meu calvário no Brooklyn ontem assim que cheguei, e acabo de sair de lá novamente, mas confesso que não consegui conversar com Adam. Não consegui falar dos arranjos tortos de Chicago nem do remédio paliativo que arranjei, chamado Erik. Então, entrei e saí com as palavras que eu não sabia dizer entaladas na garganta.

Olho para o relógio e peço para o táxi acelerar. Estou ligeiramente atrasada e não quero deixar o dono do meu fim de semana esperando. Principalmente depois de não ter conseguido cumprir a promessa de jantar com ele novamente na sexta. Nem sempre é um privilégio ser CEO, e eu tenho trabalhado mais do que respirado nos últimos tempos.

O táxi para e eu salto, toda sorridente, segurando um papel com as duas mãos.

– O que é isso? – ele questiona.

– Um roteiro. – Aumento o sorriso.

– Acho que só vamos conseguir fazer metade. Você está atrasadíssima – ele reclama.

– Desculpe. – Jogo os ombros para a frente, tentando dramatizar. – Tive um compromisso e me atrasei.

– Tudo bem. O que você tem aí? – Ele sorri e a tensão diminui.

– Museu de História Natural, Coney Island, Estátua da Liberdade, claro! E, se a gente conseguir passar por aquele beco estranho protegido por um dos leões de chácara de Chinatown, a gente vai beber uns drinks lindos e coloridos no Apothéke para encerrar a noite.

– Pensei que as pessoas bebessem pelo gosto, mas você só disse "lindos e coloridos" – ele debocha.

– São gostosos também, garanto. – Dou uma piscadinha em sua direção.

– Por onde vamos começar?

– Bem, olhando para esse céu lindo de primavera, acho que devíamos começar por Coney Island.

– O que tem lá?

– Um parque com trinta e cinco atrações diferentes, entre elas a montanha-russa mais famosa e copiada do mundo. Tem também o que nós chamamos de praia e você vai chamar de tentativa, já que o litoral do seu país é um pedaço do paraíso, mas o cachorro-quente do Nathan's compensa.

– Você também garante.

– Satisfação total ou o seu dinheiro de volta – brinco.

– Então o que estamos esperando? Vamos logo. É longe?

– Uns cinquenta minutos de metrô.

– Vamos de metrô?

– Achei que seria mais turístico.

– Adoro a sua lógica.

Devo ter tagarelado o caminho inteiro. Estou desempenhando com afinco meu papel de guia turístico, e me divirto com isso. Erik também parece estar gostando da minha falação sem fim.

Quando atravesso a entrada do Astroland, é como ser criança novamente. Acho que acontece com todo mundo, ou pelo menos com a metade feliz do mundo. O parque de Coney Island já foi melhor, mas ainda tem aquele charme hollywoodiano. Não demora muito para estarmos pulando de brinquedo em brinquedo feito dois adolescentes empolgados. A gente ri um do outro, brinca com o constrangimento, corre até a próxima atração, bebe, come e começa tudo de novo. Arrisquei trazê-lo até aqui. Sinceramente, olhando para Erik, ninguém diz que ele é capaz de soltar os braços e gritar na montanha-russa. Não que ele seja antipático, mas ele normalmente não tem jeito de garoto. Ao contrário, sempre me pareceu excessivamente maduro para a idade que tem. Até o seu humor é de um tipo mais requintado, repleto daquela ironia sofisticada. Felizmente, tudo parece estar correndo muito bem.

Horas depois, resolvemos caminhar no calçadão, mas não aguentamos muito tempo, já que estamos exaustos. Acabamos em um canto da praia, sentados no meio de um monte de gente que também olha para o horizonte. O dia está especialmente bonito, escandalosamente iluminado e tem um ar feliz.

– Não imaginava passar um dia como este em plena Nova York. Muito menos com você – ele diz, quebrando o silêncio de alguns minutos.

– Não pareço uma garota de parques?

– Na maior parte do tempo, não.

– Eu pensava o mesmo de você.

– E mesmo assim arriscou?

– Não consigo controlar minha ousadia.

Ele continua olhando para o nada e apenas sorri, afirmando com a cabeça.

– Ainda não entendo como alguém viaja sem programar um passeio sequer. Você não pesquisou nadinha sobre o lugar em que ia morar, Erik?

– Eu não planejei vir para cá. Tive um contratempo e simultaneamente esse emprego caiu de bandeja no meu colo. Achei que era o melhor a ser feito. Simplesmente aceitei.

– Você pegou as malas e veio? Assim do nada?

– Foi. Eu não pensei demais para não acabar desistindo.

– Parece até que veio fugido.

– E foi. – Fico séria e ele continua. – Metaforicamente.

– Você não parece muito satisfeito com a escolha que fez.

Erik desvia os olhos do sol e os coloca sobre mim.

– Eu não queria vir. Sinto falta da minha vida. Como te falei outro dia, não gosto de mudanças. Só que algumas delas são necessárias e inevitáveis. Confesso que pensei inúmeras vezes em comprar uma passagem de volta. Aliás, se você não estivesse aqui agora ou no meu celular de vez em quando, acho que já teria voltado para o Brasil.

Sinto alguma coisa se aquecer dentro de mim, como se um insistente raio de sol tivesse finalmente conseguido fazer suar uma geleira.

– Acho que estamos vivendo um momento semelhante. Não gosto das mudanças dos últimos tempos. Descobri que tenho dificuldade para aceitar algumas perdas. Eu também adoraria comprar uma passagem para o meu passado, mas não posso. De qualquer maneira, foi bom ter encontrado você no meio deste presente monótono e complicado.

– Será que foi isso que me atraiu tanto em você? Seu mau humor velado? – ele provoca.

– Talvez você esteja certo. Talvez a nuvem negra que carrego em cima da cabeça tenha ficado terrivelmente atraída pela sua nuvem negra – completo.

– Não é à toa que estava chovendo tanto quando cruzei contigo.

– Sorte não termos gerado raios e trovões.

– Ter trocado o seu pneu já foi castigo suficiente.

– Ei, eu paguei cem dólares por aquilo.

– Foi pouco. Manchou minha camisa caríssima, que custa bem mais do que isso.

– Esnobe.

– Falou a moça do Cadillac.

Gargalho e, quando me acalmo, encosto a cabeça em seu ombro. Ele suspira.

– Vamos perder os outros passeios – lembro.

– Sem problemas. Este aqui valeu o dia.

– Podemos ficar aqui até o sol se pôr e seguir direto para o bar dos drinks com cor de bala.

– Ou podemos ficar aqui até as nossas pernas voltarem a nos obedecer e depois seguir para o lugar que tenho que chamar de casa para comer pizza vendo bobagem na TV.

– Acho que seu convite combina mais com os meus músculos doloridos.

Cá estamos nós, indo de táxi para a E 87TH Street. Agradeço mentalmente por ter recolhido a bagunça, lavado a louça e arrumado a cama. Estou calmo, em silêncio e simulando apreciar a vista. Marina está olhando para o lado oposto e eu finjo não perceber que ela não para de mexer os pés. Será que ela está notando a minha maldita veia saltadora?

Assim que cruzamos a porta, Marina tira o tênis, as meias e os coloca no canto da parede.

– Espero que não seja por motivo de limpeza – digo.

– Não. É por motivo de dedinho gritando de dor.

– Tudo bem, então – respondo, enquanto olho para aquele pedacinho novo dela e tento controlar a vontade de acompanhar até o fim o processo de se despir.

– É legal aqui.

– Não é a Quinta Avenida e é só um *studio*.

– Bem grande para um *studio*, e está a dez minutos da Quinta Avenida.

– Seria menos tempo se não fosse o trânsito.

– É verdade.

O constrangimento é quase palpável. Marina olha para o sofá, para as janelas e para a cama com jeito de quem não sabe muito bem o que fazer. Ofereço algo para beber e ela aceita. Ligo a TV e a convido a se sentar no sofá. Entrego-lhe o copo, sento ao seu lado e apoio as pernas na mesinha de centro. Ela me imita e pega o controle remoto. Olho em sua direção com ar de protesto.

– A noite de sábado não estava nas suas exigências de pagamento. Isso significa que o controle é meu.

– Você chegou atrasada. A noite de sábado são as letrinhas pequenas do contrato.

– Detesto advogados.

– Eu também.

Marina para em um canal de esportes e me diz que é um especial com as mais incríveis jogadas da NBA.

– Basquete?

– Só para você ver o que está perdendo.

Cada lance é acompanhado por sua narração, empolgação e palavreado técnico. A pizza chega e nem nos lembramos mais dos embaraçosos minutos iniciais, quando nossas mãos pareciam bem maiores do que o normal. Acabo me empolgando com as jogadas, ou com a cerveja, ou com os cabelos dela, que tentam escapar do rabo de cavalo. Ela ri, bebe e levanta os braços, comemorando. Marina está jovial, ainda mais descontraída e de rosto corado. Não consigo parar de olhar para ela. O espetáculo é bem maior e mais bonito do que qualquer jogador seria capaz de mostrar encestando uma bola.

– O que foi? – ela me pega no auge da obsessão.

– Seu cabelo está se soltando – respondo sem pensar.

Sem parar de olhar para a TV, ela tira o elástico, passa as mãos nos cabelos, recoloca os fios no lugar e volta a prendê-los. Um comercial interrompe o show de jogadores voadores, e Marina pega as garrafas da mesinha e as leva para a cozinha.

– Não precisa... Eu levo – digo, pegando o restante.

– Imagine. Não custa nada tirar.

Colocamos tudo em cima da pia, nos esbarrando a cada garrafa. Nossos olhares se cruzam e nossos sorrisos também.

– Você é grande demais para esta cozinha.

– Eu disse que não era prático.

Marina não diz nada e eu me lembro do que ela respondeu da outra vez em que tivemos esse diálogo.

– Acho que vou embora.

– Está cedo.

– Nem tanto assim...

Ela passa por mim e eu sinto o calor que emana de seu corpo. Espero que se ausente da cozinha para eu esfregar a mão na cabeça, procurar meu juízo e só então acompanhá-la até a porta. Contudo, na hora da despedida, ela me segura um pouco mais no abraço e eu deslizo as mãos por suas costas. Quando me preparo para beijar seu rosto, ela apoia as mãos em minha cabeça e aproxima os lábios dos meus. Antes que se toquem, eu digo:

– Marina...

– Não estrague o momento dizendo algo sensato – ela diz, quase suplicante.

– Não sei se o que vou dizer é sensato, mas você precisa saber.

Ela afasta o rosto alguns centímetros do meu e abre os olhos.

– Diz.

– Se você começar a me beijar, não vou parar até que você tenha vontade de ficar sem roupa.

– Não se preocupe... Eu já estou.

Raios, trovões, tempestade... Tufão!

14

"E se eu achar a tua fonte escondida
Te alcanço em cheio, o mel e a ferida
E o corpo inteiro como um furacão
Boca, nuca, mão e a tua mente não."

("Todo o Amor que Houver Nessa Vida",
de Cazuza e Frejat, interpretada por Cazuza)

Ainda estou deitada, tenho os olhos fechados e sinto o cheiro dele. Uma mistura de perfume, sal e algo mais que eu não sei definir, mas que só pertence a ele. Relembro as horas anteriores e um tremor percorre meu corpo. Erik é intenso, usando uma palavra leve para descrevê-lo. Abro os olhos e reparo nos detalhes de seu rosto, agora tão sereno. Nem parece o mesmo homem de olhar quase perigoso que conheci esta noite. Saio da cama de fininho e começo a busca pelas minhas roupas. Uma verdadeira trilha até a porta da sala, onde tudo começou. Relembro a cara de espanto dele quando eu disse que não se preocupasse e enfim o beijei. Aperto os lábios, contendo o riso, e sigo para o banheiro. Tomo uma ducha rápida e me visto. Olho em direção à cama, onde ele ainda dorme profundamente. Entro na cozinha. Os armários estão praticamente vazios. O que esse homem come? Pego a chave e saio em busca do café da manhã.

Acabo demorando um pouco mais do que imaginava, pois a foto de Mia estampada no jornal chama a minha atenção. Compro um exemplar e me distraio lendo a matéria sobre a ex-funcionária da H&L que está processando o antigo chefe. Que ótimo!

Enquanto faço o caminho de volta, penso no que vamos fazer daqui para a frente. Logo desisto, porque pensar gera perguntas e não há como respondê-las, lembra? Não dá para prever se vou conseguir seguir em frente com Erik ainda tendo Adam pendurado no meu pescoço. Não sei até quando vou conseguir fugir da história da minha família, que culminou neste cenário trágico, e, para completar, não sei o que a vida de Erik reserva e o quanto nós vamos conseguir nos gostar até os primeiros problemas surgirem.

Por tudo isso, prefiro imaginar que vai ser um dia de cada vez ou apenas beijos e carinhos em alguns momentos da vida, sem maior envolvimento. Bem no fundo, porém, sei que estou me enganando. Erik pediu um fim de semana inteiro juntos, está em um lugar estranho e não parece estar gostando muito. Talvez ele também esteja se agarrando a mim como uma tábua de salvação. Por mim, tudo bem. Só não quero que ele ache a minha bagagem pesada demais. Eu também me agarro a essas novas sensações para ver se consigo me livrar das antigas. Gosto tanto de estar com ele que não consigo imaginar parar com isso agora. Dois anos depois, estive na cama de outro homem, meus lábios sentiram o gosto de outra pessoa e meu corpo vibrou de desejo. Basta eu me lembrar das mãos e da boca dele deslizando em mim que tenho vontade de correr de volta para aquele apartamento. Vou pensar em um jeito de inibir minhas complicações para manter o clima leve e não fazê-lo fugir. Vou pensar em um jeito de manter esse nosso lugar seguro.

Abro a porta e encaro Erik só de calça jeans, pegando sua camiseta do chão. Parece apreensivo.

– Aconteceu alguma coisa?

– Aconteceu. Acordei e meu apartamento estava vazio. Nem sinal de você ou do tênis matador de dedinhos.

– Nem das suas chaves – falei, sacudindo o chaveiro no ar.

– Não notei esse detalhe.

– Você pensou que eu tivesse saído de fininho para evitar o constrangimento da manhã seguinte?

Ele se aproxima, beija meu rosto e me ajuda com o pacote.

– Ainda bem que eu estava enganado.

– Por que pensou que eu pudesse estar constrangida?

– Não sei. Foi uma sensação, não algo racional.

– Seria medo, Senhor Gouveia?

– Talvez.

– Que fofo.

– Não zombe de mim a esta hora da manhã.

– Não estou zombando. Realmente acho uma fofura imaginar você acordando e procurando por mim – brinco, piscando os olhos devagar e fazendo biquinho.

Ele solta o pacote no sofá e, num movimento rápido, me joga nos ombros e depois na cama.

– Vou te mostrar mais um pouco da minha fofice.

Como definir a delícia que é tê-la em meus braços? Eu perco a razão, perco os pensamentos e só quero que dure para sempre. Marina tem um corpo delicado, quase frágil, o que não combina com sua força e olhares quentes. Experimentá-la é uma fórmula explosiva, uma bebida inocente e colorida que com um gole te embriaga. Seus cabelos estão soltos e caem sobre seus ombros, cobrindo parte de seus seios. Ela fecha os olhos como se estivesse em outro lugar, muito melhor do que qualquer outro. Ela abre os olhos, me encara, me beija e me leva consigo. Estamos juntos, seja lá que realidade paralela é essa. O tempo, o lugar e o mundo são indiferentes. Não me canso de estar com ela, nela e ela em mim. É possível extrair de si toda a história, as marcas e as dúvidas? Não sei ao certo, mas, quando ouço seus suspiros e meu nome saindo de sua boca, tenho certeza que sim.

Ainda estamos em silêncio, suados, e eu sinto seu corpo quente sobre o meu. Em um minuto ela se sobressalta e pergunta as horas.

– Não faço ideia – respondo.

– Preciso ir.

– Já?

– Tenho um compromisso.

Tento não notar que seu tom está aflito, que seu semblante mudou, que suas mãos apalpam os lençóis à procura das roupas e que ela evita me olhar.

– A gente nem tomou o café – lembro.

– Pois é... Arrumamos uma distração e tanto! Acho que, se passarmos três dias juntos, vamos acabar no hospital – ela tenta brincar.

– O médico ia morrer de inveja quando soubesse do nosso problema.

Ela ri, mas se enrola no lençol e se levanta.

– O que está havendo, Marina? Sei que você é uma mulher ocupada, mas é estranho você ter compromissos aos sábados de manhã e nas tardes de domingo.

– O que há de errado nisso? Eu tenho família, tenho amigos e posso ter uma hora marcada na manicure.

– Sim, é verdade, mas as pessoas não se assustam ao se lembrar de algo corriqueiro. As pessoas simplesmente dizem: "Droga, meus amigos estão me esperando" ou "Vou fazer as unhas, te ligo mais tarde". Você não iria saltar da cama, nem iria desgrudar de mim com tanta pressa, muito menos iria parecer aflita por conta de um almoço com seus pais.

– É cedo para essa conversa, Erik.

– Por quê?

– Porque as minhas noites e fins de semana estavam reservados para que eu pudesse ser problemática, e agora eu estou incluindo você nesses dias, o que é bom, mas não exclui o que já existia.

– A gente pode falar sobre isso. A gente pode falar sobre tudo, lembra? Eu posso continuar sendo seu amigo.

– Mas eu não quero ser sua amiga, Erik. Eu quero ser a garota espirituosa, inteligente e sensual. Quero que você conheça a minha parte boa, porque quando eu estou contigo é como se só ela existisse. Não quero ser a jovem viúva com o pai doente que visita o cemitério todos os dias para evitar crises de ansiedade e pânico. Eu quero soltar meu cabelo, tirar a roupa para você e te fazer acreditar que está com a melhor mulher do mundo.

Por um milésimo de segundo, sinto as chances de eu me apaixonar por Marina crescerem torrencialmente. Provavelmente ela não se dá conta de que seu jeito direto, desarmado e com uma vulnerabilidade desacompanhada de piedade é o que me faz acreditar estar com a melhor mulher do mundo.

Estico a mão e ela a aceita. Encosto na cabeceira da cama e a abraço. Ficamos sentados em silêncio por alguns instantes. Repentinamente, sei o que fazer.

– Você é a mulher mais interessante e estimulante que eu já conheci.

– De longe, todo mundo é.

– Está dizendo que não devo me aproximar?

– Não. Só estou dizendo que a chance de você se decepcionar cresce a cada passo que você dá para dentro da minha vida.

Ouço essas palavras saírem da boca de Marina e tenho certeza de que elas combinariam muito mais se estivessem saindo da minha.

– Eu adoro um problema. É quase um item básico para eu me interessar por uma mulher.

– Está vendo? Frases como essa são perfeitas. Aliviam o estresse, cabem em qualquer lugar e nos divertem. Mas, no fundo, eu e você sabemos que não é verdade.

– Mas é verdade, sim. Eu detesto gente óbvia.

Ela sorri daquele jeito que diz "não vou entrar nessa de tentar te convencer", e eu tento ser mais claro.

– Qualquer um que jogar seu nome no Google conhece a sua história, Marina. Eu imaginei que por trás de todo o seu semblante de princesa existisse algo menos cor-de-rosa, e tudo bem para mim. É divertido ter você por perto, e, honestamente, somos muito bons juntos na cama, no sofá e na banheira. Quero isso mais vezes, por mais tempo...

Ela sorri e eu me sinto confortável para continuar.

– Anos atrás eu tive um relacionamento que foi o mais próximo que cheguei de um casamento. Não moramos juntos e brigávamos mais do que qualquer casal seria capaz, mas foi a única vez que pensei em passar a vida toda com alguém. Toda quinta-feira nós íamos a um restaurante japonês que servia rodízio de sushi. Eu nem gosto muito de comida japonesa, mas era o restaurante preferido dela. Assim, fizesse chuva ou sol, estivéssemos brigados ou não, toda quinta estávamos sentados na mesma mesa, pontualmente às oito. – Paro um pouco o relato e me pergunto por que raios comecei a contar essa história. Respiro fundo e pulo para o fim, que é o que mais interessa. – Ela foi sequestrada em uma segunda-feira e nunca foi encontrada. Continuei indo ao mesmo restaurante todas as quintas-feiras seguintes por quase seis meses.

Marina ergue o corpo. Tem lágrimas nos olhos.

– Eu não imaginava. Sinto muito. Não precisava ter me contado.

– Você não vai encontrar isso no Google, Marina. Você está em desvantagem em relação a mim. Eu não só precisava como quis te contar.

– Talvez as nossas nuvens não sejam apenas negras, mas sejam completamente malucas também.

– Provavelmente.

– Podemos basear isso que estamos vivendo em sexo, bom humor e charme? Mesmo quando nossas conversas tiverem assuntos pesados? Sobretudo quando isso acontecer.

– Podemos, claro. Vai ser divertido, não tem que ser trágico. As coisas que aconteceram podem até ter sido, mas podemos arranjar um jeito leve de lidar com elas. Vale tudo, menos silêncio demais e se esconder além do extremamente necessário.

– Você é bom nisso, Senhor Gouveia. Muito bom.

– Mesmo? Porque eu costumo ser péssimo.

– Estou adorando ver a exceção.

Marina me beija e, quando estou quase perdendo os sentidos novamente, para.

– A propósito, o que você fez para conseguir deixar de ir ao restaurante?

– Ele fechou.

Marina arregala os olhos, balança a cabeça e tudo acaba em gargalhadas, confissão louca sobre cinzas depositadas no pé de uma árvore, palavras repetidas jogadas ao vento e sexo conciliador um com o outro, consigo mesmo e com o mundo.

15

"Você é minha musa, minha medusa
Que me enfeitiça com seu jeito de olhar
Eu vou vendado e vendido, petrificado de medo
Porque eu não sei seu segredo
Você não quer me contar."

("Cego", composta e interpretada por Seu Jorge)

A parte boa de encontrar alguém que te faz rir, que sempre tem comentários inteligentes a acrescentar, não importa o assunto, e te enlouquece de desejo é exatamente isso que eu acabei de dizer. É estimulante, revigorante e faz um bem danado para a autoestima. Só que este pequeno último detalhe torna-se um elemento razoavelmente perigoso misturado à minha personalidade, que, normalmente, já se "autoestima" demais. Quando tudo vai bem, eu relaxo, e relaxar faz o meu faro aguçar. É quase um superpoder, e o efeito pós-Marina na minha vida foi eu me dar conta da minha real situação na H&L, esse emprego absurdamente cobiçado que caiu do céu. É claro que isso tem uma explicação, e essa explicação vai servir para alavancar minhas investigações sobre Mia, Josef e a papagaiada toda. Meu telefone toca. É Jack me chamando para almoçar. Digo que estou sem fome, com dor de estômago e que vou até a farmácia.

– Fica para a próxima, amigão. – Dizer "amigão" no final da frase é magoar Jack sem deixar que ele perceba.

Ando alguns quarteirões e ligo para aquele velho e conhecido número. Após duas chamadas, alguém atende:

– Alô?

– Você não ligou. Estou magoado. Não sentiu saudades?

– Não tenho tempo para bate-papo, Erik. Algum problema?

– Reconheceu a minha voz. Eu sabia que ainda tinha amor nesse coraçãozinho.

– Fala logo ou eu vou desligar.

– Um processo que não bate nada com nada. Passagens aéreas para um lugar, gastos em outros lugares no mesmo período. Além disso, descobri muitos espaços em branco na história do Senhor Josef Holmes e estive pensando que o seu contato que me enfiou aqui poderia me ajudar nessa.

– Não sei do que você está falando.

– Ah, qual é? Sou eu, o Erik. Não me enrola! Sei que vocês não pegaram meu currículo e mandaram para um processo seletivo. Você conhece alguém aqui dentro e deve conhecer alguém de fora também. Alguém que aceitou fazer o favor de me colocar aqui com um salário obsceno porque deve ter precisado de algo semelhante no passado. Agora me diz quem é esse camarada para ele me ajudar a expandir os contatos e a ter acesso à parte boa da história.

– Erik, você não tem que ter acesso a nada. Está aí para se camuflar, fazer o trivial e manter tudo calmo. Vê se não se esquece disso.

– Eu estou perto de descobrir alguma coisa...

– ERIK! Não se meta com o que não é da sua conta. Além disso, qual o motivo de você querer descobrir os podres da família da mulher com quem está dormindo?

– "Dormindo"? Que elegância! Essa consideração toda certamente é para não ferir a minha pureza.

– Tchau, Erik. Não se meta em encrenca.

Mas que diabos está acontecendo?

É raro eu chegar tarde à empresa, mas hoje o papai se lembrou de que tinha uma filha e eu corri para vê-lo. A princípio fiquei feliz, mas ao vê-lo choroso, sem entender sua situação e trêmulo de nervoso, senti que talvez a alienação fosse o melhor de todos os remédios para o Alzheimer. Passo horas ao lado dele, sentada e repetindo incansavelmente que tudo vai ficar bem, mesmo sem acreditar nisso. Mamãe anda de um lado para o outro no quarto, deixando o ambiente ainda pior. Tento me controlar, mas não consigo vê-la chamando toda a atenção para si. Com calma, sem criar mais estresse, me aproximo e sugiro que ela vá descansar ou pelo menos comer alguma coisa. Ela reluta em me deixar sozinha com ele, mas no fim acaba cedendo. Deito ao lado do papai e ele segura minha mão.

– Não posso acreditar que estou assim. Há quanto tempo?

– Que diferença faz, papai? O que importa é que hoje o senhor está aqui.

Ele fica em silêncio e sua mão volta a tremer. Sento-me e olho para ele com carinho.

– Está bem. O que você quer saber? Pergunte. Vou responder com honestidade.

– Passei quanto tempo fora do ar?

– Completamente? Cinco ou seis meses.

– Antes disso?

– Dias bons, semanas ruins.

– Quanto tempo vou continuar lúcido?

– Não faço a menor ideia, mas, de qualquer maneira, o senhor e todos nós vamos ficar bem. Na maior parte do tempo o senhor é divertido e se lembra de coisas boas. Outro dia estava na cabana de caça.

– Cabana de caça? Nossa! Quantos anos... Nem me lembrava de lá.

Continuo falando de suas lembranças sem mencionar que, ao pensar que está no colegial, ele paquera as empregadas ou corre de cueca pelo quintal. Falo de suas memórias como quem conta uma história para crianças, diminuindo as partes difíceis e enfatizando a mágica, a doçura e o espírito dos finais felizes. Ele finalmente se acalma e dorme. Quando seus olhos fecham, uma parte minha fica feliz por vê-lo sem sofrimento e a outra teme não vê-lo mais.

Desço as escadas e encontro James em pé no meio da sala. Ele vem ao meu encontro e me abraça com força.

– Como ele está?

– Dormindo.

– E você?

– Sei lá...

– Venha. Sente-se.

Ele me serve um chá. Seguro a xícara e não sei o que dizer. O que se diz nesses momentos? Eu não sei nem o que eu mesma estou sentindo, que dirá pensando.

– Você sumiu – James quebra o silêncio.

– Não sumi, não.

Ele se senta à minha frente, apoia minha xícara na mesa e segura minhas duas mãos.

– Sabe por que desde que você cresceu e eu descobri que você era do sexo feminino eu prometi a mim mesmo que nunca faria a besteira de te levar para a cama, mesmo que você me implorasse?

– Eu jamais imploraria.

– O discurso é meu. Você só ouve.

– Ok.

– Porque eu nunca quis correr o risco de não ter você na minha vida.

– Que lindo isso.

– Cale a boca.

Aperto os lábios e passo os dedos, simulando fechar um zíper, e ele continua.

– Com você eu falo sem pensar. Falo o que eu acho, tendo razão ou dizendo um monte de besteiras. Sabe por quê?

– Não.

– Foi retórico. Você está acabando com o tom dramático da coisa.

– J, dá pra você ser mais direto?

– Você é aquela que me ouve ou me perdoa. Ri ou me dá lição de moral, mas você não vai embora, não me manda ir embora, a gente não foge um do outro.

– Jamiieeee... Eu só quis dar um tempo da minha vida.

– Tudo bem. Você podia ter respondido uma das minhas mensagens dizendo "estou com o advogado barbudo, me deixe em paz".

– Todo esse drama para me dizer que sempre soube onde eu estava?

– É claro que eu sabia, mas eu esperava que você me contasse.

– Pra quê? Pra você me dizer quão ridícula eu estava sendo ao me jogar na cama de alguém que eu mal conheço, ou pior, me lembrar das minhas responsabilidades na H&L?

– Desculpe. Eu não quis te julgar. Nem poderia. Afinal, eu sou eu e nós sabemos o que isso significa.

– Você é meu amigo, e não faz diferença você ser o maior cafajeste que eu conheço. Às vezes você acaba sendo a voz da minha consciência.

– E você não queria sermões.

– Não. Eu só quis fazer de conta que estava no lugar da sonolenta Aurora sendo acordada pelo beijo do príncipe. Ainda que, na verdade, eu é que o tenha beijado e ele esteja mais para caçador.

– E quando você acordou, de manhã, pensou no que tinha feito e percebeu que apenas cedeu aos desejos e teve vontade de fugir deixando um bilhete que dizia o quanto havia sido bom, mas que seria um erro repetir. Só que ele acordou antes que você conseguisse realizar seu plano e sorriu de um jeito que te reacendeu. E você foi ficando, ficando...

– Não. Isso aconteceu quando eu fiquei com o Adam pela primeira vez, e já faz bastante tempo. Dessa vez eu saí, comprei café e voltei – respondo, magoada.

Levanto, procuro minha bolsa e me preparo para ir embora.

– Desculpe, desculpe. Foi só um exemplo, um péssimo exemplo... Eu não quis te chatear.

Ele me segura pelos ombros e me olha com cara de dengo.

– Eu não gosto desse cara. Ele nem chegou e já trouxe discórdia.

– Você está com ciúmes, James?

– É possível.

– Então eu te perdoo. – Nós nos abraçamos. – Mas acabou a palhaçada, J. Nada de chiliques em relação ao Erik. Eu saio com quem eu quero, na hora que eu quero. Você só vai ter o direito de falar mal dele quando eu me decepcionar. Por enquanto, fique feliz, pois sua amiga está pondo fim na maior temporada de seca do universo.

A gente sorri, se abraça e finge não perceber que há algo suspenso, não dito, não resolvido e que certamente vai acabar voltando um dia ainda mais pesado, forte e tenso.

Tenho percebido que não consigo mais me sentir triste, tampouco consigo me sentir extremamente feliz. Estou neutra, levando a vida na linha do meio, do morno e do bege. Parece funcionar melhor assim, mais fácil, menos arriscado. No entanto, depois de passar o dia com papai, da crise de James e de mais uma visita ao Brooklyn, há uma coisinha que sai da normalidade e que faz minhas pernas formigarem. Sei que estamos no meio da semana e sei que ele tem trabalhado até tarde todos os dias, mas desligo a razão mais uma vez e sigo sem pensar.

Deixo o carro no estacionamento e subo até o andar da diretoria jurídica. A maior parte das luzes está apagada, mas há alguns funcionários lendo documentos, digitando rapidamente ou falando ao telefone. Vou até a sala de Erik. A porta está aberta, mas ele não me vê chegando. Encosto no batente e espero alguns segundos. Ele está sem o paletó, a gravata está levemente frouxa em seu pescoço e os punhos da camisa estão dobrados.

– Oi.

Erik levanta os olhos e parece surpreso ao me ver.

– Oi, Senhora Muller. Está precisando de alguma coisa? Jack já foi. – Sua fala é formal, mas com uma centelha inconfundível.

– Não. Vai demorar para ir embora?

Ele sinaliza com a cabeça que não, apoia os documentos na mesa, reclina-se na cadeira e fica em silêncio por alguns segundos. Olho em volta e não há ninguém por perto. Entro na sala, apoio os quadris na mesa e volto a falar.

– Só passei para saber se você quer uma carona.

Sinto sua mão segurar as pontas dos meus dedos e um sorriso se instalar no canto dos seus lábios.

– Tem certeza?

– Tenho.

Erik guarda tudo dentro da gaveta e nós seguimos um ao lado do outro até o elevador. A porta se abre e ele apoia a mão nas minhas costas, me oferecendo passagem. Entramos e, longe do alcance dos outros, nos damos as mãos. A porta se fecha e eu entro em outra dimensão, na qual não cabe nada além de mim, ele e nossos beijos.

16

"Que mistério é esse
Que você tem?
Que quando você sofre
Eu não passo bem."

("Mistério", de Naila Skorpio e Sonia Burnier,
interpretada por Angela Ro Ro)

Sei que os atalhos são sempre bem-vindos. É sempre bom poder encurtar caminhos, evitar o trânsito e ganhar tempo. Os atalhos, ainda que sejam vielas escuras, são apreciados porque te fazem acreditar estar em vantagem sobre os outros. Só você conhece aquele caminho bom, só você sabe o quanto ele facilita sua rotina, e você fica quase feliz por poder atravessar aquele beco que parece passar o dia a sua espera.

Erik é o meu novo atalho. Ele não substitui o cemitério famoso, mas é o que me ilude a ponto de eu acreditar que estou bem e que levo uma vida normal. Estar com ele é encurtar todos os meus devaneios e a falta de talento para resolver minhas crises. Ele é aquela ponte pequena, velha e vacilante, que você respira fundo e atravessa só porque é o único caminho que leva ao lago que refrescou sua infância. Erik é o meu recreio da vida, e a cada dia eu preciso mais dele. Não é uma dependência emocional ou algo do tipo; é aquela dependência que a gente tem de tomar chocolate quente quando o início da noite está muito frio, chupar sorvete na praia em um dia ensolarado e quente, colocar uma manta nos ombros sentada em uma varanda enquanto testemunha o sol se despedir e passear de bicicleta no parque em um domingo calmo. É aquela necessidade de coisa boa, do que é gostoso e deixa a vida mais agradável. Eu preciso dele como preciso de um café forte no meio da tarde, de vinho no jantar ou de champanhe para comemorar. É possível que todas as pequenas coisas boas se resumam inexplicavelmente a uma pessoa?

Após as poucas e tensas horas em que papai ficou *acordado*, as coisas voltaram a seu lugar de origem. Contudo, a ideia de que interná-lo em uma casa de repouso é a melhor solução ronda as conversas, as indicações médicas e os cochichos da família. Não me envolvo porque, honestamente, não sei o que é pior. Quero que ele fique bem, que sofra o mínimo necessário e que não se sinta abandonado. Mas não tenho certeza de que ele tenha consciência de alguma dessas coisas.

O clima na empresa está tenso. Os repórteres estão perseguindo Mia, e não raramente uma foto dela estampa algum jornal ou revista. Obviamente, eles também estão perseguindo a mim e à nossa assessoria de empresa, mas de maneira bem mais leve. Todos me aconselham a fazer um acordo e a encerrar essa conversa. James discutiu comigo outro dia sobre eu insistir em levar esse processo a julgamento. Mamãe mencionou que espera não precisar revogar a procuração que me deu para representá-la. São reações exageradas, confusas e suspeitas. Olho para a mamãe, que não altera a voz, se diz preocupada e toma mais um gole de vinho. Pergunto-me o que se passa realmente dentro dela. Até mesmo James parece mais tenso do que o normal, mas ele tem minha benevolência pelo simples fato de ser meu melhor amigo. Tenho atribuído sua extrema irritação ao fato de Erik ser o único, além de mim, a acreditar que um julgamento é o mais correto a ser feito. Se bem que eu já não tenho certeza de que essa foi a decisão mais acertada, e, ao ver aquela ruga entre seus olhos enquanto encara o teto, imagino que nem ele mesmo tenha.

Olhando a vida de longe, ela nem é tão estranha assim. Afinal, todo mundo tem dias difíceis, todo mundo possui um histórico familiar duvidoso e um emprego que suga dois terços da sua existência. Ou será que essa sou eu querendo imaginar que todo mundo também sente que tem alguma coisa – ou muitas coisas – faltando?

Fui destinado a viver encrencado. Deve ser isso. Quando eu nasci, alguém do lado divino, demoníaco ou astrológico decidiu que minha vida seria uma completa enrascada. Certamente foi isso. Estou bem longe de casa, estou de terno e gravata, com um cargo do tipo "decentinho", e estou com uma mulher só. Isso significa que estou tapeando o universo e tentando levar uma vida de bom moço, mas não dá: tenho um ímã para rolos, assuntos dúbios e pilantragem. Entrei nesse lance de defender o pai de Marina para me destacar. Só pensei que poderia ir contra a maré e me dar bem. Meus instintos primitivos já estavam acesos, e eu queria impressioná-la. Você não achou que minha motivação fosse nobre, não é? Por favor, eu tinha acabado de chegar, só queria alimentar meu ego e ficar com a mocinha. Se eu fosse um super-herói, seria o Homem de Ferro, nada daquela moralidade, poderes espetaculares e excesso de ética extraterrestre de Clark Kent. Eu sou o cara marrento que acredita que pode resolver tudo com ajuda de um Q.I. elevado, tecnologia e charme. Eu ia querer os holofotes, a glória e a mulher mais inteligente e bonita da trama. Esse sou eu, desculpe não conseguir ser melhor.

Isso posto, fica claro que não engoli aquela conversa de "fique na sua" e acabei me jogando de cabeça nessa história. Fui atrás dos meus contatos. Nova York pode estar fora do meu território, mas, assim como a história de Marina começa no Brasil, foi por lá que comecei minhas investigações. Não descobri muita coisa, mas sei que o Sr. Josef ficou multimilionário exatamente na época em que suas empresas passaram pela maior crise de sua história. A princípio creditei o mérito ao petróleo, mas, depois de ter acesso a alguns números, descobri que seus contratos de extração e comercialização eram o que podemos chamar de modestos. Descobri também que seu casamento passou por inúmeras crises, inclusive com suspeitas de traição por parte da Sra. Lewis. Adivinhe só quando foi a primeira. Sim, um pouco antes da vinda de Josef para o Brasil e de Helen engravidar. Agora, acompanhe a trilha e se pergunte quem foi a secretária pessoal de Josef na mesma época e, anos depois, passou a ser sua secretária na H&L. Não é tão difícil, né? É claro que foi a Mia. Quando alguma coisa errada se esconde, um rastro de sujeira fica espalhado, e basta alguém querer olhar verdadeiramente o que há por trás da normalidade que as pistas pulam feito pipoca.

Todas essas coisas isoladas não querem dizer muito, mas, juntas, elas são de tirar o sono. Não o meu, claro. Meu sono vai muito bem, obrigado. A única coisa que me faz perder alguns minutos encarando o lustre é pensar em Marina no meio de tudo isso. É inesperadamente complicado imaginar que ela pode estar envolvida em algo sujo ou, o extremo contrário disso, que não desconfie de absolutamente nada. Honestamente, não sei o que seria pior.

Saio do meu momento distração-teoria-conspiratória para notar que Marina está atrasada. Ela sempre está. Seja sábado, domingo, feriado, faça chuva, sol, tempestade de areia ou qualquer outra praga, ela vai até aquele maldito cemitério, deixando tudo para depois. Eu não me importaria se isso a deixasse tranquila, mas, assim como um viciado que diz que essa será a última vez e se martiriza quando repete a dose, Marina volta de lá triste, com o semblante pesado e de um jeito quase fracassado. Eu não devia me importar, mas não gosto de vê-la daquele jeito, não gosto de não conseguir ajudar de verdade. Sim, porque tudo o que faço é paliativo. Eu não faço perguntas, sou engraçado e a deixo tonta na cama. Nesses momentos ela sorri, se acalma e se entrega. Mas, no dia seguinte, lá está a angústia pós-papo-mórbido com o ex-marido que passou desta para melhor, e eu já estou meio sem paciência com isso.

Desta vez não é diferente. Ela chega ligeiramente abatida, mas disfarça – ou realmente não se dá conta do próprio abatimento – e esbanja simpatia, beijos, mãos, boca e calor. Depois, saímos para comer, andar, jogar conversa fora, essas coisas que as pessoas chamam de namorar e nós preferimos chamar de passar o tempo, mas minhas engrenagens cerebrais só conseguem tentar encontrar um jeito de tirá-la daquele ciclo vicioso. Talvez eu seja um vilão-meio--super-herói-meio-cavaleiro-salvador. Sei lá. Raramente acontece de eu ter intenções nobres, e nesse caso eu tenho.

– Já sei! – penso alto, interrompendo sua fala sobre estreias de musicais.

– Já sabe? Sabe o quê? – ela diz, rindo e notando que eu não estava ouvindo nada do que ela falava.

– O que vamos fazer com as suas visitas ao Green-Wood.

– Ah, é? O que seria?

– Vem – digo, me levantando.

– Aonde vamos?

– Buscar o Adam.

Ela faz cara de estranheza, mas eu a pego pela mão, sem dar muita chance de pensar muito.

– Onde tem uma loja de jardinagem? – pergunto.

– Você não vai mesmo me contar o que está tramando?

– Já vai saber, calma. Loja de jardinagem, por favor?

Depois de ter comprado um vaso, uma pazinha, terra e uma planta qualquer, dirijo o carro de Marina até o cemitério.

– Você confia em mim? – pergunto ao desligar o motor.

– Sim?

– Está perguntando? – Franzo a testa, questionando. – Está certo, vou mudar a pergunta. Quão aberta está a sua mente?

– Para de enrolação Erik. Só vou saber depois que conhecer seus planos.

– Certo. Então, leve-me ao seu líder, quer dizer, ao seu ex.

– Sério, Erik? Sério?

– Ok, vamos.

Andamos pelo cemitério, e é surpreendente o tanto de turistas que perambulam por aqui. Grupos inteiros seguindo guias, e eu me pergunto o que tem na água que esse povo bebe. Não tinha nada melhor para fazer do que vir perturbar os mortos? Na minha família, cemitério poderia ser sinônimo de lugar onde não queremos passar nem perto. Morrer não é bom em nenhum aspecto. Não é bom para a gente nem para ninguém. Ponto. Não importa se existe um depois. Por enquanto ninguém quer perder, ninguém quer lembrar que existe um fim. Pelo menos deveria ser assim.

– Bem, aqui estamos – Marina indica, totalmente sem jeito.

– É bem bonito – digo, porque não me ocorre nada mais gentil.

Ela ergue as sobrancelhas e dá de ombros. O que eu faço? O plano na minha cabeça parecia bem menos ridículo... Respiro fundo e começo.

– Bem, Adam, eu sou o Erik e tenho saído com a Marina. – Ela arregala os olhos, mas eu continuo. – Sei que você era um cara jovem e do time dos legais, então, por mais que eu adore estar com ela, lamento que você tenha morrido em uma situação tão trágica. Preferia que vocês só tivessem se divorciado.

Um pequeno sorriso começa a nascer nos lábios e nos olhos de Marina, me encorajando a prosseguir.

– Ela precisa parar de vir aqui, cara. Não faz bem a ela nem a mim. Não consigo passar um dia todo com ela, e você, meu caro, sabe que ficar com ela por poucas horas é uma tremenda sacanagem. – Marina leva os dedos à boca, escondendo parte do sorriso. – Eu gosto dela e, sinceramente, ela parece gostar de mim também. Temos passado bons momentos juntos e, acredite, faço um bem danado à autoestima dela. Dá uma olhada naqueles cabelos soltos e nos olhinhos brilhantes.

Ela se aproxima de mim e me olha doce e profundamente. Acho que me importo mais do que imaginava. Talvez Marina tenha entrado sorrateiramente em algum canto secreto guardado em mim.

Abaixo-me e começo a pegar um pouco de terra com a pá.

Tiro um punhado de cada lugar e vou colocando no vaso. Ela me olha sem entender. Depois, acrescento a terra adubada e coloco a planta no meio.

– Pronto! Agora você tem um Green-Wood particular. É seu. Pode levar para casa – anuncio, estendendo o vaso em sua direção.

– Adam deve estar possesso por ter virado uma samambaia.

– Ele deve estar possesso por não poder me dar um murro, isso sim.

– Você é tão ridículo, Erik.

– Eu sei.

– Mas é adorável também.

– Eu sei. – Dou um abraço em Marina e ela retribui com força. – Eu te beijaria agora, mas acho que já foi informação demais para ele – digo, apontando para o vaso, e ela gargalha.

Não sei o nome do que estou sentindo por essa moça de cabelos naturalmente coloridos e também não sei se deveria estar me aproximando tanto porque meu faro, aquele que não deixa nada escapar, me diz que ela é confusão das grossas. Contudo, sei que é tarde demais para querer me afastar, e sei também que é bom demais para que eu queira que acabe. Percebo que, enfim, existe algo que está acima de todas as coisas que eu não sei e de todas as outras de que só desconfio: Marina.

17

"Desculpa se te olho profundamente,
Rente à pele...
A ponto de ver seus ancestrais
Nos seus traços.
A ponto de ver a estrada...
Muito antes dos seus passos."

("Poema: Te Olho nos Olhos", composta
e interpretada por Ana Carolina)

O interfone toca e o porteiro me avisa que chegou uma encomenda. Marina está no chuveiro. É o primeiro fim de semana que ela vai passar aqui, pois eu usei a tática do "Estamos juntos há um mês e temos que comemorar". Desço sem pensar demais e pego o envelope. Mais um. Eu sabia que a história do último envelope não era real, mas não imaginei que receberia outro tão cedo. Obviamente, esse envelope não veio das mãos que costumavam vir. Veio de outras tão influentes quanto e que desejam que o outro par de mãos exploda. Não queira entender. Todo mundo é amigo quando tem o mesmo objetivo e nenhuma ambição, detalhes que não existem nem na vida corporativa oficial, que dirá na clandestina. Foi fácil convencer alguém entediado e que se sente injustiçado a me dar uma forcinha.

O elevador é monitorado, por isso subo olhando um panfleto de pizzaria e ignorando o envelope negligenciado na outra mão. Entro no apartamento e tudo está silencioso. Coloco o envelope dentro do armário e Marina aparece de cabelos molhados, enrolada na toalha e com a pele vermelha por causa da água quente. Não se iluda acreditando que maquiagem, lingerie cara e salto alto te deixam irresistíveis. Nada no mundo é mais bonito e sexy do que uma mulher saindo do banho.

– Você não está pensando em pedir pizza, está? – ela diz, sorrindo e agitando o cabelo com os dedos.

Olho para o papel na minha mão e o jogo no balcão.

– Neste exato momento, eu nem me lembrava de que existia comida no mundo.

– Para com isso. Você já deve ter me visto nua umas cem vezes.

– Tantas assim?

– Estamos incontroláveis...

Ela faz uma careta divertida e eu arranco a camisa.

– Deus do céu, você já tem um rosto bonito. Pra quê esse abdômen? – Começo a rir e ela continua. – Honestamente, é um exagero. Totalmente dispensável...

Enrolo meus braços em torno dela e puxo sua toalha. Quanto mais engraçada ela é, mais eu me sinto atraído. Vai entender...

– Pode parar, bonitão. A gente tem uma reserva.

– Vai me levar para jantar?

– É claro. Você disse que queria comemorar, benzinho – ela diz, fazendo biquinho e apertando meu queixo.

– Eu me lembrei da data e você pensou no restaurante. Essa situação é bem inusitada.

– Eu gosto do inusitado. – Marina me olha de lado com um charme estupidamente envolvente.

Não sei o que dizer enquanto olho para aquele sorriso que a deixa com cara de menina. Tudo o que me vem é exagerado. Tenho vontade de dizer que gosto de tudo nela: do cheiro, do beijo, de cada centímetro do seu corpo, do som aveludado da sua voz e até das partes que sei que não conheço. Tenho vontade de dizer que nunca consegui ficar tanto tempo com alguém sem que sua presença me irritasse pelo menos um pouco. Mas fico quieto e lhe dou um beijo. Ela se afasta e eu penso no envelope. É cedo para eu dizer que ela é tão boa na minha vida que poderia ficar para sempre. Na verdade, é cedo até mesmo para esse tipo de pensamento me invadir.

Alguns raios de sol entram pela janela, acertando meus olhos e me fazendo acordar. Erik não está na cama, e o ar tem cheiro de café. As duas garrafas de vinho que bebemos no jantar pesam na minha cabeça, e eu pisco algumas vezes antes de conseguir manter os olhos abertos. Levanto-me e o vejo de costas, sentado no sofá. Ele parece estar lendo alguma coisa. Preparo-me para me levantar em silêncio e surpreendê-lo, mas a cafeteira apita, chamando a sua atenção, e ele olha na minha direção.

– Fique aí. Está muito cedo ainda.

– Vou tomar café com você.

– Então espere que eu te levo uma xícara.

Ele começa a juntar vários papéis e depois coloca tudo em uma pasta com fecho.

– Você está me mimando demais – digo, me espreguiçando.

Erik tenta sorrir, mas parece que seu rosto está petrificado, o que impossibilita seus lábios de se curvarem.

– O que você estava lendo? Parece preocupado.

– Nada demais, só trabalho.

– Algo importante?

– Não.

Seus passos o levam até a cozinha e eu ouço as portas dos armários, as xícaras e os talheres.

– Trabalhando no sábado de manhã? Tenho certeza de que seria promovido se a sua chefe pudesse ver isso – tento brincar.

Ele aparece com as xícaras fumegantes, apoia ambas no criado-mudo e se senta na beirada da cama. Passa a mão no meu ombro nu, afastando meus cabelos.

– O que houve, Erik?

Ele sorri daquele jeito infame e me beija. Depois diz:

– Não é nada. Só sou um dorminhoco de primeira e fico de mau humor quando tenho insônia.

– E achou que trabalhar seria bom?

Pego a xícara e ele me acompanha.

– Tenho predileções estranhas.

– Não vai me dizer que tem um quarto escondido por aqui cheio de brinquedos malvados e um contrato para eu assinar.

Erik gargalha, jogando a cabeça para trás, e eu tenho pensamentos melosos sobre ele.

– Não mesmo.

– Então, sem problemas em relação às suas predileções.

Tomo um gole grande do café, ajeito os travesseiros e me apoio na cabeceira.

– Marina, acho melhor fazermos um acordo com a Mia.

– Não vamos cruzar essa linha. Sem namoro no escritório, sem trabalho na cama.

– Não estou falando como seu advogado.

O olhar dele está sério, mas há algo de amável em seus traços que eu não consigo definir se é por tentativa de persuasão ou por puro carinho.

– Está falando como o quê? – provoco.

Erik balança a cabeça e estica um dos cantos da boca. Depois, apoia a xícara no chão, se joga do outro lado da cama, afunda no travesseiro e apoia a cabeça nas mãos.

– Você pode me chamar do que quiser... Não me importo.

– É sério, Erik. O que te fez mudar de ideia? Era sobre isso que você estava lendo? Então me mostra.

Apoio meu café no criado-mudo e olho séria em sua direção. Erik me puxa para junto dele, meio impaciente.

– Não descobri nada, e isso não ajuda. Vai ser complicado montar uma defesa baseada em nada. Tudo é muito dúbio. Você deve saber que a Mia foi secretária pessoal do seu pai antes de entrar na H&L.

– Não sabia não. Como você descobriu?

– Internet.

– Mesmo? Onde? Até onde eu sei, a Mia era amiga da família, ajudava a mamãe com assuntos domésticos, essas coisas, mas eu não sabia que ela era secretária do papai.

– Ela chegou a ficar um tempo no Brasil com ele enquanto a sua mãe cuidava da empresa aqui.

– Sério? Você descobriu na internet também? – retruco, levemente irritada.

– Não.

– E onde foi?

– Marina, são detalhes. Eu vi extratos de cartões, arquivos de jornais e... Resumindo, eu caí de cabeça na vida do seu pai e não descobri nada que ajudasse – ele responde, em tom apaziguador.

Por um momento, lamentei tê-lo deixado mergulhar na vida torta da minha família.

– Suspeitei que eles pudessem ter tido um caso. Isso não ajuda a eliminar a questão do assédio?

– Isso deixa muita margem para interpretação. Alguns podem perceber que a história era antiga demais. Outros podem acreditar em uma coação tão grande que a deixou presa nas garras do seu pai por anos.

– Por que eu acho que você descobriu alguma coisa que não quer me contar?

– Porque você assistiu a muitos filmes sobre teorias conspiratórias na adolescência? – ele diz, arregalando os olhos com deboche.

– Vou pensar e conversar com o advogado que está com o caso na segunda-feira – ironizo.

– Isso mesmo. É melhor deixarmos isso para o horário comercial. Agora vem cá...

As brincadeiras e os beijos são o nosso esconderijo oficial. Eu já estou me acostumando a deixar um assunto suspenso e entrar no jogo. A diferença é que eu sempre aceitei isso por acreditar ser justa a nossa condição. Não preciso saber nada dele que ele não queira, desde que ele não saiba nada sobre mim que eu não queira. Só que agora ele pode ter descoberto um pouco dessa minha vida nebulosa, desse passado que não é meu, mas que está aqui até hoje. Ele me gira na cama e domina todos os meus sentidos e nervos. Abro os olhos e ele aproxima o nariz do meu. Sinto o coração palpitar e meu corpo tremer. Não tiro meus olhos dos dele, e uma onda quente invade meu peito. Ele me beija e sorri ao mesmo tempo.

– O que estamos fazendo? – penso alto.

– Jura que eu preciso explicar? – ele pergunta, beijando meu pescoço até alcançar minha orelha.

– É isso? Passamos um tempo juntos, parte dele sem roupa?

Ele para, corre os olhos lentamente por mim e passa a mão no meu rosto, afastando meus cabelos.

– Não sei o que é, mas é mais do que isso. Bem mais, Marina...

Há um sorriso erguendo um dos cantos de seus lábios, um brilho intenso em seus olhos e pequenos vincos de felicidade marcando seu rosto. Como evitar ser inconsequente? Como eu poderia resistir a essa sensação incrível e inebriante? Deve existir uma lista com diversos e sólidos motivos que fazem qualquer um se afastar um pouco, pisar no freio e ir com calma, mas o vento nos cabelos, a liberdade e o gosto da adrenalina arde nos meus lábios, e eu só quero continuar a correr. Correr para ele, com ele, o tempo todo.

– Então não importa o nome – sussurro.

Eu devia pensar nas complicações disso, e devia também não estar tão envolvida em sensações, cheiros e toques. Não sou uma garotinha sem graça, desajeitada e sem vida própria que se perde de amores por um completo desconhecido. Ele não é um cara com habilidades incríveis, grana e beleza exorbitante que me perseguiu até eu ceder. Somos aparentemente comuns. Pessoas simples que tiveram experiências difíceis em seu último relacionamento e demoraram um pouco mais que o razoável para voltar a se permitir. Superficialmente, essa situação é batida e até previsível, então de onde vem esse mistério que nos rodeia, esse silêncio que invade toda conversa mais séria e esse medo de continuar extrapolando limites? De onde vem essa sensação de perigo? E o mais incompreensível: por que nenhum de nós ainda não saiu correndo? Qual é o motivo desse avassalador, inconsequente e infinito querer?

18

"Se alguém, seja lá quem for
tiver que morrer, na guerra ou no amor,
não me peça pra entender
não me peça pra esquecer."

("Filmes de Guerra, Canções de Amor", de Humberto Gessinger, interpretada por Engenheiros do Hawaii)

– Atende, atende, atende...

Minha cabeça está rodopiando desde que abri aquele envelope maldito. Eu sabia que tinha algo errado e sabia que podia ser pior do que eu imaginava, mas nossas previsões sempre são amenas perto da realidade. Anos nisso e eu ainda não aprendi que a crueldade, a ganância e a safadeza humana sempre vão estar prontas para dar um passo além, um ainda maior em direção ao inferno.

– Alô?

– Oi, coisa bonita. Tenho novidades.

– Você outra vez, Erik?

– Estou em um celular descartável, do outro lado da cidade, com um envelope bem interessante na mão. – O silêncio do outro lado da linha indica que consegui chamar a atenção que queria, me deixando seguro para continuar. – Acabou esse suspense ridículo. Você me mandou pra cá de propósito e eu quero saber de tudo. Nem vem com conversa-fiada pro meu lado.

– Por que você tem tanta dificuldade para fazer só o que te mandam?

– Eu sou rebelde mas sou bom, por isso você engole minhas insubordinações. Agora desembucha que eu tenho mais o que fazer.

– Erik, você vai ser transferido. Não era para você saber de nada agora, nem ter se envolvido com a Marina. Você comprometeu sua missão desde o momento em que pegou aquele caso para defender.

– Eu não vou a lugar algum.

– Você vai ser demitido da H&L até o fim desta semana.

A irritação me domina e eu deixo que ela apareça um pouco:

– Você acha mesmo que esse seu contato é tão influente a ponto de fazer com que me demitam? O que você está aprontando? Vai plantar alguma coisa no meu apartamento ou vai desviar dinheiro da empresa, para a Marina ficar desapontada e nunca mais querer me ver? Qual é? Você sabe que eu sou mais esperto que isso. Sabe que vou estar um passo à frente e que vou me cercar sem deixar uma brecha para que você ou seus planos imbecis entrem. Você às vezes é tão amador... Bem, amigão, ou você conta e me tem como aliado ou eu vou por conta própria. O que vai ser?

O silêncio toma conta da conversa e eu cerro os punhos em apreensão.

– É coisa dos Federais. Eles vieram atrás da nossa equipe.

– O que eles querem? O que eu ganho com isso?

– Compre outro celular descartável e me ligue na sexta-feira.

– Sempre bom trabalhar com você. Até mais, gracinha.

James está me mostrando a planilha de desempenho do último trimestre, onde eu tento bravamente manter a atenção, mas a verdade é que estou quase dormindo em cima dos papéis. Ter passado o fim de semana no apartamento do Erik me tirou da rotina. Dormi muito durante o dia e quase nada quando deveria. Solto um bocejo e ele muda de assunto.

– Fim de semana agitado?

– Não, pelo contrário. Foi bem tranquilo.

– Parece cansada.

– Dormi a tarde toda e acabei passando a maior parte da noite acordada.

James solta os papéis, pega o telefone e pede café. Depois, volta sua atenção para a pasta de documentos. Ele continua sentado com o tornozelo apoiado na outra perna, o paletó aberto e a postura relaxada. Está com a aparência de sempre, mas sua presença silenciosa começa a me incomodar, e eu sei que o motivo disso é o fato de, pela primeira vez, termos um assunto tabu.

Karen abre a porta e a copeira nos serve o café. O silêncio começa a se transformar em ansiedade contida, e James só espera a porta ser fechada para voltar a falar:

– Está apaixonada por ele?

James olha para mim enquanto tomo o café.

– Não faz isso. Conversa comigo, Marina.

– Estou pensando.

– Se vai conversar comigo ou se está apaixonada?

– Se estou apaixonada, até porque eu sei que você não vai me deixar em paz até que eu fale alguma coisa.

Ele sorri, alinhando os dentes de forma engraçada, e nada diz.

– Acho que ainda não, mas as chances de isso acontecer aumentam a cada dia – confesso.

– Vocês continuam com aquela história de *carpe diem*?

James faz o sinal de aspas com os dedos ao dizer *carpe diem* e eu tenho vontade de rir do seu mau humor.

– É. Sem cobranças, aproveitando o momento...

– Que coisa linda. Estou tocado – ele debocha.

– Você é engraçado. Eu digo que estou vivendo o momento e você não gosta, mas, se eu dissesse que estou apaixonada e doida para me mudar para o *studio* dele, você também não iria gostar.

– Eu só acho estranho você estar envolvida com alguém que mal conhece. Você não se pergunta o que ele faz quando não estão juntos? Com quem ele conversa, que tipo de livro ele lê ou de que buraco esse cara saiu?

– Não, mas pensando agora, a vida dele é bem óbvia.

– Tem certeza?

A gente conhece os amigos. Simplesmente conhece os detalhes do rosto, o tom de voz e o jeito como ele lança uma frase, volta a pegar os documentos e finge distração. Eu soube que James estava querendo plantar uma sementinha do mal na minha cabeça. Daquelas que podem te fazer virar uma maníaca obsessiva, perseguidora, insegura e chata... Muito chata.

– Ele não conhece ninguém aqui. Quando não está comigo, está trabalhando ou com o pessoal do jurídico – respondo, pegando minhas cópias dos documentos.

– Nem sempre... – ele fala e vira uma página com despretensão.

Pego um clipe e jogo em James, que abaixa as folhas e solta um grunhido de reclamação.

– O que você está querendo dizer, J? Não estou entendendo.

– Só quero que perceba que você não sabe nada sobre ele. Agora, por exemplo, ele não está na empresa. Jack disse que ele pediu a manhã de folga para resolver algumas coisas. Que coisas? Que tipo de coisa um homem tem para resolver que não seja de trabalho ou que não possa mandar um mensageiro?

– E o que poderia ser tão terrível?

– Sei lá. Ele pode estar traficando criancinhas neste momento ou, pior, os órgãos delas.

James arregala os olhos e tenta fazer uma expressão divertida, mas os amigos conhecem uns aos outros, e ele sabe que fazer graça não vai funcionar.

– Não se preocupe, está bem? É minha função não te deixar se perder no paraíso, só isso. Por isso eu fico te falando absurdos.

– Vamos correr do paraíso analisando esse monte de papel que você trouxe? Já é o suficiente.

– Sem problemas. É só você se manter acordada, benzinho. Vamos lá. Paramos na página 15, parágrafo terceiro.

Enquanto lemos e discutimos trivialidades administrativas e financeiras, minha cabeça tenta encontrar um motivo para eu arrumar todo o tipo de desculpa para não afastar Erik. Não é amor. Não ainda, eu acho. Talvez seja uma paixão avassaladora, mas, quando fecho os olhos, sempre o vejo sorrindo, lendo ou com uma samambaia na mão, e, honestamente, ele tem um milhão de facetas mais sensuais do que essas. A verdade é que eu não sei muito dele, e ele só sabe sobre mim o que os jornais se preocuparam em dizer. A gente finge que se esbarrou num bar, flertou e se deixou levar, como fazem, provavelmente, dois terços da população do mundo. Todo relacionamento nasce com percentagens iguais para o sucesso ou fracasso e, sinceramente, ninguém pensa nisso antes de beijar pela primeira, segunda ou milésima vez. Os cálculos e probabilidades que giram em torno de um casal são bem menos exatos do que qualquer outro. E todos estão bem com isso. Por que eu deveria me preocupar?

Erik não apareceu na empresa em nenhuma parte do dia e eu me controlei de todas as formas para não ligar para ele. Falei com Jack, que me informou que Erik havia telefonado para avisar que estava resolvendo algumas coisas e que talvez não conseguisse voltar para a empresa. Disse também que seu novo assistente vinha trabalhando muito e até tarde diariamente, por isso esperava não ser um problema ele se ausentar por um dia apenas. Não é um problema para a empresa, claro que não. Todos nós sabemos que Erik trabalha mais horas do que qualquer outro no departamento jurídico. Mas é um problema para mim, que insisto em me manter na posição de caso, amiga com benefícios ou qualquer outra nomenclatura informal enquanto me consumo por dentro como uma típica namorada adolescente. Parte de mim sabe que ele vai me ligar no fim do dia para me contar de um jeito divertido sua saga para retirar algo na alfândega, ou sobre os quinze comprimidos que tomou por conta de uma enxaqueca, mas a outra parte, aquela que guarda certezas descabidas, cria mil teorias sobre tudo o que eu desconheço, sobre a parte nebulosa que sempre nos acompanha. Aquela nuvem de chuva que sempre paira sobre nós está relampejando forte dentro de mim. Eu só não sei o motivo.

As horas passam e eu já estou estirada em meu sofá, de robe e xícara na mão, quando o interfone toca anunciando o Sr. Gouveia. Espero por ele com a porta aberta e o vejo sair do elevador. Acho que é a primeira vez que reparo na maneira resoluta como ele anda. Porte de atleta. Sua pele morena o deixa com jeito de quem acabou de sair do sol, e seus olhos são da cor de calda de caramelo, e tão quentes quanto.

– Você já está de pijama. Desculpe, não devia ter vindo – ele diz assim que me vê.

– Larga de charme... – digo enquanto dou passagem para que ele entre.

Fecho a porta e estranho que Erik não salte em minha direção repleto de carinhos, calor e beijos. Em vez disso, ele se senta em uma das poltronas da sala de estar, se reclina e olha para o teto.

– Como foi o seu dia? – pergunto, tentando parecer despretensiosa.

– Agitado, meio estranho também... E o seu? – ele responde, sem mudar a postura.

– Normal.

Ele estica a mão com aparente calma e eu a aceito. Sento em seu colo e o beijo. Coloco minhas mãos em sua nuca e noto seu batimento cardíaco acelerado.

– Está tudo bem? – sussurro entre os beijos.

Erik se afasta alguns milímetros e me olha de um jeito indecifrável.

– Fui falar com a Mia. Tentar um acordo.

Afasto-me um pouco mais e o encaro.

– Como foi?

– Ela está morta.

Por um breve instante o rosto de Erik se desfaz em minha frente e eu penso que vou desmaiar. Sinto os dedos dele apertarem os meus e seus lábios me perguntarem se estou bem. Aceno que sim e o vejo tirar do bolso um cartão.

– Estava na mão dela.

Pego o pequeno retângulo de papel e leio meu nome escrito nele. Meu estômago embrulha, minha garganta seca e a fala se perde. Nesse instante, as coisas ganham uma dimensão maior, profunda e negra.

19

"Algumas vezes menti pra te fazer correr
Você me fez fugir só pra me proteger
Eu fazia você sorrir quando insistia em mandar
Você me ensinou a pedir na hora exata de chorar."

("Igual a Você", de Thedy Corrêa, interpretada por de Nenhum de Nós)

Normalmente eu lido perfeitamente bem com minha dupla personalidade. Normalmente consigo ser a durona, a inflexível e a quase genial Marina Muller, e consigo também ser a mulher frágil, problemática e levemente insana que conversa com uma planta diariamente enquanto rega os restos fictícios de seu ex-marido. Aprendi a fazer uma parte minha adormecer para a outra poder agir. Sempre foi assim, até esta noite.

Erik me explica que agendou uma reunião com Mia para propor um acordo e, ao chegar lá, encontrou o cenário mais improvável de todos os tempos.

– Por que é que você foi sozinho, Erik? – pergunto, meio histérica. Meio chefe autoritária, meio namorada enlouquecida.

– Achei que ela se sentiria mais confortável se eu me aproximasse de maneira mais informal. Pensei que seria mais fácil persuadi-la se eu criasse um ambiente amigável.

– Traduzindo: confio demais no meu próprio charme. – Novamente há aquele tom profissional misturado a algo que eu não sei o que é em minha fala.

– Serve também – ele responde, sem se alterar.

– Explica isso direito. Você simplesmente foi entrando? – Toda essa confusão em mim já está virando irritação.

– Não, mas a Mia já havia deixado avisado que eu iria e que era para me levarem à sala dela imediatamente, porque ela tinha pressa. A secretária disse que ela teria um compromisso em meia hora. – Erik está calmo, e até o seu olhar está manso.

– Com quem?

– É óbvio que eu não perguntei. – Dessa vez, quase noto um leve sorriso no canto de seus lábios.

Não consigo entender. É tudo muito claro, mas há uma sensação estranha que eu não consigo evitar. Uma dúvida, um medo ou um sentimento sem nome, mas forte o suficiente para fazer minhas pernas formigarem.

Passo os dedos nos cabelos, esfrego as unhas no couro cabeludo e vou até a cozinha buscar um copo d'água. Erik me segue e fica encostado no batente, de braços cruzados, esperando que eu me acalme ou peça mais explicações. Ele parece treinado para essa situação, se mantém calmo, longe o suficiente para não me sufocar e perto o bastante para me passar confiança. Fala com tranquilidade, do jeito que o médico faz antes de começar a dar uma má notícia: diz que fez tudo o que podia; mostra um leve pesar, para demonstrar sentimentos, quando na verdade você é só mais um dentre tantos pacientes; acima de tudo, é extremamente profissional. Tudo isso me deixa ainda mais confusa.

Depois de dois grandes goles e de uma fracassada tentativa de me acalmar, volto ao interrogatório:

– A secretária não percebeu que tinha algo errado quando abriu a porta?

– Ela simplesmente abriu a porta, me anunciou e saiu. Eu estranhei a cadeira estar virada de costas, mas só notei que alguma coisa estava errada quando chamei e ela não atendeu. Fui me aproximando e... Bem, conferi o seu pulso e notei que não havia batimento cardíaco. Comecei a pedir ajuda.

– Como você viu o cartão?

– Procurei o batimento no pescoço e depois no pulso. Assim que peguei no braço dela, o cartão caiu no seu colo. Eu não devia ter tirado de lá, mas, quando vi o cartão da H&L com o nome Marina Muller em destaque, não raciocinei. Agi por instinto.

– Por quê? – pergunto, tentando esconder a ansiedade.

– Marina, pode não ser nada, ok? Ela pode ter tido um ataque cardíaco minutos antes de te ligar para dizer que eu estava indo até lá ou sei lá o quê. Porém, naqueles poucos segundos em que eu estive sozinho com a morte da Mia, minha cabeça criou um monte de fantasias, e em todas elas tinha alguém vindo atrás de você.

Finalmente consigo ver alguma emoção, um tom ligeiramente fora da normalidade e um pequeno, mas intenso, brilho nervoso nos olhos dele. Dura um instante, mas é capaz de me tranquilizar como nem mesmo o mais forte abraço poderia. Volto a ser duas, a raciocinar direito e a ponderar sobre os fatos.

– Bem, suponho que você tenha passado a tarde toda envolvido com isso. Deve ter tido polícia, inclusive.

– Sim.

– Amanhã vamos nos reunir com o conselho para discutir o quanto esse fato nos afeta. Está bem?

– Claro. – Ele parece cansado.

Deixo o copo na pia, me aproximo dele e encosto minhas mãos em seu peito. Meu discurso corporativo está encerrado e só sobram em mim palavras de consolo, carinho e preocupação. Sim, é isso que está me tomando sem que eu note, preocupação. Tem mais afeto e sentimentos do que razão em mim. Nesse breve momento de caos eu finalmente reconheço e admito que estou mais do que envolvida: estou apaixonada.

– Você está bem? – pergunto baixinho.

Ele apenas acena que sim.

– Quer tomar um banho e descansar?

Erik leva alguns segundos para responder. Há algo indecifrável em seu olhar, em sua expressão e no jeito como ele permanece calado. Ele não diz nem faz nada, apenas segura minha mão e, mais uma vez, balança a cabeça, anunciando que sim.

Nunca tive insônia. Esta é a primeira vez que não consigo dormir de fato, e eu sei exatamente o motivo. Quanto mais penso nele, menos sono eu tenho, mais minha cabeça trabalha, e isso cria um círculo vicioso que me leva noite adentro, testemunhando Marina se mexer inquieta na cama.

O motivo não é ter certeza absoluta de que Mia foi assassinada e não ter nem ideia de quem a matou e do motivo de isso ter acontecido. O motivo não passa nem perto do fato de eu, bem... do fato de eu tê-la encontrado morta. O motivo de eu estar estatelado olhando para o corpo de Marina sob o lençol como se ele fosse feito inteiro de diamantes de tão bonito é ter encontrado aquele cartão. Estou petrificado tentando controlar o medo que me invade toda vez que penso que ela está em perigo. Quando foi que isso aconteceu? Quando foi que eu a deixei entrar tão profundamente em minha vida? Eu deveria ter ido embora, ter ligado para os meus contatos, avisado sobre o que aconteceu, planejado os próximos passos e definido uma direção. Mas só consegui olhar para aquele rosto rosado, aqueles olhos azuis brilhantes e aquele cabelo acobreado caindo sobre os ombros. Só consegui pensar que eu tinha que ficar ali para garantir que estava tudo bem, para acalmar meus instintos, que nunca foram nervosos, e que não havia outro lugar no mundo em que eu deveria estar.

Quando finalmente o dia amanhece, Marina me encontra vestido e pronto para sair.

– Aonde você vai? – ela diz, ainda sonolenta.

Repentinamente, sinto todo o cansaço desabar sobre meus ombros, trazendo o forte desejo de me jogar na cama, enfiar meu rosto em seus cabelos e dormir por uma vida inteira. Mas eu resisto.

– Preciso ir até minha casa, colocar uma roupa limpa.

– Eu vou com você – ela diz, se levantando.

– Não precisa. Está cedo ainda. Descanse, tome seu café. A gente se vê depois. Não posso me atrasar. Passei o dia todo fora ontem.

– Totalmente compreensível.

– Eu sei, mas tenho muito trabalho a fazer. A gente se vê. Está bem?

Ela acena e eu não consigo evitar o sorriso. Sacudir a cabeça em afirmação está virando um código interno nosso. Parece que Marina tem algumas reações parecidas com as minhas. Ela diz "legal" para disfarçar euforia, faz piada quando a conversa está seguindo para um rumo indesejado e sinaliza com a cabeça quando quer calar a única palavra que surge no pensamento. Só não sei se as palavras que ela cala são tão melosas quanto as minhas.

Dou um beijo nela e vou embora. Passo em um desses hipermercados que funcionam vinte e quatro horas e compro um celular descartável. Um não, dois. Pelo visto vou precisar disso mais vezes do que imaginava, a não ser que eu arrume um contato quente no FBI, tão influente que seja capaz de apagar meus rastros. Enquanto isso não acontece, sigo poluindo o mundo com tecnologia barata.

Digito o velho número e dessa vez não tenho tempo para dizer gracinhas. Inesperadamente, a voz do outro lado fala antes de mim.

– Erik?

– Puxa! Isso é novidade...

– Que raios você fez?

– Nada. Eu cheguei lá e ela já estava morta.

– Pra cima de mim, Erik? O que foi que você fez?

Afasto o aparelho do telefone e recuo a cabeça. Isso é um grito?

– Ei, benzinho, vai com calma que eu sou sensível. Eu já fiz besteira e nunca neguei. Agora preste atenção, porque eu não vou falar de novo: Eu. Não. Matei. A. Mia! Raciocina: eu queria informações, queria negociar, ela tinha que estar viva para eu fazer isso, otário.

Ouço um suspiro e me pergunto se estou acordado ou se isso é um sonho maluco. Não há emoções nesse tipo de conversa. Normalmente a gente finge que é da máfia quando trata de negócios. Falamos baixo e de maneira contida. Faço graça porque essa é a minha marca, o jeito que arranjo para mostrar que sou frio o suficiente. Eu sou o sujeito maluco que ajeita o nó da gravata enquanto interroga o traficante. No entanto, cá estou eu falando como uma gralha e meu chefe suspirando do outro lado. Mas que diabos...

– Olha, vamos focar no óbvio, ok? Quem matou a Mia e por quê? Já que não fui eu e você não mandou ninguém fazer isso.

– Erik, você vai ter que vir pro Brasil. Essa situação está virando um balaio de gato. Vou tirar todo mundo desse caso até saber o que está acontecendo.

– Balaio de gato? Como você é antiquado...

– É sério. Você precisa sair daí. Vou marcar uma reunião, depois decidimos...

– Férias das férias. É isso?

– Eu nunca disse que você estava de férias. Foi você que usou esse termo.

– Sabe por que eu usei esse termo? Porque quem manda na minha vida sou eu. Eu decido o que eu faço, *se* faço... Você só decide o quanto vai me pagar para ajudar a me convencer. Você vai ter que fazer mais do que me mandar voltar para o Brasil, benzinho.

– Ok, Erik. Alguns dígitos a mais na sua conta e toda a história suja da vadia que você esquentou na cama essa noite. Parece bom para você?

Senti o sangue ferver, senti o punho queimar e todos os meus músculos se retesarem, mas eu estava a muitos quilômetros de distância. Eu precisava estar frente a frente para poder arrebentar a cara de quem quer que fosse.

– A reunião tem que ser perto de Parati – digo calmamente.

– Você vai arrumar um jeito de trazê-la. Não vai, seu estúpido?

– É claro que vou.

20

"Oh! Meu grande bem
Pudesse eu ver a estrada
Pudesse eu ter
A rota certa que levasse até
Dentro de ti."

("Luz e Mistério", de Caetano Veloso e Beto Guedes, interpretada por Djavan)

Ao longo da vida, parei de pensar no meu passado. Aprendi a não pensar nas escolhas que fiz e que me trouxeram até aqui. Sempre me convenço de que cada um é aquilo que pode ser. Sem essa de que podemos ser o que quisermos. Isso é tolice! Somos, na maior parte das vezes, o que conseguimos ser sem muito esforço. As pessoas fingem ter orgulho de si mesmas, que se amam e se aceitam. Essa atitude nada mais é do que preguiça de se transformar ou medo do fracasso por não conseguir. No meu caso, é um pouco dos dois. Tento me convencer de que em time que está ganhando não se mexe. Então, que fique assim.

Sou do tipo que já parou de pensar que sonhava ser jogador de futebol. Isso era o máximo de grandeza que eu imaginava aos sete anos. Sonhar ser astronauta é coisa de criança inteligente, consciente do universo e dos avanços tecnológicos. Eu só conhecia a invenção do controle remoto, a popularização do refrigerante e a esperança de ganhar a vida me divertindo, sendo popular, sem precisar ser bandido. Percebe a minha natureza? Nunca quis ser médico ou bombeiro, mas também nunca quis ser um daqueles vermes que se alimentam da morte alheia. Nunca fui santo, mas escondo bem o meu tridente.

A questão é que eu ando precisando me adaptar demais. Toda pessoa, para ser o que é, cerca-se de lugares, hábitos e programas de TV que sustentam seu estilo de vida, sua opção de jornada e seus métodos de sobrevivência. Todo mundo cria um mundo imaginário que gira ao seu redor e lhe dá ao menos a falsa esperança de que você está onde deveria, vivendo da única maneira possível e feliz o suficiente. Só que meu cenário mudou, meus hábitos não cabem nesse novo lugar e, para completar, existe Marina, com todo os mistérios que a acompanham.

Eu, sendo apenas o de costume, não me importaria em ter que investigar uma mulher enquanto durmo com ela, não me importaria em inventar uma desculpa qualquer para me ausentar por cinco dias e depois voltar com um presente declamando saudade. Contudo, me vejo perdendo horas imaginando se ela pode ser algo tão ruim a ponto de um canalha que não vale um grama de ouro chamá-la de vadia. Remoo a ideia de que, a qualquer momento, vou descobrir algo que vai me afastar de Marina e vai me fazer ter vontade de colocá-la na cadeia, ou pior, no porta-malas do meu carro. Essa possibilidade me assusta pelo fato de eu saber que é possível ela estar com lama até o pescoço, mas, principalmente, pelo fato de isso não me incomodar como deveria. Aceitar a imensa probabilidade de que vou me decepcionar não me impede de passar todas as noites com ela na cama e todos os dias com ela na minha cabeça. E isso é, no mínimo, estranho.

O envelope com um pequeno dossiê do Sr. Josef Holmes continha mais do que o necessário para me fazer ter nojo daquela família. Tudo indica que o incrível empresário se utilizou de métodos nada ortodoxos para manter seu nome e sua fortuna. Métodos que incluíam tráfico de informações, fraude em grupos de investimentos e fotos estranhas batendo papo com velhos – e influentes – vendedores de armas ilegais. Não precisei de cinco minutos para entender a situação. Josef fez a festa no Brasil utilizando informações privilegiadas e ilegais para comprar e vender ações; administrou grupos de investimentos e sumiu com o dinheiro de todo mundo; e negociou armamento americano. Metade daquilo faria qualquer um morrer na prisão, mas a justiça não é a verdade, é só o cumprimento de leis, e quem é rico compra tudo, até mesmo gente para colocar a culpa. Um laranja foi preso, outros dois extraditados e, assim, o Sr. Holmes seguia livre, com reputação exemplar e dono de uma fortuna suja.

A polícia, os promotores e todo o grupo oficial do Direito fez a lei se cumprir. Prendeu quem podia, confiscou fortunas e deu entrevistas aos jornais. Depois, o meu grupo, o que age por trás das cortinas, tenta fazer a justiça acontecer. A de verdade. Há quase trinta anos tentam compilar provas contra os donos da H&L sem sucesso. Toda pista cai no vão, todo mundo que sabe alguma coisa morre e toda prova desaparece. Não precisa ter Ph.D. para sacar que o que sabemos é pouco perto do tamanho da sujeira, não é?

E o meu coração resolveu pulsar justamente pela herdeira do Conde Drácula. Esse sou eu, sendo quem sou.

Abro o porta-luvas, pego uma flanela e limpo minhas mãos sujas de sangue, ajeito o colarinho da camisa, espremo os pensamentos na cabeça, me olho no retrovisor e tenho vontade de me dar os parabéns.

Erik, seu completo imbecil. Você deveria ter investido no futebol, meu caro.

Eu nem me lembrava mais que uma noite com as meninas poderia ser tão divertida. Marcamos um encontro em um restaurante, depois vamos para a casa de Melissa. Esticada em seu sofá, rindo de suas histórias malucas, acabo percebendo que esses momentos me fizeram muita falta. Teria sido ótimo não ter perdido tanto tempo me escondendo da vida, mas eu fui me cercando, me protegendo de algo que, na verdade, já havia acontecido. A sombra de Adam no rosto e nos lugares que o conheciam me fazia reviver a ausência dele com ainda mais intensidade. Ainda o vejo entre as conversas, entre os meus copos e nas escolhas do cardápio, mas agora é com a consciência de que não são esses detalhes que o fazem ausente. Pelo contrário, toda lembrança o torna vivo, e acho que isso nunca vai mudar. Sempre vou ouvir sua risada, vou sentir seu cheiro e sua falta, só que agora dói menos. Passei dois anos visitando um cemitério para me convencer de que ele estava morto. Passei dois anos me escondendo para aceitar sofrer e o fato de que ele não vai voltar, e, quando penso na samambaia pendurada na minha janela, estou certa de que Erik não pretendia me afastar da dor, mas sim me fazer perceber que não adianta evitá-la. Não adianta querer estipular uma hora e um lugar para sofrer: essa condição não vai evitar que seu peito aperte ao som de uma música especial, que seus olhos inundem ao pensar em tudo o que não aconteceu, tampouco vai evitar que você carregue esse espaço vazio que jamais vai ser preenchido por nada e por ninguém. Erik, com suas dores, me ensinou a sofrer sem me desmontar.

Depois de tanto comer, beber e conversar, todas nós acabamos dormindo em frente à televisão. Acordo antes do amanhecer, com o pescoço doendo e a cabeça latejando. Levanto-me e vou para a cozinha. Melissa tem um estilo de vida milionário, mora em uma cobertura, tem vários empregados, inclusive uma governanta, e só anda com motorista.

Eu vivi exatamente assim até me casar e, honestamente, foi como um grito de liberdade a primeira vez em que me vi sem seguranças, motoristas ou uma babá. Obviamente, meu pai me deu um carro blindado, grande, imponente e forte, o Cadillac Escalade preto que dirijo até hoje, cujo pneu Erik precisou trocar. Isso prova que as coisas aparentemente indestrutíveis acabam abatidas por pequenas coisas. Sei que ter dinheiro é bom, não vou dizer que já tive vontade de largar tudo e viver em uma cabana na praia, mas confesso que ter muito dinheiro te aprisiona, testa seus escrúpulos e te dá a arrogância daqueles que acham que podem comprar o que e quem quiserem.

Decido me trocar, deixar um bilhete e ir até o apartamento de Erik. Pegá-lo com cara de sono e quem sabe voltar a dormir enrolada em seu corpo quente. Assim que saio do banheiro, encontro Melissa e ela se assusta.

– Desculpe, não quis acordá-la.

– Já está indo?

– Estou com dificuldade para voltar a dormir. Pensei em ir para a minha casa descansar.

– Ah... sim. É que aqui deve ter só uns três quartos de hóspedes com camas imensas e lençóis egípcios – ela debocha.

– Puxa, pensei que você ficasse menos esperta a essa hora da manhã, depois de uma noite de excessos.

– Todas as minhas noites são de excessos, minha amiga. – Ela pisca e eu me lembro de James. Melissa parece uma versão feminina dele.

– Eu vi todo mundo dormindo e só consegui pensar que o Erik está espalhado sozinho na cama.

– Melhor do que ele estar acompanhado, né? – ela diz, provocando. – Brincadeira. Vamos comer alguma coisa, vai. Depois você corre para a luxúria.

Enquanto o sol se levanta, Melissa e eu conversamos baixinho para não acordar as meninas. A primavera partiu devagar e agora o céu está quente, anunciando a nova estação. Gosto tanto dessas alterações do clima. É como presenciar fisicamente a passagem do tempo, o girar do mundo e as transformações da vida. A mudança das estações é quase um recado. Um bilhete pendurado na janela te lembrando de que, enquanto você dorme, acorda e toma café, coisas invisíveis acontecem. O outono já existe, mesmo ainda sendo primavera. A luz do sol vai ficando mais forte e cada raio corta a escuridão como uma lâmina afiada e precisa. É um espetáculo, e, nesse momento, parece que foi feito exclusivamente para mim. Pena Melissa voltar a falar e me arrancar bruscamente da plateia.

– Mas, vem cá... Diz para mim. Você e esse Erik... É só diversão mesmo? Porque eu estou te achando meio apaixonadinha.

– Não sei bem. Acho que começou como diversão, e agora é diversão com alguma coisa mais. Talvez seja uma paixonite.

Ela sorri satisfeita, como se eu tivesse dito que queria casar e ter filhos com Erik. Melissa é tão bonita que poderia estar nas passarelas neste exato momento. Sempre foi a mais bonita do grupo, a mais namoradeira e a mais carinhosa também.

Enquanto ela leva a xícara à boca, a manga de sua blusa fina desce, deixando seu braço à mostra. Ela encosta os lábios na xícara com delicadeza, toma um gole pequeno e volta a apoiá-la no pires. Leva alguns segundos para a manga voltar a cobrir sua pele alva, mas eu posso ver alguns hematomas. Alguns mais arroxeados, aparentando serem novos, e outros antigos e esverdeados. Normalmente eu perguntaria o que havia acontecido, perguntaria se ela caiu enquanto jogava tênis ou se escorregou da escada. Contudo, algo me faz ficar calada e voltar a olhar para o céu. Prefiro continuar a conversar amenidades, pois de alguma forma eu sei que, seja lá qual for o motivo daquele braço ferido, Melissa não vai me contar.

– E você, Mel? Alguma paixonite?

– É, estou há algum tempo com o mesmo cara. Ele é legal.

– Devíamos marcar um encontro de casais. O que acha?

– Seria legal, mas esse tipo de programa combina mais com a Brenda e o John. O Max acharia isso uma caretice.

– Hum... Então pense em algo que possamos fazer juntos. Seria legal uma reunião. Quem sabe os rapazes se enturmam.

– É... Pode ser – ela responde, evasiva.

– A Brenda já mora com o John há tanto tempo... Será que um dia eles vão formalizar isso?

– Acho que, quando a mãe dela ficar sabendo da gravidez, vai acabar forçando a barra.

– Ela está grávida?

– Não percebeu o quanto ela comeu, o quanto ela não bebeu e o tanto que ela está dormindo? Fora o tamanho dos peitos. – Melissa gesticula, colocando as mãos a trinta centímetros dos próprios seios, e enche as bochechas de ar, fazendo graça.

– Não notei... – digo, rindo da cara de esquilo de Melissa.

– Pensei que ela fosse contar ontem, mas sabe como a Brenda é na dela. Além disso, acho que ela não quis te chatear com esse assunto, justo agora que você voltou a se aproximar.

– Será?

– Pode ser...

– Espero que não. Tudo o que eu vivi não tem nada a ver com a vida de vocês. Eu gosto de saber que você está saindo com o mesmo cara há algum tempo, que a Priscila dormiu com o James e nunca mais falou com ele e que a Brenda está grávida de um cara que eu adoro, que sempre foi bacana e nosso amigo.

– Eu sei. É que a gente também não soube e ainda não sabe como reagir. Quando uma tragédia acontece com um amigo, ela acontece com todo mundo. E nesse caso aconteceu com dois amigos, o que é bem pior.

Olho para Melissa passando geleia em uma fatia de pão integral e me pergunto se ela tem noção do que acabou de dizer, do real significado daquilo e do quanto me emocionou. O egoísmo nos faz acreditar que ninguém é capaz de sofrer mais do que nós mesmos, que ninguém jamais poderia entender o quanto você instantaneamente passou a se sentir deslocado no mundo e que a situação mais simples e natural precisa de ensaio, reflexão e de um tremendo esforço, porque agora você só tem vontade de ficar em casa, no sofá, com a televisão ligada, fazendo barulho para não te deixar pensar. Eu passei os últimos anos da minha vida fazendo todo mundo se lembrar de quão miserável eu era por ter perdido o marido, o bebê e, de certa forma, meu pai, sem me dar conta de que eles sofriam as mesmas perdas, acrescidas da minha própria ausência. Não notamos o sofrimento alheio porque, na maior parte do tempo, estamos ocupados sentindo pena de nós mesmos.

Terminamos de tomar o café em silêncio. As outras garotas ainda dormem quando eu me despeço de Melissa.

A manhã está quieta e o domingo desperta lentamente. Há dois dias eu só troco mensagens e telefonemas com Erik, e me assusto com a ansiedade que vai me invadindo enquanto o elevador sobe. A cada número que se acende, meu coração salta, minha nuca esquenta e meus lábios insistem em sorrir. É a primeira vez que percebo o quanto posso sentir falta dele e o quanto eu realmente gosto daquele rapaz com aparência séria e atitude gentil.

A porta se abre e, inesperadamente, vejo James em frente à porta. Meu coração diminui os batimentos e minha respiração segue o ritmo dos meus passos. Ao me aproximar, James me encara com surpresa e eu paro de caminhar. Isso tem jeito de má notícia. *Não, eu não aguento mais uma má notícia...*

Nesse momento, Erik aparece no corredor com a mão direita enfaixada, um curativo na testa e alguns arranhões.

– O que aconteceu? – sussurro.

21

"Uma noite longa
Pra uma vida curta
Mas já não me importa
Basta poder te ajudar."

("Lanterna dos Afogados", de Herbert Vianna,
interpretada por Paralamas do Sucesso)

É totalmente estranho ver Erik e James sentados no mesmo sofá. Mais estranho ainda é o jeito tranquilo deles dentro dessa cena tão inusitada. Parecem confortáveis como velhos amigos que partilham inúmeras histórias e conhecem o significado até mesmo do silêncio um do outro. Tão inesperado quanto encontrar Erik ferido. De repente minha vida volta a parecer um seriado de TV – de péssima qualidade e com tendência ao excesso de drama e aos diálogos confusos.

Estou sentada no braço do sofá, segurando uma bolsa de gelo sobre a testa de Erik enquanto escuto a explicação de tudo aquilo. James aproveita a vantagem de não estar com a boca cortada e inchada para falar mais. Uma história mal contada sobre um café, uma aproximação amigável interrompida por uma tentativa de assalto sofrida por Erik.

– Mas como foi isso? Vocês marcaram de se ver a esta hora da manhã? – pergunto.

Silêncio. Aquele clima de coisas que não querem ser ditas.

– Não vão me explicar o que aconteceu? – insisto.

– Não sei. Quando cheguei aqui ele já estava todo estropiado. – James aponta para Erik, que faz cara de tédio.

– Vocês chamaram a polícia, foram ao hospital? Fizeram o que qualquer ser humano normal faria?

Erik coloca sua mão sobre a minha e afasta a bolsa de gelo da testa. Depois, se levanta, pega uma toalha que estava sobre a mesa de centro, seca o rosto e me olha. Há algo no espaço que nos separa, algo no silêncio de sua boca e muito naqueles olhos tão escuros. Há coisas que me cativam e que eu já conheço e outro tanto de coisas que me assustam por eu não saber. Olho para ele e me dou conta de que estou repleta de sentimentos, todos misturados e entalados no meu peito, todos formigando na minha cabeça e ardendo no meu corpo. Olho para ele e seus olhos lacrimejam. Olho e vejo tudo nele, tudo o que me consola e atormenta. Tudo o que está embaralhado em mim se confunde na figura dele.

– Eu saí hoje cedo, antes de clarear. Estava sem sono, sentindo falta de casa, de você, essas coisas... Peguei seu carro, que estava na minha garagem, e saí por aí. Quando começou a amanhecer, parei para tomar um café. Na volta, um cara me abordou querendo levar seu carro, encostou alguma coisa nas minhas costas, que eu sabia que não era uma arma, e eu reagi. Ele era maior do que eu contava e deu mais trabalho do que eu imaginava. Depois, entrei no carro e vim para casa, porque eu tinha combinado tomar café com James, e planejei que fosse antes do almoço, pra gente se acertar antes de te encontrar. Só isso...

Aproximo-me, pego a toalha de sua mão, encaro-o com ternura e tento encontrar uma fresta, uma dúvida, um leve tremor ou qualquer outra coisa que me ajude a ver o que ele não quer mostrar.

– Só isso, Erik?

– Só – ele responde enquanto acaricia meus cabelos.

– Por que é que eu acho que você está mentindo? – sussurro.

– Porque você assiste a muitos filmes policiais e também porque está preocupada comigo – ele diz, tentando sorrir.

Mais silêncio. Mais daquela ausência de som que esconde palavras que se agitam, presas em nossas gargantas.

– Bem, acho que vou indo. A gente almoça outro dia – James interrompe.

– Tem certeza? Estou bem. A gente ainda pode sair. Não é, Marina? – Erik propõe, com simpatia.

– De jeito nenhum. Você precisa descansar. A gente marca outra coisa. Jamie é meu amigão. Ele entende, não é mesmo?

– Ela me chamou de "Jamie", não dá para resistir... Então é só dizer o dia e a hora, camarada.

Os dois trocam tapinhas nos ombros, Erik cochicha o que parece ser um agradecimento, James me beija na testa e eu o acompanho até a porta.

Erik se estira no sofá e coloca as mãos sobre os olhos. Parece dolorido.

– Por que não vai para a cama, que é maior? Vai ficar desconfortável aí... – digo.

– Estou bem – ele responde, segurando minha mão.

– Você não parece bem.

– Está falando disso aqui? – ele aponta para o próprio rosto. – Isso não foi nada, tem que ver como eu deixei o cara.

– Não tem graça, Erik.

Ele me puxa, vira de lado e me encaixa no espaço entre ele e o encosto do sofá. Parte de mim está em cima dele, e, assim, espremida no sofá com aquele homem imenso, o medo me toma e duas lágrimas me escapam.

– Ei... Não fique assim. Eu estou bem. Está tudo bem, minha Marina.

– Como você poderia saber se era ou não uma arma? Pra que se arriscou assim?

– Já encostaram uma arma de verdade em mim. Eu sei a diferença. Eu não me arrisquei.

– Mas você poderia estar enganado.

– Poderia, mas não estava. Passou.

– De onde vem essa confiança? Você parece não ter medo de nada... Erik, quem é você?

Sinto o canto que não está machucado de sua boca encostar de leve na minha, sua mão acariciar as minhas costas e seu nariz tocar de leve no meu.

– Eu tenho vários medos, mas prefiro fingir que não, porque eu acho que isso me deixa a salvo. Esse sou eu.

Eu quis perguntar se entre todos esses medos escondidos existia o medo de me perder de vista, se um dia ele me mostraria parte de sua fragilidade e, sobretudo, se sobreviveríamos às feridas um do outro. Contudo, também aprendi a ser boa fingidora, também sei me sustentar fazendo de conta que jamais vacilei, então sorrio, beijo-o de leve e aceito sua resposta, seus segredos e ser parte do que eu não conheço, mas que faz bem mesmo assim.

Marina e eu dormimos o domingo inteiro no sofá como se tivéssemos transformado aquele pequeno e desconfortável espaço em um ninho seguro. Não era pra ela ter visto James em casa. Não era nem para ele ter aparecido. Avisei que era para agirmos com cautela e que ele deveria esperar eu ligar marcando uma hora para conversarmos, mas, quando contei que o nome de Marina surgiu enquanto eu socava o cara que havia me atacado, o príncipe galês não me deixou nem desligar o telefone para tocar minha campainha.

Tentei pensar em um jeito de dar conta disso sozinho, mas essa história está se espalhando de um jeito perigoso. Instintivamente, procurei pelo melhor amigo dela, já que eu não tinha um para recrutar. Sei que não posso confiar integralmente em ninguém, mas a verdade é que está acontecendo coisa demais, e tudo ao mesmo tempo: os segredos do meu chefe, as inúmeras picaretagens de Josef, a morte de Mia, um sujeito me atacando e ameaçando Marina de ser a próxima... Enfim... Até mesmo os caras infalíveis precisam de ajuda de vez em quando. Sendo assim, James foi nomeado temporariamente meu fiel escudeiro. Embora eu não o conheça completamente, sei o bastante para enxergar que ele a quer em segurança, e, por enquanto, isso basta.

Nunca trabalhei em equipe, por isso preciso planejar como contar a James parte da história, somente aquela pequena parte necessária para ganhar sua confiança e para que ele me ajude a levar Marina comigo para o Brasil.

Sim, eu não desisti de levá-la comigo. Esse é o detalhe irracional, a atitude que eu não consigo explicar. Sei que preciso tê-la por perto. Não posso perdê-la de vista. Não posso simplesmente virar as costas, me afastar. Não posso e também não quero.

Agora, olhando seu rosto adormecido, escutando o som sereno de sua respiração e tendo seus cabelos espalhados em mim, sei que estou atado à vida de Marina de um jeito quase irremediável. Beijo sua testa e sinto que, embora eu tenha dificuldade para confessar até em pensamento, já não consigo imaginar um lugar melhor do que um sofá para dois.

22

"Prometo, juro, garanto
Vou resolver tudo isso
Assim que tiver coragem
E mais nenhum compromisso."

("Depois", de John, interpretada por Pato Fu)

O desânimo é quase maciço em mim, quase palpável e, para piorar, depois de um final de semana totalmente estranho e confuso, chego ao escritório e encontro James sentado à minha espera. Imaginei que ele fosse me procurar logo, mas não poderia supor que seria antes do café da manhã.

– Você pelo menos trouxe rosquinhas? – pergunto, fechando a porta e tentando sorrir.

– Estou querendo ter essa conversa desde ontem de manhã, quando fomos interrompidos pela Marina. Ela parece um carrapato grudado nos pelos do seu peito. Era quase meia-noite quando ela respondeu minha mensagem dizendo que ainda estava na sua casa. Fiquei com medo de ela chegar com você aqui.

– O que eu posso fazer se os pelos do meu peito foram feitos para ela?

– Que nojo. – James respira fundo. – Precisamos conversar sério.

– Eu sei.

Há um clima de camaradagem no ar, e eu me pergunto se isso é uma daquelas coisas inexplicáveis que acontecem de maneira natural ou se James é parecido comigo a ponto de ter uma abordagem cinicamente amiga só para gerar confiança.

– O que você quer saber, James? – começo, para ganhar tempo.

– Como assim? Eu quero saber tudo.

– Tudo é muita coisa, e nem eu sei tudo.

– Ok. Então vamos começar com o que você acha. Por que você acha que aquele cara foi atrás de você?

– Porque ele pensou que a Marina estivesse comigo – respondo diretamente.

– Acha que ele queria machucá-la?

– Não, mas ele queria assustá-la ou me assustar.

– Por quê?

– James, você vai ter que ser sincero comigo – falo seriamente.

Ele se ajeita na cadeira e parece ligeiramente nervoso.

– Quem cuida dos serviços escusos da H&L?

– "Serviços escusos"?

– Não se faça de desentendido. Quem cuida do caixa dois, dos subornos, dos seguranças que não estão na folha de pagamento e daqueles que fazem o que tem que ser feito para manter a fachada da empresa centenária, confiável e estável?

– Do que você está falando?

Ele está inseguro, não sabe até que ponto pode abrir a boca sem entregar informações demais. Resolvo colocar muitas cartas na mesa e mostrar que a coisa toda já está espalhada no ventilador e que a situação está sem controle e sem rumo.

– Estou falando que eu sei muitas coisas sobre o Senhor Josef, coisas que eu não sei quem mais sabe, mas que tenho absoluta certeza que estão remexendo, tentando usar para ter algum ganho ou quem sabe por pura vingança. Não sei... Mas sei que, quanto mais descubro, mais tentam me afastar.

– O que você descobriu?

– Qual é, James? Você vai ter que me oferecer alguma coisa, camarada.

Ele se levanta, passa a mão pelos cabelos e parece confuso.

– Quando a Marina precisou assumir a empresa, eu prometi que faria tudo para manter as coisas nos eixos. Prometi que não a deixaria meter os pés pelas mãos e prometi também que nada sairia do controle.

– E?

– E eu tenho sido o agente duplo. Sempre mantenho a Helen a par de tudo. Sempre passo os relatórios, cumpro ordens e induzo a Marina agir conforme os seus conselhos.

– É até previsível... Foi você que me arrumou esse emprego?

– Te arrumei esse emprego? Claro que não. Não tenho nada a ver com as contratações. Por quê?

– Porque alguém arrumou. Alguém usou sua influência aqui para me colocar nesse cargo e usar minha incrível habilidade de cutucar vespeiros. Quem foi, James?

– Não faço ideia. Nem sabia que a sua contratação poderia ter sido por algum interesse dúbio. A única coisa que sei é que nada acontece nesta empresa sem que a Helen saiba.

Nada faz sentido. Quanto mais eu tento encontrar uma lógica nessa história, mais desconexo parece. Até agora sei que os federais brasileiros querem a cabeça de Josef para, provavelmente, derrubar alguns outros figurões que negociaram com ele; temos alguém dentro da H&L que facilitou a minha vinda por coação ou interesse; temos Helen manipulando a tudo e a todos; James mantendo a ordem nos negócios, talvez também nos ilegais; a morte de Mia e as ameaças a Marina. O que é o mesmo que dizer que devemos estar todos bêbados, presos a alguma alucinação estranha.

– James, no meio dessa maluquice toda há uma maior ainda.

– Qual?

– Acho que acabei me apaixonando pela Marina. De verdade.

– É sério? Nós estamos discutindo a possibilidade de estarmos vivendo uma trama policial e você resolve fazer confissões românticas?

– Não é nada disso. Eu só quis te dizer isso porque você precisa confiar em mim, precisa saber que as minhas decisões vão ser sempre visando protegê-la.

– O que você vai fazer?

– Quero levá-la comigo para o Brasil.

– Por quê?

– Porque eu tenho que ir e alguma coisa me diz que preciso mantê-la por perto.

– Olha, Erik, eu não te conheço, não sei por que te mandaram pra cá e te acho um canalha, pelo simples fato de saber que sou capaz de reconhecer meus semelhantes.

Levanto os braços em rendição. Ele continua.

– Outra coisa: não se iluda. A Marina é mais esperta do que parece. Acho até que ela desconfia das armações da mãe e dos meus trabalhos extras. Ela não precisa de proteção, mas, se você quer levá-la e acha que isso vai ajudar a acabar logo com essa confusão, eu posso ajudar. Não quero que mortes, ataques e conspirações circulem nas páginas dos jornais com o nome da empresa ou desta família. Só não acredite que vai ser capaz de enganá-la por muito tempo.

– Eu não quero enganá-la, só quero entender o que está acontecendo para descobrir se é ou não perigoso.

– O que você não percebe é que, quanto mais você descobrir, mais vai mentir, e isso vai acabar com vocês. Você disse que está apaixonado. É isso o que quer?

– Você está me dando um conselho amoroso? É sério? Entendi direito?

James apoia as mãos nos quadris, suspira e balança a cabeça.

– Olha, eu te ajudaria a levá-la amanhã mesmo para qualquer lugar do mundo, mas antes vocês precisam cumprir a agenda. Estamos em época de auditoria interna. Você pode acompanhá-la nas viagens até as filiais e, depois, ir ao Brasil. Coloco esse destino como parte do roteiro oficial, assim ela não vai desconfiar de nada.

– Ok, podemos fazer isso.

– Então deixe comigo. Eu resolvo essa parte. O resto é contigo.

– Sim, senhor.

James deixa a minha sala e eu me perco pensando nas possibilidades. Todas as que me levam até Marina e também as que me afastam dela. Penso nas possibilidades que eu nem sequer imagino e na única que, entre tantas, é a real. Qual será o futuro desse inesperado início?

Enquanto os dias ficam cada vez mais quentes, eu e uma pequena equipe da H&L visitamos inúmeras filiais. O trabalho e as noites de verão ao lado de Erik tratam de fazer o tempo passar extraordinariamente rápido. Às vezes eu olho para ele e me pergunto como era minha vida antes dele. Como era olhar para o lado e não ver aquele homem espaçoso sorrindo de tudo, resolvendo questões sérias com graça e cheirando meus cabelos como se precisasse daquele aroma mais do que do próprio ar? Eu quase não me lembro de como eu era antes de ter sempre a mão dele por cima da minha, de ter o seu corpo colado ao meu e de ter a sua voz sempre em meus ouvidos.

Tudo estaria perfeito se não fosse a morte de Mia pairando sobre nossas cabeças. O laudo do médico forense diz que ela sofreu um ataque cardíaco, mas a família declarou que vai contratar um legista particular para fazer novos exames. Além disso, meu pai está pior a cada dia, e minha mãe está no seu limite. A internação está se tornando uma inevitável realidade, e eu me perco entre catálogos e pesquisas na internet sobre as melhores clínicas do país. Não raramente, desejo compartilhar essas angústias com Erik, mostrar a ele os panfletos, dizer que eu não acho nenhum lugar bom o suficiente para abrigar o homem que costumava me empurrar no balanço no final dos dias de verão, que me ensinou a aceitar meu papel de herdeira e que me levou pelo braço em um casamento repentino, confuso e mais doloroso do que feliz. Eu quero compartilhar isso com Erik, mas acho esse fardo tão pesado, tão cinza e complicado que sempre decido escondê-lo. Eu ainda não consegui cruzar essa linha, mesmo estando com ele todos os dias e noites, mesmo essa relação sendo a mais intensa da minha vida. Ainda não consegui deixar a imperfeição nos invadir. Talvez seja orgulho, talvez seja medo... Só sei que uma parte minha continua sozinha.

23

"O que fazer se eu te amo?
E te esquecer eu já não posso mais
Só sei que o teu amor
Roubou-me a paz."

("O que Fazer Se Eu Te Amo", de Sergio Reis, interpretada por Clara Nunes)

O vento do outono já começa a derrubar as folhas quando Erik e James entram na sala chamando minha atenção. Mesmo presenciando essa cena incontáveis vezes ao longo dos últimos meses, ainda me causa certa estranheza vê-los nesse clima de amizade e cumplicidade. Formamos um belo trio, e eu gosto da ideia de vê-los se dando bem. Só não sei se acredito totalmente nisso.

– Vocês dois juntos de novo? Isso está ficando esquisito – digo enquanto me levanto e fecho as persianas.

– Viemos lhe dar uma boa notícia – James anuncia.

Só consigo erguer a sobrancelha.

– Vamos para o Brasil – Erik completa.

– Olha só! Estão até fazendo jogral. Que bonitinho. Agora podem parar com essa cara de batata e comecem a falar direito.

– Ela é esperta mesmo – Erik cochicha.

– Eu falei – James responde.

– E eu vivi pra ver isso... – desabafo.

– Seu namoradinho tem assuntos a tratar no Brasil. Você vai com ele, aproveita para dar uma conferida nas novas aquisições, dar uma olhadinha de perto nas filiais, toma sol e pronto.

– James, não posso me ausentar. Papai vai ser internado, esqueceu? Eu tenho que estar com ele...

– É claro que não esqueci. Isso só vai acontecer na próxima semana. Dá tempo de você acompanhar a internação. Vai ser só por alguns dias.

– Viagem de negócios? Só isso? Nada a ver com o fato de o resultado da nova perícia do corpo de Mia estar para sair e os urubus da mídia não saírem do meu pé? – cutuco.

– Não, claro que não – eles respondem, em uníssono.

– Ah... Sei... Tudo bem. Vamos quando?

– Vou falar para a Karen conseguir um voo pra vocês amanhã. Pode ser?

– Está certo.

James sai da sala e Erik permanece sentado me olhando.

– Está tudo bem? – pergunto.

– Você aceitou muito facilmente.

– Queria que eu resistisse?

– Não, mas *esperava* que resistisse.

Eu me levanto, contorno a mesa e me aproximo de Erik. Esse jeito direto dele sempre me deixa derretida. Suas respostas são sempre firmes, calmas, resolutas, sinceras, e isso faz minha paixão subir a níveis estratosféricos.

– Quando eu vi você entrar aqui com o J. sabia que já tinham conversado antes e combinado alguma coisa que não me diriam ou diriam pela metade. Eu ia resistir e tentar arrancar de vocês o máximo que eu pudesse, mas, quando vi que o plano envolvia passar mais alguns dias viajando com você, mudei de ideia.

Dou o meu melhor sorriso e ele estica um dos cantos da boca em resposta.

– Mesmo? Alguém lhe oferece uns dias comigo no paraíso tropical e a senhora perde o juízo?

– É exatamente isso. – Alargo o sorriso e continuo: – Sabe Erik, eu aprendi que não adianta querer evitar as coisas ruins; elas vêm de um jeito ou de outro. Então, pra quê adiar as boas? Essas sim podem acabar não vindo nunca.

– Adoro quando você fala essas coisas profundas, sérias e ligeiramente irresponsáveis.

– Adora, né? Quer saber? Eu adoro você.

– Você vai me adorar ainda mais quando eu te levar até Parati.

– É sério? Vai me levar até lá?

– É claro que vou. Estou doido para ter ver na beira daquele mar, o seu mar, Marina.

Não sei se foi o brilho dos olhos, o tom da voz, a natureza das palavras ou o calor dos seus dedos tocando os meus, mas meu coração descompassou e não voltou ao normal até eu avistar o mar lá de cima, do avião, do meio do céu.

24

"É você que tem
O colo qu'eu
Deito e descanso
É tão teu
Meu coração aflito e manso."

("É Você que Tem", composta e interpretada por Mallu Magalhães)

Antes de embarcarmos, tomei café com minhas amigas. Está mais fácil a aproximação agora que elas estão perdendo o medo de falar, comer, conversar, mostrar alegria ou tristeza perto de mim. Está mais fácil agora que me sinto menos doída, mais normal e viva. Brenda contou sobre a gravidez, e, como eu já sabia, lhe entreguei um presentinho que estava guardado na minha bolsa. Nada demais, só uns paninhos bordados com temas de bebê – para mostrar que eu não entro em crise se tiver contato com esse tipo de coisa. Priscila estava sorridente, o que não combinava com seu tédio em relação ao trabalho de agente literária e sua falta de assunto em relação a qualquer coisa que não fosse o seu enorme e sufocante tédio por aturar as crises de ego de um dos seus principais autores. Ela nunca mencionou James e a noitada com direito a café na manhã seguinte. Melissa estava abatida e quase não falou, e esse é o fato que se destacou do resto. Brenda – que não trabalha e ocupa seu tempo com ioga, eventos beneficentes e corridas de cavalo – chegou a indicar vitaminas para nossa pálida amiga, que apenas sorriu, pediu mais café e disse que estava trabalhando muito. Melissa tem um ateliê especializado em roupas de festa, mas a verdade é que ela desenha poucas peças e usa mais o nome nas etiquetas do que o talento no papel, e isso nunca foi um problema. Melissa sempre foi mais de festas e badalação do que de carreira. Ela jamais estaria abatida por conta do trabalho.

Sua imagem ainda está na minha mente enquanto o táxi cruza o trânsito de São Paulo e Erik, sentado no banco de trás comigo, segura minha mão.

Alguns muitos minutos depois, paramos em frente ao hotel. O dia mal acabou de nascer e o céu já tem ares de piscina, exibindo um azul claríssimo que de tão lindo me roubou um sorriso.

– Você está sorrindo para o céu? Que poético. – Erik me tira do meu transe particular com mais um de seus comentários engraçadinhos.

– É que eu me dei conta de que, de repente, é primavera de novo.

– Agora virou um soneto.

Ele se aproxima, me beija e todo o cansaço das horas de espera no aeroporto somado ao voo noturno caem sobre o meu corpo.

– Temos alguma coisa para fazer agora? – digo, sem conseguir controlar o bocejo.

– Sim. Precisamos tomar um banho, dormir em um lugar em que caibam as minhas pernas e, depois, podemos usar a imaginação.

– Isso significa que temos o dia livre?

– Às vezes eu desconfio que você se esquece de que é a chefe.

– Ser a chefe te faz a maior escrava de todos.

– Já pensou em mudar de profissão?

– Não.

– Espero que não seja por falta de imaginação.

Ele pisca e sai em direção ao banheiro, arrancando a camisa e me fazendo ter pensamentos libidinosos. *Ah, Erik... Imaginação não me falta, querido.*

Os primeiros dias em São Paulo são marcados por reuniões desinteressantes sobre diversos tipos de fusão empresarial, bons restaurantes, boa vida noturna e intimidade. Eu já estava habituada a passar as noites com Erik, mas só agora me sentia entrando na vida dele. Embora estejamos em um hotel, é como se, de uma hora para a outra, eu tivesse me mudado para sua casa, sua cidade, seus programas de TV, seu idioma e sua família. Passei a gostar do barulho vindo do banheiro enquanto ele escova os dentes, do som da voz da irmã dele escapando do telefone ou do computador, da risada ou dos grunhidos de reclamação dele em frente ao jornal e do jeito como ele anda descalço pelo quarto. Três dias e eu não tenho mais vontade de voltar, três dias e eu já desejo uma crise de amnésia que apague toda a minha história e me deixe continuar na estação das flores.

Quando deixamos o hotel e seguimos de carro alugado para Parati, estou totalmente no clima de férias e nem me lembro de que Erik tem assuntos a resolver, mas seu telefone apita, avisando que sempre há uma parte que eu desconheço da nossa história. Ele lê a mensagem e não comenta nada. Não quero mais esses silêncios. Pela primeira vez eu quero futuro, eu desejo que essa estrada faça parte dos meus verões e que esse homem esteja sempre ao volante, com o olhar compenetrado, alternando batucadas e assobios conforme o rádio troca as canções. Eu não o quero mais apenas nas noites de sexta e almoços de domingo, mas eu simplesmente não sei cruzar essa ponte. A verdade é que eu não sei equilibrar o desejo de proximidade com o medo da intimidade, pois querer o todo do outro inclui oferecer o seu todo, e eu tenho um pedaço do qual não me orgulho e que prefiro manter escondido.

– O que foi? Você está tão quieta. – Ele aperta meu joelho, interrompendo meus pensamentos.

– Erik, quer namorar comigo? – pergunto, encostando a cabeça em seu ombro.

– Ué, o que a gente tem feito nos últimos meses? – Ele sorri e aperta minha coxa.

– É sério... Namorado do tipo "ir comigo internar meu pai em uma clínica que fica a quilômetros de casa enquanto eu me sinto a pior filha do mundo".

Sinto o rosto esquentar e me arrependo do que disse. É por isso que eu prefiro não dizer nada do que penso ou sinto. Será que todo mundo tende à infantilidade quando o assunto é amor? Ou é uma característica exclusivamente minha?

– Marina, dentro do porta-luvas tem um envelope. Você pode pegá-lo, por favor?

Ótimo, agora ele está cortando o assunto e eu me sinto ainda mais patética.

– Esse aqui?

– É. Pode abrir.

– Agora?

– Bem, eu só ia te dar amanhã na praia, depois ter passado muitas horas contigo te fazendo acreditar que eu sou o melhor cara com quem você cruzou na vida, mas você se adiantou.

Abro o envelope e retiro um cartão de dentro. Não há nenhuma imagem na parte da frente, mas atrás do cartão há linhas e um lugar para colocar o selo. Um cartão-postal.

– Puxa, Erik, você é tão inovador que estou com dificuldade para acompanhar o seu raciocínio.

– Eu queria te dar um presente, mas queria te impressionar. Eu sabia que não ia conseguir fazer isso te dando alguma coisa cara, então comecei a pensar no assunto e cheguei nesse presente extremamente original, que eu gosto de chamar de "versão do cheque em branco para multibilionárias".

– "Multibilionárias"?

– É, eu nem sei se você é tão rica assim, mas achei que causaria impacto no nome.

– Está pensando em patentear, já que o nome está no plural? Eu sabia que você tinha veia para o marketing...

– Gostou?

– Erik, você é inacreditável. Ok... Deixa ver se entendi. Isto é um cheque em branco que não compra nada?

– Sim. Está em formato de cartão-postal. O que significa...

– ... que eu posso escolher um lugar para ir com você.

– Essa é a minha garota. Mas é um pouco mais. Você pode escolher um momento que queira viver, alguma coisa que queria ter para se lembrar, algo que considere que merece virar um postal que será guardado em alguma caixa bonita no seu quarto e que você revisitará no futuro.

– Pode ser mais de um? – pergunto, tentando conter a emoção.

– Claro. Quantos couberem no seu cheque em branco – ele responde com doçura, mas ligeiramente surpreso.

Pego uma caneta na bolsa, escrevo bem pequeno em um dos cantos do postal, acendo a luz do carro e estico o cartão para que ele leia.

"Pedido de namoro no carro."

– Mas isso foi você que me deu – ele diz, sorrindo.

– E você aceitou.

Puxo o cartão e escrevo outra frase logo abaixo da anterior.

"Duas primaveras no mesmo ano."

Ele lê e dá o maior sorriso que eu já vi em seu rosto.

– Ah, Marina! Você sabe mesmo como usar um presente.

– E ainda tem bastante espaço.

A gente sabe que o depois está fora de controle. Talvez o futuro cometa a indelicadeza de não acontecer, me tirando a chance de ocupar todas as partes em branco deste papel. Exatamente por isso, resolvi começar com algo que já tínhamos vivido. Eu quero mais; quero esse tal futuro feliz que vive se escondendo de mim. Ah! Como eu quero muitos dias após este e muitos momentos tão incríveis como o de agora. Contudo, se não for possível, se outros lugares não vierem, se os espaços não forem preenchidos e se o silêncio for tão grande e espesso a ponto de se tornar um muro entre nós, ainda assim, este momento mágico vai ser para sempre meu, e já é digno de habitar uma caixa bonita e um pedaço importante da minha memória para ser revisitado incansavelmente pelo resto da vida.

É sentimental demais e terrivelmente piegas dizer que Marina combina mais com a rede da sacada do nosso quarto em Parati do que com qualquer outro lugar em que eu já a tenha visto adormecer? Obviamente, sua pele clara, suas pequenas sardas e a cor de seus cabelos são quase um luminoso avisando que ela não é daqui, mas ela está de vestido florido, com os pés descalços e o rosto rosado de um jeito que só me faz pensar que ela não deveria ir a lugar algum.

Deixo um bilhete em cima da mesa e saio ao encontro do cara dos envelopes e telefonemas estranhos em busca de algo que nem sei se quero. Combinamos de nos encontrar em um hotel. Eu chego, me anuncio e subo para ser recebido no quarto. Não deve ser comum, mas, ainda assim, é a opção mais discreta. O acordo foi de nos encontrarmos em São Paulo, mas um contratempo o impediu e ele acabou tendo que vir ao meu encontro, interrompendo minhas férias. Melhor assim. Sempre preferi não ter plateia para tratar de negócios.

A porta se abre como se um fantasma a tivesse aberto. Entro e o quarto está iluminado apenas pela luz natural que atravessa as finas cortinas. A porta se fecha e logo o velho rosto de sempre aparece. Desta vez parece um pouco mais cansado, abatido. Ou talvez eu esteja cansado de vê-lo.

– Sem piadas, Erik? Isso é novidade.

– A gente neste encontro romântico é que é novidade Pode me explicar por que estamos na penumbra? Está querendo me seduzir?

– Enxaqueca.

– Pobrezinho...

– Vou direto ao ponto: você precisa parar de fuçar na vida do Josef.

– Ok. Só me dizer o motivo.

– Tem muita gente querendo proteger esse cara e os outros envolvidos. Você vai virar alvo, se é que já não virou. Além disso, está envolvido emocionalmente.

– São as mesmas pessoas que mataram a Mia?

– Provavelmente.

– Eu descubro quem é.

– Não. Você se afasta, nós descobrimos.

– Você sabe que eu não vou fazer isso.

Eu me sento. Ele segue para o fundo do quarto, abre o armário e volta com uma pasta. Parece ter dificuldade para caminhar. Parece ter sofrido uma lesão.

– Problemas na coluna também?

– Erik, há outro caso. Algo que talvez te interesse mais... – ele ignora minha pergunta.

– Não estou precisando de grana.

– Talvez te interesse emocionalmente – ele retruca, abrindo uma mala e retirando um envelope.

– Você está me afastando de um caso pelo fato de eu estar envolvido emocionalmente e quer me dar outro caso por acreditar que eu tenho interesse emocional nele? O álcool está afetando sua coerência...

– É que, neste caso, a sua ira, o seu desejo de vingança e profissionalismo vão falar mais alto. Tenho certeza, porque não estou falando de um namorico. Envolve alguém realmente importante para você.

– Nem ouse mencionar o nome de alguém da minha família – sussurro entre os dentes.

– E o nome "Luciana", eu posso mencionar?

É como levar um soco no rim. A dor começa localizada, aguda e intensa e, depois, se espalha pelas minhas pernas e faz o ar faltar. É difícil controlar a angústia, a emoção e a raiva que me invadem. Preciso cerrar os punhos e respirar fundo para conseguir voltar a falar.

– O que tem ela?

– Parece que está viva.

– Impossível.

– Talvez, mas para ter certeza você tem que aceitar este envelope, e você sabe quais são as regras. Se você o abrir é porque aceitou as minhas ordens.

– Vou ter que me afastar do caso da H&L?

– E voltar para o Brasil.

– E os caras que estão atrás de mim?

– São eles que estão com a Luciana.

Preciso me sentar. Dane-se que ele perceba que essa história me atinge fundo. A essa altura, nós dois sabemos que eu vou pegar o caso. Eu jamais viraria as costas para isso. Não consigo nem imaginar a possibilidade de seguir em frente com uma dúvida desse tamanho. Se há um por cento de chance de ela estar viva, não vou desistir até zerar essa probabilidade ou até trazê-la para casa.

Ele joga o envelope na mesa e se vira para se servir de algo que não me oferece. Eu me levanto e, antes de pegar o envelope e ir embora, faço uma última exigência:

– Você ainda me deve a história suja da Marina que você tanto enfatizou em nossa última conversa.

– Pergunte a ela por que te contratou. Acho que você vai gostar mais de ouvir diretamente dela. Perdoe pelo "vadia"... Fazia parte da dramaticidade da coisa. Eu precisava te trazer de volta. Você entende.

Ele segue em direção à porta e gira a maçaneta, me convidando para sair. Eu me aproximo e não consigo me segurar. Fecho o punho direito e lhe acerto um soco bem no meio do rosto. O sangue jorra do seu nariz enquanto ele leva uma mão ao ferimento e usa a outra para se equilibrar na parede.

– Está maluco?

– Nunca mais faça teatrinho comigo nem use termos desnecessários. Eu não queria te bater, mas sabe como é. Para manter o respeito. Você entende.

Saio com a mão ardendo, a cabeça girando e o coração apertado.

25

"Se tu quiseres saber quem eu sou
vem
Se tu quiseres saber quem eu sou
me dá a tua mão
Vem viver, vem lutar lado a lado
me dá a tua mão
Me protege e terás proteção"

("Lado a Lado", de Humberto Gessinger e Paolo Casarin, interpretada por Engenheiros do Hawaii)

Olho para o quarto vazio e instantaneamente sei onde Marina está. Vou até a sacada e a vejo lá em baixo, na faixa de areia, caminhando com os pés na beira da água, escondida debaixo da maior aba de chapéu que eu já vi em toda a minha vida, de óculos escuros, vestido longo e com o guarda-sol apoiado no ombro. Para qualquer outro, seria engraçado ver aquela gringa em um ambiente inóspito para sua pele, morrendo de medo do sol. Contudo, para mim, é lindo ver Marina contrastando com o céu de fim de tarde, com os raios dourados e um vento que agita as ondas, seu vestido e meu espírito. O que eu faço? O que eu digo para ela? Simplesmente a encaro e falo que está na hora de ela parar com as mentiras? Ou começo contando que vou pedir demissão da H&L?

Marina parece sentir minha presença e se vira em direção à sacada. Ela sorri, e algo que já estava meio trincado despedaça de vez dentro de mim. Preciso me recompor, preciso filtrar as informações e pensar em um plano. Aceno de volta e peço para ela esperar. Levo mais minutos do que o normal para tomar banho, trocar de roupa e descer. Aproveito cada segundo para pensar em uma estratégia. A esperança de que tudo seja um mal-entendido me confunde e também me acalma.

Assim que chego à praia, vejo que Marina ainda está de pé com o guarda-sol em punho, como se fosse uma dama inglesa caminhando em outro século. Ela parece hipnotizada, e eu acredito que esse transe esteja além das cores daquele lugar. Talvez seja uma memória guardada, a segurança do lar da avó ou de um tempo sincero em que não havia números da bolsa de valores, segredos de família e atitudes dúbias.

– Muito sol por aí? – digo ao me aproximar.

– Eu acordei e o quarto estava vazio, a tarde estava bonita e eu resolvi sair para caminhar. Dez minutos depois eu já estava de volta ao hotel, porque parecia um leitão de tão cor-de-rosa. Procurei uma burca, mas estava em falta... Era isso ou o dia no quarto, e eu jamais escolheria um quarto sem você dentro dele.

Ela sorri de um jeito que me faz querer empurrar a conversa que ensaiei para o final das férias, do mês, da vida... Mas não posso. Exatamente por tudo de bonito que eu acho que acontece entre a gente, não posso.

– Estou gostando da sua versão Brasil – comento enquanto olho o mar. – Marina, o que você quis dizer com aquela história de namoro?

– Eu forcei a barra, não é? Olha... Eu falei sem pensar. Estava envolvida nesse clima de férias, viagem, essas coisas... Não devia ter falado. Você tem razão quando diz que já estamos juntos há meses. Bobagem querer definir o que é ou não é. Esquece isso. Foi uma reação infantil minha.

– Ei, para de se defender e de ficar tirando conclusões. Eu só quero saber. Preciso que você seja honesta comigo. No que estava pensando quando disse aquilo? – pergunto, quase aflito.

Marina tira os óculos escuros, me olha firme, mas com serenidade.

– Eu estava pensando no vestido que encomendei com a Melissa para usar na premiação de empresários do ano e que eu devia ter pedido um smoking para você. Estava me imaginado entrando com o meu pai na clínica, e foi a sua mão que vi segurando a minha. Nos últimos tempos, toda vez que chego em casa, penso em colocar meu apartamento à venda porque quero um lugar novo só para poder ter uma foto sua em um criado-mudo que nunca tenha abrigado a imagem de outro homem. É nisso e em mais um milhão de coisas que eu tenho pensado... E essas coisas me fizeram dizer aquela bobagem sobre namoro. Eu só queria saber se você está disposto a ficar na minha vida pelo mesmo tempo que eu gostaria que ficasse.

Eu resisti a muitas bocas na minha vida, já ouvi declarações mais fervorosas e desejos mais ardentes sem me perturbar. Mas não resisti àqueles olhos espremidos pela luz do sol e nem àqueles lábios dizendo que só queriam me ver entre os dias do futuro.

Eu a beijei e beijei com força, com vontade e com desespero. Beijei Marina como não me recordo de ter beijado outro alguém. Beijei até derrubar aquele maldito guarda-sol e fazê-la rir de alegria.

– Você tem certeza disso? – pergunto.

– É claro que tenho – ela responde, sorrindo.

– Então, está na hora da gente conversar.

O beijo serena, o sorriso acaba e eu sinto que o meu medo a invade.

Subimos em silêncio. Enquanto Erik tranca a porta, imagino que tipo de conversa ele quer ter. Meu estômago embrulha de um jeito que só senti antes quando vi Adam em seus trajes militares. Da última vez, essa sensação mostrou ser um presságio anunciando a inevitabilidade do fim, e não era nada bom. Pensar nessa possibilidade me obriga a me concentrar na minha própria respiração para evitar demonstrar o medo que me dá. Eu mal me habituei ao prazer do início. É cedo demais para dar adeus. É sempre cedo para mim.

Eu me sento na ponta da cama. Erik puxa uma das poltronas e se coloca em frente a mim.

– Não sei por onde começar – ele fala em um tom tão baixo que desconfio ser um pensamento que salta boca afora.

– Fale a primeira coisa que está pensando – encorajo, sem muita convicção.

– Por que você não me contou que havia solicitado a minha contratação? – ele fala diretamente, sem rodeios ou preparação.

– Não entendi.

– Por favor. Pra gente fazer isso dar certo, você tem que falar.

– Eu não tenho nada a ver com as contratações do jurídico.

– Você não me contratou para o jurídico, Marina.

Abro e fecho a boca sem nada dizer. Mordo os lábios e não sei o que sinto. Eu queria estar enganada. Desde a primeira vez que suspeitei que Erik poderia não ser apenas advogado, desejei estar errada.

– Então é você mesmo? Eu não sabia. O Carl não me disse que você estaria infiltrado dentro da empresa.

– Você não sabia? Por favor, não subestime a minha inteligência.

– Eu desconfiei, mas não tinha certeza.

– Como é que o Carl chegou até mim?

– Eu não sei. Só sei que vieram atrás de nós, nos mostraram alguns documentos. Coisas que, supostamente, meu pai havia feito. Disseram que tinha gente importante no Brasil vasculhando o passado da minha família e ofereceram ajuda para atrapalhar essas investigações.

– Como é que é?

– Erik, eu te conheci no dia que em você trocou o meu pneu, e desde aquele dia eu me interessei por você. Não tinha como eu saber...

Ele está confuso. Olha para o nada, pensativo, e eu não sei o que dizer para provar que não agi de maneira premeditada e que minha aproximação não teve nenhuma intenção além do desejo insano que me tomou desde o instante em que nossas vidas se cruzaram.

– Erik, eu não sou santa. Eu pago gente para apagar os rastros dos meus pais, fraudo números para algumas empresas manterem suas portas abertas... Meu escrúpulo na área dos negócios é praticamente nulo. Mas eu não premeditei me aproximar de você. Não mesmo. Acredite em mim.

– Eu acredito. Só que eu não fui contratado para apagar rastros. Eu fui contratado para encontrar culpados. É isso que eu faço. As histórias não batem, Marina.

– "Encontrar culpados"? Você está dizendo que foi para a minha empresa para colocar o meu pai na cadeia?

Instintivamente, me levanto e me afasto de Erik. Ele também se levanta e dá alguns passos em minha direção, como se fosse um domador de onças.

– Na verdade, eu fui para Nova York pensando que teria uma vida de fachada até poder voltar ao Brasil. Só depois descobri que haveria um trabalho, e, quando isso aconteceu, eu já estava com você. Sua vez de acreditar em mim.

– Quem é você, Erik? Você se chama mesmo Erik? Ai, meu Deus, que conversa maluca é essa?

– Claro! Eu sou advogado, tenho uma irmã mais velha, dois sobrinhos, quase trinta anos e também não sou nada santo. Você me conhece, ok?

– Pelo visto não foi o seu currículo de advogado que te garantiu a vaga na H&L.

– Eu presto serviços para a polícia fazendo o que a lei não permite para que a justiça seja feita.

– Você é um agente duplo. É isso?

– Quase...

– Por que nos enganaram? O Carl disse que eu podia ficar tranquila. Achei que ele soubesse o que estava fazendo. Eu paguei uma fortuna para nos deixarem em paz.

– Marina, eu não fui contratado pelo Carl para livrar o seu pai de coisa alguma. Ou tem alguém te enganando ou existe outra pessoa.

Considerando a morte da Mia e o ataque que eu sofri, eu aposto nas duas coisas.

– Eu não sei o que pensar nem o que dizer. Há dez minutos eu achei que tivesse encontrado um rumo calmo para a minha vida. Vamos deixar tudo isso pra lá. Meu pai fez muita coisa errada para manter a empresa, o nosso nome e tudo o que você já deve saber. Mas o que ele está passando é suficiente, não é? Sai desse caso, larga esse trabalho, vamos continuar de onde paramos.

– Eu queira. Juro que eu queria.

Ele ainda está a alguns passos de mim, e eu temo que não consiga mais cruzar essa pequena distância que há entre nós.

– Então é isso? Você prefere levar isso adiante?

– Marina, você não percebe que estão nos manipulando? Gente em quem você confia está usando essa confiança para armar contra você e contra a sua família. Tem gente me usando para alcançar objetivos que eu desconheço enquanto eu acho que estou caçando os caras malvados.

As palavras de Erik invadem minha mente como um eco insistente. Faz sentido. Sempre houve quem quisesse me manipular, e eu sempre permiti, por achar confortável. No entanto, dessa vez eu posso ter me distraído. O comodismo e o excesso de confiança por vezes nos cegam. Talvez eu tenha deixado as rédeas soltas demais.

– Vou consertar isso, Erik.

– Nós vamos.

Ele finalmente dá mais alguns passos e se aproxima de mim.

– Eu sei que a probabilidade de isso dar errado é imensa. Sei que no meio do caminho a gente pode acabar se odiando, mas agora, neste momento, eu não consigo virar as costas e ir embora por livre e espontânea vontade – ele diz, em um tom delicioso demais para ser ignorado.

– Tem mais coisa, não tem?

– Tem.

– Você vai me contar?

– Quando eu puder.

Isso é loucura! Minha cabeça reprisa todos os momentos que vivi com Erik. Cada conversa, beijo e riso. Cada silêncio, distância e ausência.

– Você mentiu em relação ao ataque. Disse que tinha sido assaltado. Você mentiu alguma outra vez? Porque eu não estou conseguindo me lembrar de mais nenhum outro fato. Lembro de você dizendo coisas pela metade, mas talvez eu não tenha notado. Afinal, você deve ser bom nisso.

– Não, eu só menti sobre o assalto – ele responde sem parecer ofendido.

– Ok. E o caso do meu pai?

– Estou pouco me lixando se o seu pai se meteu com figurões brasileiros e roubou uma fortuna de fundos de investimentos. A justiça vai continuar investigando. Eles não precisam dos meus serviços.

– Você não pode mentir para mim. Seja o que for, quem for, você vai me contar e eu vou fazer o mesmo. Nós vamos ficar juntos enquanto nossos defeitos forem aceitáveis e suportáveis como qualquer outro casal. É o único jeito disso funcionar... – decreto.

– Mesmo que esses defeitos envolvam suborno, perseguição e jogos de interesse?

– É.

– Eu sabia que as nossas nuvens eram carregadas. Só não imaginei que fossem tanto assim. – Ele não disfarça a preocupação.

Coloco minhas mãos em seus ombros e apoio minha cabeça em seu peito. Sinto-me pesada e leve ao mesmo tempo. Leve por nunca antes ter mostrado tão livremente meus pecados para alguém e pesada de expectativa, tormento e dúvida. Seria indiscutivelmente mais simples terminar com tudo isso e evitar mágoas, problemas e lágrimas. Seria mais fácil arrumar as malas e partir, mandá-lo para fora da minha vida e esquecer toda essa história, que parece não ter a menor chance de dar certo. Porém, meu peito aperta só de imaginá-lo virando as costas, minha garganta fecha e eu estou rendida. Eu não sei partir sem ele e não quero que ele arrume um jeito de se distanciar de mim. Erik disse que não conseguiria ir embora. Eu tampouco conseguiria.

– Erik?

– Oi.

– Eu quero que você fique.

Ele me beija, me abraça e sussurra em meu ouvido.

– Eu quero ficar.

26

"Eu só quero que você saiba
Que eu estou pensando em você
Agora e sempre mais
Eu só quero que você ouça
A canção que eu fiz pra dizer
Que te adoro cada vez mais
E que eu te quero sempre em paz."

("A Sua", composta e interpretada por Marisa Monte)

Há dias em que eu não quero fazer nada. Dias em que eu torço para que o sol suma depressa, sem grandes acontecimentos, conversas ou revelações. Eu fico quietinha, torcendo para a vida não notar minha presença e, quem sabe, me dar uma folga. Há dias que eu preferiria passar dormindo para acordar no futuro sonhado. Mas o futuro nunca chega sozinho, e, por mais que a gente se esconda, a vida sempre acha a gente. Eu, com meu histórico, já deveria saber disso, mas, nos dias em que não quero fazer nada, também tento me enganar. Às vezes quase consigo.

O resto de tarde, seguido de noite estrelada, não passa depressa, mas acaba sumindo entre as dúvidas, o silêncio e os nossos olhos sempre presos em algum ponto distante. Depois de prometermos sinceridade incondicional, ficamos em silêncio por horas. Provavelmente o nosso instinto sela nossos lábios com a certeza de que o único jeito de não sair nenhuma mentira de nossa boca é mantê-la fechada.

Quando o dia clareia, olho para Erik em seu sono profundo e, de alguma maneira, sei que ele não vai estar por perto por muito tempo. Não é um pressentimento; é uma constatação. Olho para ele e sei que alguma coisa o carrega para outros caminhos. Não entendo de onde vem essa certeza, mas ela me faz chorar mesmo assim.

As poucas lágrimas que não controlei já estão secas quando Erik se levanta. Ele me encontra sentada na varanda, olhando para o céu, sorridente e descontraída. Escondo os pensamentos, os sentimentos e os maus presságios. Decido que meu último dia no paraíso tropical será de sol, abraços e beijos. Não quero resolver os dilemas, dissolver os medos ou fazer movimentos bruscos. Nós nos amamos sem alarde, sem barulho e calmamente. Prefiro fingir não notar que as coisas estão diferentes e que tudo parece despedida. Até certo ponto eu consigo, mas dura pouco.

A noite chega.

São Paulo chega.

O avião decola, deixando minha segunda primavera para trás.

O céu azul acaba. Eu vou embora e ele fica.

Esperei briga, discussão, lágrimas, explicações sem fim e uma confusão daquelas. Esperei que Marina me culpasse, dissesse que eu não valia nada e que sempre havia desconfiado de que eu a magoaria. Contudo, ela não se alterou quando eu disse que precisaria ficar por mais um tempo. Ela não questionou nem ficou desconfiada. Simplesmente perguntou se eu iria demorar. Respondi que não sabia, e ela fechou as malas sem nada dizer. Confesso que o barulho do zíper pareceu mais alto do que o normal. Eu quis pedir para ela me esperar, quis dizer que voltaria logo e que só precisava resolver um problema. Acho até que eu contaria tudo se ela tivesse exigido, mas o fato é que ela não exigiu. Apenas me beijou demoradamente e saiu arrastando as malas com uma tristeza que pesou em mim.

Neste ponto você deve estar imaginando o motivo de eu não ter feito nada, não ter perguntado o que estava acontecendo, mas a verdade é que eu não consegui. Ela estava tão contida... Parecia alguém que não precisa ouvir a frase até o fim para adivinhar a má notícia. Marina estava a postos para receber os pêsames, entende? E essa atitude me desconcertou. A frieza de seus atos me deixou sem ação. Eu sei que nem toda frieza é causada pela falta de sentimentos e sim pelo controle absoluto de toda e qualquer emoção. Mesmo assim, aquilo me magoou, mexeu com meu brio e orgulho. Foi por isso que eu a deixei ir sem me explicar. Ela se controlou quando eu já tinha decidido perder o controle para não perdê-la, e eu não soube lidar com a possibilidade de amá-la sozinho.

Só para deixar claro: esse drama todo aconteceu muito discretamente, disfarçado de trivialidade. Nós não terminamos. Não foi um rompimento, mas uma pequena ruptura. Uma lasca na borda da porcelana.

A primeira crise de um relacionamento é sempre a mais dramática. Pelo menos é o que diz a minha pouca experiência no assunto. Acontece que todo relacionamento começa com gosto de sonho. Você fica inebriado com a ideia de ter uma alma gêmea, um amor incondicional e coisas do tipo até tudo desabar na normalidade demasiado humana. Ninguém costuma dizer que os relacionamentos são difíceis, até mesmo os que são bonitos, sinceros e bons.

Eu jurei que nunca pensaria nessas coisas, que nunca olharia para mulher nenhuma como se ela fosse a única e jamais lutaria por ninguém como se somente aquele relacionamento fosse capaz de me fazer incondicionalmente feliz. Eu jurei, mas é difícil me lembrar dessa promessa quando coloco os olhos sobre ela.

Todas as minhas tentativas de recusar as ideias românticas caem por terra quando estou deitado em silêncio sentindo o cheiro doce de seus cabelos enquanto tento me lembrar de algo melhor do que aquilo, ou ainda, quando estamos tomando cerveja assistindo TV, rindo de alguma bobagem... E eu me pego agradecendo por ter encontrado um amigão em formato de uma deliciosa mulher.

Toda essa ideia utópica de ter encontrado a tampa da panela piora se é a primeira vez que você se envolve intensamente com alguém. E esta *é* a minha primeira vez. Marina faz o mercado financeiro parecer divertido. Ela é dona dos cabelos mais lindos e de cor mais estranha que eu já vi, tem a risada mais alta e descontrolada que alguém já deu em frente à minha TV e é a Olívia Palito mais gostosa de todos os tempos. Ela é a minha namorada, e eu tive que deixá-la ir embora porque o fantasma da minha ex está puxando o meu pé. Quando eu digo que a vida é uma piada sem graça, camarada, falo sério.

Não preciso dizer que penso em Marina todos os segundos dos meus dias, preciso? Minha vontade é enviar trinta mensagens por minuto e telefonar a cada hora. Bem, pelo menos nos minutos e nas horas entre as minhas investigações sobre a Luciana. Passei dez dias reestabelecendo meus contatos, comendo mal e hospedado em um hotel barato – leia-se um quarto em prédio duvidoso, cheio de prostitutas e traficantes viciados que se acham os maiorais mas, na verdade, são otários, joguetes na mão de quem financia aquele pó que só tem cinco por cento de cocaína misturado com vidro, de mármore e mais qualquer porcaria que você possa imaginar. Dez dias enfiado de cabeça no lado B da minha vida, e isso me fez descobrir que eu sou ganancioso demais para querer ser super-herói em tempo integral. Eu gosto mesmo é da minha vida dupla, aquela que me permite ter a mocinha, o apartamento legal e o aquário e, mais tarde, o pescoço de um meliante entre os dedos da minha mão. Eu sempre quero tudo; esse é o meu grande problema. Algum analista diria que esse meu comportamento é fruto do excesso de mimo oferecido pela minha mãe e pela minha irmã – e ele estaria certíssimo.

Depois de dez dias frustrado, andando em círculos e sem descobrir nada de concreto, começo a me sentir carente. Aquela carência que mexe com sua autoestima, que te faz precisar de alguém para lhe dizer que você é demais – mais um argumento comprovando a história do garoto mimado. Enfim, em outros tempos, isso seria resolvido com a Ana, minha vizinha cozinheira de bolos, mas agora eu não aceitaria seus agrados culinários, ou qualquer outro, nem que eu estivesse em meu antigo apartamento. E vale lembrar que eu não estava. Aqui, o máximo que alguém me daria é uma doença venérea, e eu posso até não ser o melhor tipo de pessoa que você já conheceu, mas tenho certos princípios e limites.

Quando a carência atinge a estratosfera, mando um SMS noturno para Marina. Noturno porque é meio meloso, meio sonolento e completamente imbecil:

"Será que você ainda se lembra de mim? Sinto sua falta."

Meloso pelo tom dodói.

Sonolento porque estou com sono e, provavelmente, porque também daria sono em qualquer um que o recebesse.

Imbecil porque é claro que ela se lembra. Faz dez dias e não dez anos.

Ela responde e não parece ter bocejado ao ler minha mensagem carente:

"Eu quase me esqueço de você todos os dias, mas volto para casa e a cama está sempre fria. Também sinto sua falta. Muito."

"Eu sabia que você só estava interessada no meu corpinho sarado. Outono gelado por aí?"

"Nunca escondi os meus interesses carnais. Gelado demais. Estou me sentindo no Alasca. Medo do inverno. Você volta?"

Como é? Se eu volto? Sério que ela anda cogitando o meu desaparecimento? O que há de errado com essa garota?

"Está maluca? Ou eu volto de vez ou volto para te buscar."

"Ok."

"Ok? Sério? Eu digo uma coisa profunda dessas, usando todo o meu inglês romântico, e você responde com OK? O que está havendo?"

"Saudade" – ela responde em português e depois volta ao seu idioma, completando a mensagem. – "Principalmente do tempo em que eu não queria saber o que você faz quando não está comigo e também não tinha vontade de te dizer o que faço na sua ausência."

Entendi. Ela ainda está naquele papel do "deixar rolar", aquele em que não cobramos nada e vivemos um dia de cada vez para ver no que vai dar. Mas isso é passado para mim, e pensei que também fosse para ela. Nós aprofundamos as coisas em Parati, decidimos mudar nosso status nas redes sociais para "namorando" – se estivéssemos cadastrados em alguma nós teríamos mudado. Então, resolvo demonstrar meu engajamento nessa relação dando um passo importante. Eu quero provar que considero sério o que nós temos. Respiro fundo e começo a digitar:

"Lembra quando eu te disse que eu e a Lu sempre jantávamos às quintas no japonês, não importando o que acontecesse? Eu menti. Eu não fui ao restaurante naquela quinta-feira."

"Foi no dia em que ela desapareceu. Não foi?"

"Foi."

"Você está procurando quem fez isso?"

"Não. Estou procurando por ela."

O ritmo do celular vibrando perde o compasso. Marina interrompe a sequência das mensagens. Mais uma vez ela me dá o silêncio.

"Não faz isso. Diz o que está pensando."

"Internei meu pai hoje. Ele não disse uma palavra sequer. O laudo da autópsia da Mia saiu. Ela estava drogada. Está em todos os jornais. Desconfio que Mel esteja sofrendo agressões. Ela não atende mais aos meus telefonemas, nem aos da Priscila. Foi um dia difícil, e essa conversa não está ajudando. Desculpe. Vou me deitar. Boa sorte nos seus assuntos."

Olho para o calendário e me dou conta de que a internação do pai dela nem passou pela minha lembrança. Ela pediu que eu fosse seu namorado. Pediu que eu segurasse a sua mão nesses momentos difíceis e eu não estava lá. Pior do que isso, eu nem me lembrei dessas coisas. Agora, ela está com o pai em uma clínica, os jornais estão infernizando, a amiga tem problemas sérios... e ainda a minha ausência. Como ela conseguiria agir como minha namorada quando nem começamos a exercer de fato essa função na vida um do outro? Nós paramos na promessa, e isso não é sequer um passo rumo às nossas expectativas, desejos e sonhos. Prometer é ainda mais perigoso do que o silêncio.

"Sinto muito. Eu queria estar aí. Juro! Queria estar por perto quando você precisasse e aliviar seus dias difíceis. Vou resolver tudo o quanto antes. Me espera?"

Ela não responde.

O dilema da vida é ter que escolher. E esse dilema é agravado pela sua real vontade. Sim, porque querer não é poder. Se alguém te fez acreditar nisso, esqueça. Eu queria ter voltado com a Marina para a terra do Tio Sam, queria ser o cara legal que nunca falha, mas não pude. Escolhi fazer o que considerei ser o mais urgente: livrar-me da culpa. Você pode dizer que eu fui egoísta ou que estava certo, mas a verdade é que nem a sua e nem a minha opinião mudarão o fato de que toda escolha tem uma imensa margem de erro que a gente costuma ignorar para ter coragem de decidir. Só que agora essa margem desabou sobre a minha cabeça. Minha escolha, certa ou errada, pode me levar a um futuro sem Marina. Se isso acontecer, vou ter que abrir um novo espaço na minha prateleira da culpa e outro na do arrependimento. Um espaço dos grandes, um que eu nem sei se tenho.

27

"Sei lá, a tua ausência me causou o caos
No breu de hoje eu sinto que
O tempo da cura tornou a tristeza normal."

("Altar Particular", composta e interpretada por Maria Gadú)

Apoiado em um poste, em frente a um dos milhares de cafés de São Paulo, penso em Marina enquanto o tempo seco faz minhas narinas arderem. A primavera está diferente agora: a temperatura está alta demais, o ar, poeirento demais, e eu me sinto mal com todo esse pólen disfarçado de colorido. É, estou mal-humorado, e o motivo vai além do clima. Tenho percebido que toda pista sobre o que aconteceu com Luciana acaba em um beco sem saída. Nada faz sentido ou me faz caminhar em qualquer direção, e isso está retardando meu retorno. Minha situação com Marina está por um fio. Sinto que estamos cada vez mais distantes, que nossa relação não estava cimentada o suficiente para aguentar essa ausência. Ou tudo isso pode ser fruto da minha imaginação insegura, sei lá... Só sei que não consigo deixar de pensar que o minuto seguinte pode ser tarde demais.

Salto dos meus pensamentos ao avistar a figura conhecida da minha infância. Ele me estende a mão e me olha com cara de deboche.

– Eu ia perguntar se você está bem, mas esses óculos escuros, com essa camisa agarradinha e o resto todo do seu look, me dizem que você nunca esteve tão bem – ele diz, fazendo questão de marcar aspas com os dedos ao pronunciar a palavra "look".

– Isso foi uma cantada? – aperto forte a mão dele.

– Às vezes acho que você pensa que está em um episódio do *CSI*. – Ele sorri.

– Eu também acho – respondo, sério.

– Você está diferente, Erik. Qual é? Vai negar que está parecendo um mauricinho? Olha para o seu sapato, cara!

– Parece que não sou só eu que sei quanto ele custou.

O riso escapa do rosto dele e eu percebo que meu humor está seriamente comprometido mesmo.

– É, primo... Parece que a nossa vida melhorou um pouco desde a última vez que nos encontramos.

– Pode ser, mas a gente não veio aqui para colocar o papo em dia, não é?

– Não sei. Você que me chamou aqui. Aliás... O que você quer, Erik?

– Vamos dar uma volta que eu te conto.

O Rafa é meu primo. Não daqueles consanguíneos, mas do tipo que é filho da vizinha, amiga da sua mãe e cresce no mesmo quintal que você. Nós temos a mesma idade. Na única foto tirada no período da gravidez, minha mãe aparece ao lado de outra mulher com a barriga tão proeminente quanto a dela. Lá estávamos eu e o Rafael, lado a lado. Qualquer um juraria que seria sempre assim, mas nossos interesses nos levaram por caminhos diferentes. Ele continua morando na mesma rua e é bem querido na comunidade. Fiz questão de não mencionar a jaqueta de marca de surfista e o tênis caríssimo que ele está usando para tentar disfarçar o fato de que o meu primo continua a se servir do patrocínio do tráfico de drogas.

Andamos até uma padaria e eu peço duas médias e dois pães na chapa para aliviar o clima. Preciso de ajuda, e ele só vai ceder se for em nome da nossa antiga amizade.

– E aí, vai falar o que você quer ou não? – Ele diz entre um gole e uma mordida.

– Preciso da sua ajuda – decido ser direto, fazer uma cara sincera e levemente desesperada.

– Ué! Pensei que você só trabalhasse solo – ele faz aspas com os dedos no ar novamente.

– Pois é... Só que dessa vez não é trabalho.

– Mexeram com alguém da sua família? – ele responde sério, apoiando o copo no balcão e forçando o pão goela abaixo.

– Quase isso. Lembra da Luciana?

– A filha do juiz?

– Essa mesmo.

– Você já não apagou o cara que sumiu com ela?

– Pensei que sim, mas surgiu um boato de que ela ainda está viva.

– Duvido.

– Você sabe de alguma coisa?

– Eu nunca sei de nada, Erik. Sou peixe pequeno, faço favores e ganho um salário. Ultimamente estou servindo de motorista para a mulher do chefe, que está grávida de gêmeos. Só isso.

Ele está dificultando.

– Eu sei que você faz o seu para garantir o conforto da tia. Conheço vocês, poxa. Sei que são gente boa. Mas você deve ter escutado alguma coisa. A bandidagem comenta...

– Escutei que pegaram a garota por causa do julgamento, mas, quando descobriram que, além de filha do juiz, ela era noiva de *ganso*, resolveram apagar com medo de serem reconhecidos.

– Sério que sabiam que ela era minha noiva?

– Sua não, mas de alguém que faz o tipo de serviço que você faz.

– Pra cima de mim? Ninguém desconfiou que ela era MINHA noiva? – Inclino o corpo e endureço a voz para mostrar que ele não vai me enrolar.

– Tinha uma foto sua na carteira dela – ele entrega.

Segurei o palavrão, apertando os lábios e fechando os punhos.

– Certo, não quero me apegar a esse detalhe. O que eu faço deixa de ser segredo quando eu dou uma surra no bandido e o mando de volta com um recadinho para os seus amigos. Vamos à parte prática: Luciana está morta? Cem por cento morta?

– Está. Ninguém estaria sustentando um cativeiro depois de tantos anos.

Isso até eu sabia. A parte que eu estava tentando entender era o motivo de me colocarem em um caso que não existe.

– E o tráfico de mulheres? – insisto.

– Até poderia ser, mas não arriscariam fazer isso com a filha de um juiz. Acho mesmo que eles perceberam que devolvê-la seria pior e acabaram se livrando dela.

– Certo. Tem alguma coisa que eu precise saber? – pergunto, controlando a tristeza que me invade ao remexer nessa história toda.

Rafael esvazia o copo em um gole grande e me encara, preocupado.

– Sei lá... Você confia nesses caras para quem você trabalha?

– Eu não confio em ninguém.

– Ótimo.

Há duas semanas voltei para o meu apartamento vazio, cheirando a produto de limpeza e solidão. A samambaia está sofrendo com o frio. Desconfio que não vá durar nem até a chegada do inverno. Pobre Adam. Sua memória está ficando enferrujada como as folhas, que antes eram verdes, e isso não combina nada com a presença forte dele – que eu ainda sinto. Sobretudo em dias difíceis ou confusos.

Uso a ausência de Erik para tentar resolver algumas coisas. A primeira é Carl, e confesso que não resolvi. Ele tentou me enrolar em relação à admissão de Erik, disse que não teve nada a ver com isso e que o nosso verdadeiro informante está no Brasil. É gente demais envolvida na mesma história. Além disso, se não foi Carl, quem teria colocado Erik na H&L? Essa pergunta me faz dar uma prensa em

James sobre os acordos escusos que ele tem com a minha mãe, mas ele jura que ela não tem nada com isso. Pensando bem, não faz sentido ela colocar alguém para investigar os podres do papai. Afinal, ninguém os conhece mais do que ela própria.

No meio desse enrosco todo, interno meu pai em uma clínica fora da cidade enquanto a minha mãe volta à presidência da empresa. Em uma semana, ela demite mais gente do que eu conseguiria fazer em meses e fecha uma quantidade assustadora de filiais. Parece estar fechando para balanço – ou para limpeza, sendo mais clara. Eu me sinto aliviada sentada em minha antiga mesa, na sala ao lado da de James, no corredor "dos filhos", como os funcionários chamam e a gente finge que não sabe. Estou confortável com meus horários mais flexíveis, minha agenda mais livre e minha mãe assustando todo mundo. Esse papel fica melhor nela do que em mim. Pela primeira vez, não me sinto mal com isso.

Olho para o celular à procura de alguma mensagem de Erik e mais uma vez encontro o visor sem novidades. Ele está começando a desaparecer dos meus dias, e só não some completamente da minha cabeça porque meu coração não deixa. Sempre tem uma música pra tocar e me fazer lembrar daquele sorriso contagiante, um cheiro que me alcança, fazendo meu corpo sofrer, e uma saudade insistente a me corroer vinte e quatro horas por dia. Gosto mais dele do que o tempo deixou gostar, e isso é quase um dilema: metade de mim quer crer que eu me sentiria assim com qualquer um que tivesse conseguido me tirar do luto; a outra sabe que ele é o único que poderia conseguir. Carregar esse dilema está cada dia mais complicado, pois nunca é fácil acreditar em algo que não é palpável, não é visível e é impossível de comprovar, mas existe mesmo assim.

O telefone toca, mas não é Erik, é James me convidando para jantar. Por mais que eu não tenha vontade de me arrumar para sair, aceito.

Duas horas depois, já estamos sentados, conversando futilidades e forçando normalidade. Por que a gente insiste em fingir que está tudo bem até mesmo para as pessoas mais próximas? Não estou bem. Definitivamente. Estou preocupada com meu pai, não paro de pensar na possibilidade de ele estar se sentindo sozinho. E se a solidão ficar em um lugar do cérebro diferente do Alzheimer? E se ele olhar para o lado e sentir falta de alguém, mesmo sem conseguir se lembrar de quem? Ele agiu mais errado na vida do que todas as outras pessoas que eu conheço juntas, mas, para mim, ele sempre vai ser o melhor pai do mundo. Sempre esteve ao meu lado, me apoiou em todos os momentos e, acima de tudo, me ensinou a me perdoar. É só desses fatos que eu me lembro. Nada mais importa.

Como se não bastasse a situação do meu pai, há mais outras duas questões que perseguem a minha mente dia e noite. Primeiro Melissa e seu comportamento estranho e aparência sombria. Preciso ajudá-la, mas não consigo pensar em nada a não ser jogá-la no meu carro e trancá-la em algum lugar. Ela não pediu ajuda, não contou seus problemas e não permitiu nenhuma aproximação. Como se ajuda alguém que finge que não quer ajuda? Sim, finge. Todas as vezes que olho para ela, sinto um grito mudo vindo diretamente dos seus olhos. É como se ela quisesse que eu adivinhasse suas angústias, e eu acabo me sentindo péssima por não conseguir ter a mínima ideia do que ela está passando. A segunda questão é bem óbvia, e, por mais que eu queira me convencer de que é uma bobagem sofrer por isso, tudo em mim renega minha lógica. É claro que estou falando de Erik. Sinto tanta saudade que está começando a machucar. Tenho medo de essa distância crescer até ficar impossível revertê-la. Tenho medo de pousar meus olhos nele e não vê-lo. Parece loucura, eu sei, mas me diga: como evitar?

28

"Só querer cuidar, te proteger,
Esquecer, lembrar, te amando.
Se esconder, brigar sem perceber
Depois, chorar, te amando."

("Sonhando", de Ed Côrtes e Fábio Góes, interpretada por Céu)

As noites em claro não servem para muita coisa se você não é artista. Só servem para emaranhar seu pensamento, para te deixar aflita e para rever filmes na TV. A única parte boa das noites em claro é quando enfim o dia amanhece e você se livra da escuridão. Essa minha insônia teve outro benefício: acordei com o raciocínio afetado, o que me fez entrar no carro, tocar a campainha de Melissa e inventar uma desculpa esfarrapada. Aproveitei as olheiras e inventei que estava no meio de uma crise nervosa e que ela precisava dar uma volta comigo. Ela foi, não muito empolgada, é verdade, mas essa atitude hostil acabou sendo útil. Ela parecia tão entediada que nem notou quando mudei o caminho. Lembra da única ideia que tive para ajudar Mel? Pois é. Meu cérebro *cafeinado* e com o juízo totalmente comprometido resolveu que sequestrá-la seria uma ótima ideia. Levei minha amiga – ou a sombra do que ela já tinha sido – para o quarto de um hotel cujo dono havia estudado comigo. Expliquei que precisava fazer uma intervenção, e ele me disse que eu poderia usar uma das suas suítes, desde que não houvesse gritos. Ok, a meta era fazer Melissa falar e não gritar.

Assim que eu estaciono, ela tira os olhos do celular e olha em volta:

– Que estacionamento é esse?

– Reservei um quarto. Spa completo. Programa de meninas – invento.

– Ah... Marina, não estou com pique para isso. Pensei que você queria só tomar um café – ela parece arredia.

– Está bem. A gente sobe, mandamos servir um café daqueles que alimentaria uma família de cinco pessoas e fazemos as unhas. O que acha? – arrisquei, quase implorando.

– Aaaaai... Está bem. Vamos.

Tenho três reações instantâneas assim que cruzamos a porta do quarto. Primeira: tranco a porta e escondo o cartão magnético no bolso interno da jaqueta. Segunda: fecho as cortinas. Terceira: sorrio do mesmo jeito que costumo fazer quando quero comunicar alguma bobagem que fiz. Ela percebe. Os amigos sempre percebem.

– Você fez besteira – ela diz, se jogando no sofá, sem se dar conta de que a besteira era o seu "sequestro".

– Fiz... – respondo, me jogando na poltrona.

Dou uma olhada em volta e noto que dá para ver uma ponta da cama arrumada com lençóis bege. Não sei o motivo, mas me lembro de Adam. Acho que é porque ele sempre vasculhava o quarto de qualquer hotel que visitávamos. Ele entrava e examinava tudo, até as gavetas. Alisava os lençóis e pressionava o pé no carpete. Depois, sorria e se jogava na cama, apoiando a cabeça nos braços. Eu sempre ficava na antessala ouvindo o barulho dele, e só aparecia na porta quando tudo silenciava. Ele sempre sorria. Adam era tão bonito... Tinha feições suaves, gentis e sempre parecia feliz. Eu o amava como se ele fosse meu primeiro, único e eterno amor... Primeiro ele sempre seria, e desconfio que eterno também, só não seria mais o único.

– Que foi? – ela me arranca da minha distração

– Estava pensando em Adam.

– Acontece muito?

– O quê? Pensar nele?

– É.

– Acho que penso nele todos os dias. Nem reparo mais...

– Será que vai ser assim sempre?

– Não sei.

– E o barbudo?

– Ele não é barbudo! – contesto, dando um sorriso.

– É, para os meus padrões. – Ela também sorri e eu sinto o gelo começar a derreter.

– Ele me faz bem de um jeito diferente. Sabe?

– Acho que sim... – Ela encara o nada.

– E você, como está?

Ela se levanta e parece procurar alguma coisa.

– E aquele café dos deuses que você ia pedir? – ela diz, tentando parecer animada.

– É pra já!

É fácil passar horas mergulhadas na futilidade, na ausência de pensamento e no mundo paralelo dos esmaltes, esfoliantes e cremes para massagem. É fácil fugir das conversas importantes, das decisões que imploram para serem tomadas e da verdade que se esconde, mas não some. Por um breve momento, penso em desistir de fazer Melissa me dizer o que estava acontecendo. Por muito pouco não me perco na ilusão que tenta nos convencer de que um bom dia de descanso é tudo de que precisamos para superar os problemas. Quase me esqueço de que massagens e dias de sol nunca dissolveram as minhas dores. Nem as de ninguém.

– Precisamos conversar, Mel – digo sem rodeios assim que a manicure nos deixa sozinhas.

Ela me encara com o semblante descansado, mas com o olhar aflito. Aproveito a pequena fresta e me aproximo cuidadosamente.

– Eu sou sua amiga, sempre fui. Pode contar comigo. Você sabe disso, não sabe?

– Sei – ela diz, quase sussurrando.

– O que está havendo? Você está diferente, vi marcas no seu braço outro dia... Parece que está sempre desanimada, cansada e triste. Conte para mim. – Seus olhos brilham e ela dá um passo para trás. Não posso perdê-la. Preciso continuar. – Melissa, um dia você me disse que a vida era pesada demais para se carregar sozinha, e que por isso eu deveria me abrir mais. Sei que não sou o melhor exemplo, mas vocês nunca desistiram de mim. Eu não vou desistir de você.

Ela se encolhe de um jeito que eu penso que vai sair correndo e não vai parar até ter certeza de que está definitivamente livre de mim, mas ela apenas soluça e desaba em um choro quase infantil de tão doído, barulhento e molhado. Tenho medo de abraçá-la, medo de assustá-la ainda mais. Fico de longe, respeitando o seu momento. Melissa precisa se livrar desse sofrimento. Ela precisa se esvaziar, limpar a alma, tirar as arestas do peito, se lembrar de como era antes de toda essa confusão. Ela tem que recomeçar, embora eu saiba que não existam recomeços. A gente consegue no máximo suportar as lembranças, carregar a bagagem e seguir em frente, tomando analgésicos e fingindo suportar a dor.

Quando o choro diminui, Melissa começou o discurso que eu havia previsto e reprisado mentalmente inúmeras vezes. Ela repete a velha história do namorado apaixonado, intenso, que, de uma hora para outra, começou a se exceder. Aquele cara que parecia apenas ciumento demais e que, de uma hora para outra, começou a se mostrar possessivo. Depois, a possessão virou agressividade, dominação e violência. Melissa conta como mais uma vez a mulher forte e independente se vê presa nas armadilhas de um relacionamento abusivo. Conta que esteve perdida, com medo e com vergonha. Sim, é um discurso previsível, mas, quando tudo isso deixa de ser história e passa a ser real, cada palavra ganha um peso maior do que você consegue carregar. Eu tenho pena, raiva dele e dela também. Tenho vontade de ir atrás dele, de gritar com ela e de perguntar como permitiu que as coisas chegassem a esse ponto. Contudo, eu apenas me sento ao seu lado, seguro sua mão e deixo que suas lágrimas molhem meu ombro. Eu sei que, assim como eu, ela também previu meu discurso e talvez por isso não tenha pedido ajuda antes.

Na maioria das vezes, as pessoas sabem o que está errado em suas vidas e não querem ninguém apontando para sua incapacidade de se livrar de um pequeno ou gigantesco problema. Não vou acrescentar uma palavra às muitas que já devem estar rodopiando em sua mente cheia de julgamentos. Vou fazer o que os amigos de verdade devem fazer quando se deparam com a fragilidade do outro. Eu vou entender.

– Nós vamos resolver isso, Mel.

Sabe quando uma ideia aparece e você se pergunta por que não pensou nela antes? Eu tenho uma teoria sobre isso: a ideia já estava lá. Você só não havia prestado atenção. Foi em uma manhã em que eu acordei, mas não me levantei da cama. Há dois dias eu não conseguia falar com Marina. Ela não atendia o celular, não respondia minhas mensagens, nem na empresa eu a encontrei. Tudo estava tão embaralhado na minha vida, na minha cabeça e no meu coração que eu não tinha ânimo para mais um dia sem solução. Fiquei naquela posição trágica de quem está prostrado demais para deixar de encarar o teto quando, inesperadamente, meu cérebro voltou a funcionar. Saltei da cama, enfiei todas as minhas coisas na mala e tracei uma nova estratégia. Uma que me levaria à verdade. Uma que me levaria de volta para aquela vida que eu não sabia muito bem qual era e que mesmo assim estava doido para chamar de minha.

29

"Um tempo pra viver
Como manda o coração
Livre das grades da perfeição."

("Por Mim e por Você", Thaíde, Jota Quest e Rogério Flausino, interpretada por Jota Quest)

Dessa vez posso ter demorado um pouco mais para conseguir ver o panorama completo da situação. Normalmente eu sou muito bom nisso, mas para ser muito bom é preciso ter foco, e eu andei perdido em sentimentos, beijos e vontades. Precisei estocar a angústia, a saudade e a carência em um depósito longe do meu raciocínio para conseguir ver o óbvio: eu estava sendo enganado. É claro que essa história da Luciana foi uma distração. Eu vasculhei tudo, conversei com cada um dos contatos, fiquei de olho, forcei a barra com alguns e me fiz de amigo com outros até me dar conta de que estava andando em círculos atrás de coisa nenhuma.

Confesso que fiquei furioso quando cheguei à conclusão de que estava sendo uma marionete. Fiquei com raiva principalmente de mim mesmo, por permitir que usassem minha culpa e usufruíssem à vontade do meu ponto fraco. Qual é? Parece até que eu sou novato... Mas tudo bem. Ainda dá tempo de colocar tudo isso em ordem e fazer todos – inclusive eu mesmo – se lembrarem de quem eu sou e como eu trabalho. E eu não esperaria mais um minuto sequer.

Amanheço em frente a casa onde mora aquela voz que sempre atende o telefone e o rosto que soquei em nosso último encontro. Anote aí: quando se quer intimidar alguém, é preciso invadir levemente sua privacidade, mostrar que você pode tocar a campainha de sua casa, bater um papo com sua esposa, de repente jogar bola no quintal com o filho mais velho ou ajudar a caçulinha com o dever de casa. De repente você prova que sabe mais do que mostra, e faz a pessoa se sentir vulnerável. Parece cruel, eu sei, e, sendo honesto, é mesmo. Não vou tentar te enganar.

Espero as luzes se acenderem, a cozinha começar a emanar barulho e a casa se encher de vozes para anunciar minha presença. Opto por interromper a rotina de forma menos invasiva, começando pela nossa velha e amistosa relação telefônica.

– Caiu da cama, Erik?

– Olha só! Atendendo com uma gracinha! Estou orgulhoso.

– Ligue mais tarde. Estou ocupado.

– Eu sei. Está se preparando para entrar no banho. Ou será que já está sentado à mesa para saborear o café cheiroso da sua esposa?

– Ando sem tempo para os seus discursos... Ligue daqui a uma hora.

– Ok, vou perdoar sua distração porque você acordou há dez minutos e ainda deve estar sonolento. Vou te ajudar sendo mais explícito: saia logo de casa, me encontre na esquina da sua rua ou eu me convidarei para o café da manhã em família.

Desligo para dar aquele toque de dramaticidade que me faz sentir em um seriado investigativo de TV.

Dez minutos depois, avisto o cara que um dia eu chamei de chefe andando a passos largos, com a gravata meio torta e o semblante aflito.

– Como você descobriu onde eu moro, Erik?

– Ah... Eu tenho amigos.

– E inimigos também.

– Certamente esse grupo só cresce.

– Você não tem medo do perigo, não?

– Qual é? Você deve saber até o nome do meu creme de barbear e eu não fico fazendo drama por isso.

– Mas eu nunca me meti com a sua família.

– E nem vai, porque nós não vamos precisar chegar a esse ponto, não é mesmo? – digo com aquele tom conciliador/ameaçador que gente como nós entende perfeitamente.

– O que você quer?

– A verdade, cara. Só quero saber quem está me fazendo bater cabeça de um lado para o outro perdendo meu tempo.

– Eu, oras.

– Por quê?

– Porque, assim como você, eu recebo ordens e faço acontecer. Eu te disse para não se meter no vespeiro que é aquela família.

– Mas vocês me mandaram pra lá. Era pra eu descobrir alguma coisa, não era?

– É complicado, Erik... Existem dois lados interessados nisso, e nós só descobrimos esse fato depois.

– Explique melhor – pressiono.

Ele esfrega as mãos nos cabelos e demonstra frustração. Eu não vou me contentar com metade da história, e ele sabe disso.

– Enquanto nós trabalhávamos para descobrir provas, alguém se ocupava em apagá-las.

– Claro que vocês ainda não descobriram quem nem por quê...

– Não, mas estamos caminhando.

– Estou dentro.

– "Dentro"? Está louco? Quer que eu acredite que você vai trabalhar para colocar o pai da sua namorada na cadeia?

É uma encruzilhada. Afastado, eu teria mais trabalho para ter acesso às informações. Dentro, não importa o que eu faça, vou ser um traidor. A situação é difícil, mas meu otimismo – e vaidade – me diz que eu vou conseguir trazer a situação a meu favor. Eu sou o melhor, sempre fui e vou continuar sendo.

– Olha, eu e você sabemos que, mesmo com todas as provas do universo, ninguém vai ser preso. Muitos nomes, muita grana e muitos interesses envolvidos. Para piorar, o cara está internado em outro país e tem Alzheimer. Analise, meu caro.

– Você tem razão, mas existem outros tipos de condenação.

– Penas burocráticas e financeiras. Um processo como esse duraria uma eternidade. Além disso, nós sabemos que o cara que nós desconfiamos ter sido apenas um laranja no caso de fraude em fundos de investimento continua preso e calado. Tudo indica que Josef deixou tudo bem arranjado antes de se ausentar do planeta – digo despretensiosamente.

– É provável – ele diz, reflexivo.

– A gente só precisa descobrir quem está jogando tudo para debaixo do tapete para saber se é por interesse ou proteção. De repente ainda tem coisa ilegal rolando. É a única chance que temos de pegar alguém.

– Talvez...

– Enfim, estou querendo te dizer que eu posso ser útil e que eu me sinto bem confortável com isso.

– Você é um canalha profissional mesmo.

– É o que dizem...

– Para onde eu mando o seu envelope?

Bingo!

O meu celular está repleto de mensagens de Erik. Em dois dias ele usou boa parte do seu estoque de piadas e gracinhas. Por trás do tom ameno de suas linhas e do doce que escorre da sua voz, é possível sentir uma breve tensão simulando saudade. Não estou querendo dar um gelo nele, dar uma lição ou um pequeno chilique carente. A verdade é que eu não tenho ânimo. Meu último relacionamento se segurou bravamente em correspondências, palavras e juras de amor.

Naquela época eu ensaiava frases bonitas para dizer ao Adam nos poucos minutos que tínhamos ao telefone, fechava os olhos antes de dormir e tentava me lembrar do som de sua voz e de como era encostar a cabeça no peito dele. Gastei toda a minha ilusão, boa vontade e fantasia em um casamento que não deveria nem ter esse nome. Assinei um papel e recebi vários outros que não tinham nada além de poesias, devaneios e esperança. Adam não podia dizer onde estava, o que estava fazendo e quando voltaria. Era um monte de silêncio fingindo ser cumplicidade. Nas raras vezes em que nos encontrávamos, éramos invadidos pelo êxtase da presença um do outro e só nos restava tempo para beijos, afagos, calor e novas despedidas.

Agora, eu me vejo em situação extremamente semelhante. Erik é uma versão torta do mesmo mocinho, priorizando sua missão no mundo. No entanto, eu não consigo mais ser a donzela coadjuvante que vive à espera de notícias que nunca virão ou vão chegar disfarçadas, distorcidas, inacabadas...

Em um mundo perfeito e fácil, eu lidaria bem com minhas experiências passadas e não carregaria tantas lembranças para onde quer que fosse. Se as coisas, os sentimentos e as pessoas fossem fáceis, eu não me sentiria um para-raios de homens egocêntricos, não usaria meu passado como item de comparação e teria mais fé nesse relacionamento com Erik. Mas acontece que nada é simples. Todo mundo é resultado de um acúmulo de vida, de promessas e expectativas não cumpridas. Cada um de nós é a soma dos dias vividos e também daqueles que nunca vieram, e normalmente é difícil saber o que pesa mais. No meu caso, reconheço que perdi a fé e que é impossível amar sem se permitir acreditar. Eu adoraria estar diferente, mas o fato é que cansei de colocar a vida no modo espera, sobretudo à espera de alguém.

30

"Numa mistura de loucura e lucidez
Vou viajando e me perdendo em ilusão
Será que esse momento é insensatez?
Uma overdose em meu coração?"

("Dias Loucos", composta e interpretada por Nando Reis)

Enquanto minha vida amorosa continua flutuando no mar das indagações e incertezas, trato de cuidar das coisas práticas. Monto um esquema de segurança para Melissa. Tudo com muita cautela, claro. Coloco Brenda e sua enorme barriga no caminho de Mel, pedindo ajuda com os preparativos do chá de bebê, enxoval, decoração do quartinho e coisas do tipo para mantê-la ocupada e acompanhada por muitas horas do dia. Priscila passa a ligar regularmente para inéditos momentos de desabafo e James coloca um segurança para ficar de olho em Mel a distância. O namorado ainda aparece, pressionando e cercando, mas está ficando cada vez mais difícil, já que não consegue mais encontrá-la sozinha. Além disso, ela passa a pelo menos tentar afastá-lo. Esforça-se para se manter firme, mas não raramente eu consigo vê-la ligeiramente trêmula a qualquer ameaça de proximidade dele. É uma situação complicada. A vontade de todos nós é tirar Melissa da cidade e mandar dar uma surra no valentão, mas no fundo sabemos que seria uma medida provisória. A velha rotina um dia seria retomada e nós não estaríamos sempre por perto. Ela precisa encerrar essa questão, tem que conseguir afastá-lo de vez. A nós só resta torcer para que não demore muito.

Se, por um lado, eu tenho uma equipe para cuidar de Melissa, por outro, estou absolutamente sozinha em relação ao meu pai. Para mim, a rotina de visitas que criei está apresentando melhoras em seu quadro, mas, aparentemente, os bons resultados só são vistos por mim. Talvez não faça diferença nenhuma se eu passar meses sem vê-lo, mas eu gosto de acreditar que ele quase me reconhece, quase se lembra de alguma coisa, quase volta a me abraçar... E é apenas nisso que eu penso enquanto dirijo rumo à clínica, casa de repouso, purgatório, chame do que quiser.

É isso. Estou com minha viagem de volta aos Estados Unidos marcada, mas antes preciso acertar inúmeras coisas. Esse é o preço que decidi pagar para voltar a ser funcionário da corporação não oficial sem nome e sem escrúpulos. Obviamente, recebi um servicinho extra que não pude recusar, por mais que eu quisesse. Foi o jeito que eles encontraram para me mostrar quem é que manda, embora tudo isso seja um grande jogo de interesses no qual cada um cede quando lhe convém e pressiona quando pode.

Além desse percalço no caminho, tenho Clarice pendurada no meu pé. Seu faro de mãe está me deixando maluco. Ela questiona tudo e me liga o tempo todo. Quer saber por que eu estou de volta ao Brasil e o motivo de Marina não estar comigo. Pergunta sobre meu relacionamento, meu emprego, meus planos e minha "aposentadoria". Meu estoque de respostas evasivas está quase esgotado. Não gosto de mentir para Clarice por dois motivos: ela não merece ser enrolada; além disso, não funciona mesmo. Ela é esperta demais.

A parte quase boa foi ter notícias da minha garota com cabelos da cor que apenas um especialista poderia definir. Digo quase porque Marina respondeu apenas um dos meus inúmeros e-mails. Disse que está ajudando Melissa a retomar a vida, que está visitando o pai frequentemente e trabalhando menos do que eu me lembrava. Parecia distante. Não houve um parágrafo engraçado, sensual ou de saudade. Ela simplesmente informou que estava ocupada tentando ajudar as pessoas que amava e que, com a presença de sua mãe de volta à empresa, havia decidido se manter afastada dos "assuntos relacionados à imagem da H&L", o que eu entendi como "se manter afastada dos assuntos policiais como a morte estranha de Mia, fraudes do seu pai e coisas do tipo".

Pode parecer presunçoso – e nós sabemos que essa palavra combina muito comigo –, mas, acima da minha vaidade, digo honestamente que sinto estar conectado a Marina de um jeito profundo e incompreensível. Embora seu instinto defensivo tente bravamente protegê-la, criando essa casca fria e indiferente ao seu redor, sei que ela está em um momento delicado, sentindo-se fragilizada, e que um namoro por SMS não combina em nada com esse cenário. Não é o que ela esperava e, definitivamente, não é o papel que eu gostaria de estar desempenhando. Eu deveria me afastar dela e me arrancar desse círculo que parece caber somente a nós, só que me sinto cada vez mais ligado a ela, mais interessado em seus pensamentos e intensamente atraído pela nuvem que insiste em cobrir todos os centímetros dela.

Cada pequeno desastre parece me empurrar um pouco mais para Marina. Parece que, sem querer, acabamos nos unindo de maneira catastrófica e irremediável. Cada vez que ela se afasta, sinto algo que não consigo mensurar. Sei que não é medo, não é solidão nem tristeza. Deve ser algo dela que insiste em ficar dentro de mim. Acho que, em algum momento que eu não consigo identificar, aconteceu uma fusão e agora tem esse pedaço dela em mim que só faz sentido quando a tenho por perto. Quanto mais ela foge, mais eu tento ir ao seu encontro, nem que seja com a única coisa que posso oferecer no momento: palavras.

"Sei que tudo está confuso agora, mas, acredite: em breve estarei aí e prometo que vai voltar a chover."

31

"Basta as penas que eu mesmo sinto de mim
Junto todas, crio asas, viro querubim."

("Cuida de Mim", de Fernando Anitelli, interpretada por O Teatro Mágico)

Erik me manda uma linda mensagem, uma que me faz encher os olhos e o coração. A verdade é que ele sabe o caminho para me alcançar. Mesmo que eu não admita, mesmo que eu não entenda o porquê, ele sabe o que dizer para que eu volte a queimar, nem que seja apenas uma pequena centelha. No entanto, logo após uma noite de novas esperanças, ele volta a desaparecer. Diz que vai viajar para um local no qual ficará sem sinal de celular e internet por uns dias, portanto incomunicável. Não sei se minha dificuldade em acreditar se deve a minha insegurança enrustida ou por puro medo de supor o que ele andava fazendo pelo Brasil.

As visitas ao meu pai estão cada vez mais frustrantes. James insiste na ideia de que eu devo espaçar minhas idas até a clínica, mas essa é a minha nova fixação. Talvez seja um caso patológico, mas, como eu também recuso os conselhos que me indicam iniciar um tratamento terapêutico, jamais vou saber.

Dessa vez, minha ida até o novo lar do meu pai não é muito diferente. Consigo ficar com o paciente do quarto número quatro por apenas dez minutos, dos quais gasto dois tentando explicar que não sou uma funcionária, cinco escutando resignada suas reclamações sobre a comida e os lençóis, outros dois tentando convencê-lo de que eu vou fazer o possível para ele ficar mais confortável e alguns míseros segundos segurando sua mão, fingindo me despedir e implorando mentalmente por um lampejo de lucidez dele – ou minha.

A caminho do estacionamento, um cansaço imenso se abate sobre mim. O dia está gelado e há uma leve cerração encobrindo o ar. Acabo me sentando em um dos bancos da praça que ficam bem em frente ao prédio de arquitetura imponente que abriga tantas pessoas, tanto esquecimento e falta de consolo.

Estou tão absorta na minha falta de pensamentos que nem noto que alguém se aproxima. Meus olhos estão abertos, mas não vejo nada. Acho que um javali poderia ter passado bem na minha frente, pisado no meu pé e derrubado uma das árvores que ainda assim eu permaneceria anestesiada. Será que é possível a gente fugir até parar de sentir?

Apenas quando a ponta de um dedo dá algumas batidinhas no meu braço é que eu saio do transe e noto que um pequeno pacote me está sendo oferecido. Preciso me esforçar para entender aquela cena. Meu silêncio e falta de ação fazem o rapaz se manifestar.

– Oi. Está meio frio pra você ficar aqui fora. Coma. Fui eu mesmo fiz.

Pego o pacote mais por não saber o que fazer do que por fome, embora eu não tenha nada no estômago há muitas horas.

– Eu teria trazido café também, mas não imaginei que te encontraria sentada aqui.

– Desculpe, eu te conheço? – acabo perguntando sem pensar.

– Não, acho que não... – Ele sorri de um jeito tão natural que me faz sorrir também.

– Desculpe – digo sem jeito.

– Imagine, eu é que devo me desculpar. Cheguei sem nem me apresentar. Já te vi várias vezes pela clínica, cruzamos um com o outro pelos corredores e também no jardim antes de o tempo fechar de vez. Você esbarrou em mim na semana passada e derrubou a chave do carro. Tentei pegar, mas você foi mais rápida.

Ele olha para o céu, constatando o mau tempo ou quem sabe admirando alguma coisa que eu não sou capaz de enxergar.

– Você trabalha aqui?

– Não. Minha mãe está internada.

– Sinto muito.

– Sei que você sente. É o seu pai, não é?

– É...

– Situação difícil. Quando a minha mãe se isolou e parou de conversar comigo, eu achei que fosse depressão. Afinal de contas, o meu pai tinha acabado de deixá-la. Como eu poderia imaginar? Pensei que ela só estava precisando de um tempo...

Por um breve instante, tenho dúvidas se ele está falando comigo ou se eu estou sendo inconveniente por escutar seus pensamentos.

– Coma... Você só não vai gostar se for vegetariana. Eu cozinho bem. Vai, experimenta – ele diz, apontando para o pacote fechado entre as minhas mãos.

– Isso não é seu?

– Eu já comi, não se preocupe.

– Ou a minha cara de fome está tão medonha que você se apiedou e vai doar sua refeição por caridade?

– Você me pegou – ele responde, rindo. – Eu trouxe para ela. Era o seu favorito, mas ela dispensou. Fico feliz por não levá-lo de volta.

– Puxa... Nem sei o que dizer. Hoje parece não ser um bom dia.

– Coma e você vai ficar um pouco melhor.

É esquisito ver esse desconhecido sentado ao meu lado fazendo sua presença ser tão leve, calma e bem-vinda. Ele se senta ao meu lado, oferece um sanduíche caseiro e fala como um velho amigo. Um tipo de amigo que eu nunca tive. As meninas são falantes, festeiras, mas não têm instinto de zelo. Quanto ao James, bem, ele é como um irmão mais velho que está sempre por perto curando meus porres, tentando me fazer sorrir, me sentir bem e me ajudando a seguir em frente, mas daí a cozinhar e fazer confidências sentimentalistas é um salto grande. A prova disso é o fato de ele ter saído novamente com a Priscila uma dúzia de vezes e nunca ter me contado. Ele provavelmente está se envolvendo e não vai me contar até se livrar desse sentimento ou se casar com ela. Obviamente, aposto na primeira opção, mas, no estado atual da minha realidade, até mesmo a ideia de ver James casado, repleto de filhos e morando no subúrbio não parece tão absurda como antes.

De qualquer maneira, a sensação é boa, o sabor é incrível e de repente o clima parece menos frio.

– Obrigada, está mesmo uma delícia. Tem certeza que foi você que fez? – pergunto enquanto mastigo, esquecendo meus bons modos.

– Que tipo de pergunta é essa? Minha mãe tem Alzheimer, não eu. Eu saberia se não tivesse sido eu, não é mesmo? Mas eu me lembro do exato momento em que separei os ingredientes e montei essa maravilha.

Por alguns segundos, eu não consigo rir. Ele está fazendo piada com a doença dos nossos pais? Será que eu entendi direito?

– Você não vai me dar lição de moral, vai? – ele pergunta, tentando ficar sério.

– Não, mas só porque você me pagou o almoço.

– Tenha senso de humor. O assunto por si só já é pesado e sério demais.

– Meu senso de humor anda abalado.

Ele olha para o relógio, se levanta e estende a mão em minha direção.

– Preciso ir, mas podemos falar mais sobre isso amanhã. Posso te levar para jantar. O que acha?

– Não sei... Talvez.

– Ok, a gente se vê à tarde, depois das visitas. Se estivermos vivos, te convenço a me falar sobre as mazelas que afetaram seu humor e posso falar sobre as minhas, que me ensinaram a fingir que está tudo bem.

– Até amanhã... – Seguro sua mão em resposta ao cumprimento e continuo. – Até amanhã... Eu não sei o seu nome.

– Samuel, mas meus amigos me chamam de Sam. Até amanhã, Marina.

32

"Estamos longe,
Longe
Muito longe,
Pra tocar o céu."

("Um Dia", de Jonathan Corrêa, interpretada por Reação em Cadeia)

Há alguns dias voltei aos Estados Unidos, mas não entrei em contato com ninguém. Avisei Marina que ficaria incomunicável por algum tempo e que, logo após esse pequeno período, eu estaria de volta. De-fi-ni-ti-va-men-te de volta. Ela estava mais mansa em nossa última conversa, mas pude sentir a diferença em sua voz quando anunciei meu breve sumiço. Sei que ela está escorregando de minhas mãos, mas confio que vou conseguir consertar tudo isso em poucos dias.

No momento, estou vasculhando de perto todos os processos em que o nome da empresa, ou qualquer pessoa da família, apareça. Está mais fácil agora que tenho ajuda dos meus coleguinhas, mas, ainda assim, encontro algumas barreiras. No Brasil, um juiz "pega emprestado" a pasta de um processo importante que ainda está sendo julgado e decide não devolver mais. Para explicar, ele deixa a janela do sétimo andar aberta e todos apostam que alguém da família do Homem Aranha tinha interesse naquele caso e o assunto está acabado. Simples assim. A sindicância dura anos até acabar em nada.

Aqui, no entanto, nenhum juiz está disposto a vender nenhuma pastinha para facilitar a minha vida, nem deixar uma janelinha aberta que seja, então eu dependo dos arquivos jornalísticos. Ainda bem que sempre tem um jornalista investigativo meio maluco dedicando a vida a pegar algum figurão. No caso do Sr. Josef, seu algoz é Mário Martinez, um latino de pai americano que publicou mais de doze artigos sobre a família Holmes-Lewis ao longo de sua vida. Minha teoria sobre ele ainda estar vivo é ele nunca ter trabalhado em um jornal de destaque. Suas publicações sempre são rebatidas por matérias publicadas nos principais jornais do país, mais conhecidos como imprensa vendida. Quase me sinto em casa novamente...

Foi complicado achar o cara. Ele está aposentado há algum tempo, mas, com um pouquinho de esforço e com a ajuda dos hábitos previsíveis dele, consigo seu endereço e telefone. Ligo diversas vezes, mas ele não atende, por isso preciso acampar em frente à banca de jornal e esperar. Assim que ele dobra a esquina, começo a andar em direção à banca, e, quando atinjo meu destino, esbarro nele, abaixo o jornal, peço desculpas, dou o meu melhor sorriso e finjo reconhecê-lo:

– O senhor não é aquele jornalista? Como era mesmo o nome? Ah! Claro! Senhor Mário Martinez, não é mesmo? – estendo a mão para cumprimentá-lo.

Ele me ignora solenemente, pede seu jornal e sai andando. Vou atrás dele e continuo a falar enquanto ele apressa o passo e continua a fingir não notar minha presença. Até que eu digo o que eu preciso para fazê-lo parar:

– Eu sou jornalista também. Sou brasileiro e tenho informações novas sobre Josef Holmes. Eu estava escondido do outro lado da rua te esperando. Não foi um acaso. Preciso falar com o senhor.

As cenas que se seguem são dignas de filme. O Sr. Martinez, sem dizer uma palavra, me convida a entrar em seu apartamento, que é primeiro indício de que eu caí em um filme policial dos anos 1980. A mobília é antiga, o papel de parede está descolando e tem aquela aparência desbotada, o ar cheira a charuto, bacon e café. Um gato está deitado na poltrona e parece ter sido posto ali propositalmente só para combinar com o ambiente. Na parede, alguns artigos e fotos antigos complementam a decoração.

Ele me oferece uma poltrona e, finalmente, quebra o silêncio.

– Você trabalha para qual jornal?

– Nenhum. Sou freelancer. Vendo a matéria para quem me pagar mais.

– E o que você descobriu que eu ainda não saiba?

– O senhor sabe do fundo de investimentos que o Senhor Holmes caloteou no Brasil, mas deixou o administrador para ser preso no lugar dele?

– Você não fez a lição de casa, menino? Isso é assunto passado, quase virou lenda já.

– Na verdade estou aqui por causa da morte da secretária.

– A ex-amante...

– Exatamente.

– Escute um conselho de quem passou a vida investigando essa família: vá fazer coisa melhor com o seu tempo. Eu, você e mais um punhado de gente sabemos que a Mia foi assassinada porque estava disposta a expor os podres deles. Só não sei como ela faria isso sem denunciar os próprios crimes. Mas, enfim, talvez tenha sido porque Helen cortou a generosa pensão que Josef costumava pagar para manter o silêncio, os serviços ou o amor da Mia. Não tenho muita certeza...

– Você acha que foi a Helen que mandou matá-la?

– Não. Ela é especialista em guerra fria, ameaças e jogos de poder. Essa atitude foi passional demais.

– Acha que a Mia estava sozinha nesse processo?

– Nunca se anda sozinho nesses assuntos. Acredito que alguém tenha feito a cabeça dela de que seria um bom negócio.

– Faz sentido. Só não consigo criar um elo entre as informações. Parece que falta um elemento para conectar tudo isso.

– Investigou mais alguém?

– Sim. Helen, James e a própria Marina, mas a única coisa que achei foi a possibilidade de existir um caixa dois sustentado por auditorias mentirosas. Alguns dos bancos que quebraram na última crise haviam passado por auditorias feitas pela H&L que não denunciaram a crise. As investigações correm em sigilo.

– Eles alegam que os bancos mascararam documentos e números.

– Eu sei. Mais um processo em que não vão conseguir culpar a conceituada empresa?

– É provável. Principalmente com os últimos investimentos em fabricação de armamentos.

– Está querendo dizer que eles têm negócios com o governo?

– O pai do garoto que morreu estreitou muito seu relacionamento com o departamento de segurança nacional nos últimos tempos.

Esfrego as mãos nos cabelos e não sei o que responder. A família da Marina era do tipo mais sujo que existe, era gente que subornava, roubava e matava com aval porque sempre tem um ás na manga. Era demais até para mim.

O Sr. Martinez levantou-se de sua poltrona gasta com certa dificuldade, foi até a estante e retirou de lá uma pasta abarrotada de papéis.

– Olha, eu sei que você não é um jornalista novato querendo seguir os meus passos, mas é hora de me livrar disso, e você foi o único interessado a bater na minha porta. Isso é tudo o que eu tenho sobre a família Holmes-Lewis. Aviso que a maioria dos crimes que eles cometeram já foi julgada ou arquivada. Nunca o veredito foi de culpado. Sempre que alguém foi preso, nunca foi ninguém deles. Entende?

– Mais do que o senhor imagina.

Pego a pasta, agradeço e me encaminho para a saída. Já estou no corredor quando o Sr. Martinez me chama:

– Você está se esquecendo da máxima de qualquer trama policial clássica.

Faço cara de pensativo que não chegou a conclusão nenhuma e ele completa:

– A culpa é sempre do mordomo, meu jovem.

Ele pisca, fecha a porta e uma luz se acende sobre a minha cabeça. Como não pensei nisso antes?

33

"Somos todos iguais nesta noite
Na frieza de um riso pintado
Na certeza de um sonho acabado
É o circo de novo..."

("Somos Todos Iguais Nesta Noite", de Ivan Lins e Vitor Martins, interpretada por Ivan Lins)

Neste ponto da vida, todos já sabem que uma das minhas especialidades é criar artifícios para levar uma vida aparentemente normal. Eu simplesmente me vejo condicionada a certos hábitos e me faço crer que todos os caminhos foram decididos por mim e que me fazem bem. Resumindo, sou especialista na arte de me enganar, adiar problemas e evitar lágrimas. Lembra da minha fobia a questionamentos, dramas existenciais e dúvidas? Ela ainda existe, por isso continuo vivendo os dias, censurando meus pensamentos, enclausurando minhas emoções e agindo como se estivesse apenas seguindo um roteiro já escrito, lido e ensaiado. Esse papel cai bem em mim...

Não aceitei o convite de Sam para jantar. Ele aparentemente havia previsto minha reação e me trouxe um novo sanduíche. Sem piadas dessa vez. Passamos a nos encontrar em dias alternados, no mesmo banco, logo após as visitas. Na maioria das vezes era frustrante, mas também existia a comemoração de pequenas alegrias:

– Minha mãe estava feliz hoje. Ela me disse que estava esperando uma carta importante. Não faço ideia do que ela estava falando. Tentei me lembrar de algum momento passado, mas não consegui...

Não importa. Ela sorriu e aceitou a torta de maçã que eu trouxe – ele contou, certa vez.

– Papai estava calmo hoje e empolgado por ter terminado de ler *1984*, de George Orwell. Estranho vê-lo tão empolgado, falando detalhes do livro e refletindo sobre a leitura. Foi a primeira vez que conversamos sobre literatura. Normalmente ele não se lembra do que comeu pela manhã, mas hoje ele se lembrou de um livro que deve ter lido há anos... Vai entender – contei, outro dia.

Após mais uma semana compartilhando o mesmo banco, relatos de consultas, indicações médicas, tratamentos alternativos e petiscos feitos por ele e outros comprados por mim, Sam me disse que era chef e eu acabei aceitando ir conhecer o "Genaro", seu restaurante.

No caminho, meu celular toca. É o meu fiel escudeiro, James.

– A Priscila te deu o cano? – atendo.

– Quem te disse que ela está nos meus planos de hoje? – ele se esquiva como sempre.

– Qual é...

– Onde você está?

– Em um táxi, indo comer.

– Onde? Por que não me chamou?

– Estou indo para o restaurante daquele meu novo amigo.

– Aquele lesado feito você?

– Esse mesmo.

– Você está acrescentando muita testosterona à nossa vida, Marina. Está me irritando já.

– Fica tranquilo, Jamie. Você sempre será o homem da minha vida.

– É pra rir?

– Não, é só pra ir me deixar comer a minha pasta em paz.

– Italiano?

– Sim.

– Puxa, meu favorito. Passa o endereço que eu te encontro lá.

– Hoje não, J. Outro dia.

– Malvada.

– É o meu jeitinho. Olha, vê se arruma um tempo para me contar o que anda acontecendo entre você e a Priscila. Outro dia a peguei pesquisando roteiros românticos em um site de turismo.

– Tchau, Marina. Bom jantar. Vê se não fica falando desgraceiras a noite toda. Senão, depois eu é que tenho que ficar te consertando.

– Prepare sua maleta de ferramentas, meu amigo. Tchau.

Gostei do "Genaro" assim que botei os pés dentro dele. O ambiente é pequeno, mas agradável. Tem um clima amistoso, aconchegante e familiar. O restaurante é todo o Sam.

Ficamos em uma mesa fora do salão principal, próxima à cozinha, em um pátio externo, coberto com vidro e decorado no mesmo estilo do restaurante. Parece a varanda de uma aconchegante casa de campo. Ninguém resiste ao convite daquele ambiente, aliado ao aroma que passeava pelo ar.

Depois de instalados e com as taças cheias de um delicioso vinho, começamos a conversar:

– Você é o chef mas não cozinha?

– Ainda cozinho, mas menos noites por semana. Depois que minha mãe ficou doente, precisei contratar outro chef para me ajudar a tocar o restaurante.

– Deve ser difícil. Não consigo me imaginar dividindo a minha mesa com ninguém.

– Não foi fácil, mas foi necessário.

– Entendo...

– Mas você também diminuiu o ritmo, não é? Você visita seu pai durante a semana, e isso não combina com os workaholics.

– É... Ando fazendo apenas o indispensável. A empresa já estava lá muito antes de mim, então...

Enquanto o menu de degustação é servido, a garrafa vai esvaziando e outras se fazem necessárias. A conversa flui entre as escolhas profissionais e as mudanças inevitáveis que acontecem quando um familiar fica doente. Sam só altera ligeiramente o tom quando menciona seu pai: um homem egoísta, frio, que só se preocupa com o próprio bem-estar. Ele me conta que sua mãe chegou a gritar, aflita, chamando pelo marido, sem se lembrar de que ele partira, e que Sam acabou ligando para pedir que ele fosse acalmá-la, sem sucesso. Seu pai alegou estar se preparando para uma viagem que faria no dia seguinte e por isso não poderia ajudar. Sua mãe chorou a ausência do marido até adormecer nos braços de seu único filho. Sam jamais esqueceu. Quem esqueceria?

– Será que todos nós acabamos doentes também? – penso em voz alta.

– É uma boa definição. Talvez sejam os efeitos colaterais – ele responde, triste.

– Às vezes eu fico procurando um culpado e me vejo querendo ter raiva de alguém. Só queria entender, sabe? Eu queria saber o motivo de todo mundo acabar me deixando.

– Hey, você fala como se fosse algo pessoal. Seu marido não morreu de propósito, e o seu pai não está naquele estado para fugir de quem quer que seja.

– Eu sei, mas o Adam se alistou porque quis. Ele tinha toda a vida pela frente, mas aceitou o risco.

– Preste atenção: ninguém é tão altruísta. Adam não se alistou porque aceitou o risco de morrer por uma boa causa. Ele não imaginou que morreria tão jovem, que não voltaria para você. Ninguém pensa que pode morrer. Nós somos egocêntricos, vivemos iludidos acreditando que nós, os seres humanos, é que fazemos o mundo acontecer. O Adam se alistou porque imaginou que serviria ao seu país e voltaria para casa com honras e glórias. Ele se imaginou contando para os filhos as suas aventuras de veterano nas reuniões de família. Ele teria uma clínica em que a consulta custaria o salário de um operário e faria serviço voluntário para tratar de crianças feridas pela guerra. O pacote completo.

Sinto as lágrimas brotarem, mas as boto de volta para dentro com a ajuda de mais um gole de vinho.

– É, parece lógico. Acho que eu era muito jovem e infantil quando tudo aconteceu e permaneço amargando os mesmos sentimentos até hoje.

– O que aconteceu, Marina? De verdade, me conte. Esse é o nosso grupo de apoio.

Não resisto e acabo rindo.

– Grupo de Apoio aos... aos... – digo.

– Grupo de Apoio aos Sofredores Com Causa.

– Gostei. Ok, então lá vai. Oi, meu nome é Marina, tenho vinte e tantos anos, mas me sinto muito mais velha do que isso. Talvez porque o meu estado civil atual seja viúva. Meu marido morreu enquanto estava em uma missão de paz em um país qualquer do Oriente Médio. Nós nos casamos logo depois de ele ter se alistado. Ele disse que não poderia partir antes de deixar claro que eu era a sua família, mas desconfio que a minha mãe tenha contado para ele que eu estava grávida. Ela é ótima para persuadir, ou melhor, coagir as pessoas.

– Por isso você acha que ele fugiu.

– Ele deve ter ficado assustado. Embora nunca tenhamos tocado nesse assunto.

– Como é que a gente cria essas neuras? Você não percebe que é um exagero imaginar que alguém tenha se alistado porque ficou com medo da paternidade ou de um compromisso?

– O ser humano nem sempre é lógico...

– É, você está certa. Vocês deviam ter conversado, ter exorcizado tudo isso. Você iria chorar, ele iria gritar e, no fim, ficaria tudo bem.

– Acabei perdendo o bebê e tendo algumas complicações. É óbvio que eu estava louca para contar tudo para ele e receber apoio, carinho, cuidado... Só que ele parecia mais frágil a cada carta, a cada visita. Ele continuava com suas palavras confiantes, com seus discursos inflamados e apaixonados, mas algo estava diferente. Adam não dormia bem, se alimentava mal e eu fui adiando a conversa para um momento melhor – que nunca veio.

– A vida é mesmo circunstancial.

– Totalmente.

– E agora você fica replicando essa sua síndrome de abandono em todas as coisas que dão errado na sua vida.

– Sabe que eu devia me ofender quando você diz essas coisas, né?

Ele ri e toma mais um gole:

– Você não se ofende porque sabe que eu não estou te julgando, só estou me reconhecendo nos seus relatos. A minha esposa foi embora também. O começo foi lindo, digno de livro. Éramos incríveis juntos, mas ela não aguentou nem dois meses na minha vida quando tudo começou a ruir.

– Clássico.

– Um brinde a isso.

Coisa de bêbado que festeja até as péssimas histórias. Acho... Pelo menos é isso que a minha experiência diz.

Ao ouvi-lo mencionar a esposa, instintivamente pego o celular e procuro um vestígio de Erik. Sam nota o muxoxo que faço ao não encontrar nenhuma nova mensagem.

– Más notícias?

– Não. Ausência de notícias... Faz um tempo que não converso com o meu, meu...

– Namorado? – ele questiona.

– É, faz um tempo que não tenho notícias dele.

– Você tem dificuldade para pronunciar a palavra *namorado*. Você é mais estranha do que parece.

– Na verdade eu tenho dificuldade para rotular o nosso relacionamento. Ficamos juntos um tempo e tudo estava indo maravilhosamente bem, mas, quando as coisas estavam começando a se aprofundar, ele precisou se ausentar. Disse que seria por alguns dias e já faz mais de um mês – confidencio.

– E a sua síndrome de abandono está gritando silenciosamente entre seus nervos.

– Não caçoe... – sorrio.

– Ele vai voltar, Marina – ele afirma.

– Como você pode ter certeza?

– Nenhum homem abandonaria você por vontade própria. Acredite.

Por um breve instante, eu acredito. Contudo, o momento desaparece igual ao vapor que sobe dos nossos pratos e eu volto a olhar para o celular inerte. Ah... Erik, onde você está?

34

"A gente é um só
Sem você, eu sumo
Eu morro de fome
Eu perco meu rumo
Eu fico menor."

("Um Só", composta e interpretada por Clarice Falcão)

O táxi passa em frente ao meu apartamento alugado enquanto me leva para o hotel em que eu estou instalado temporariamente. É estranho olhar o prédio e não parar, não pegar o elevador, arrancar os sapatos e me jogar no sofá. É difícil me lembrar daquele lugar que, em seus dias de glória, abrigou uma moça esguia, cheirosa e dona do melhor beijo que já provei. Lembro-me dos pés nus de Marina contrastando com a madeira escura do piso, do jeito como o cabelo dela se espalha pelo travesseiro e de como a banheira parece mais bonita com ela dentro olhando pela janela naquele silêncio tão dela. Estou no meu limite, amanhã mesmo vou encontrá-la. Dizer que eu planejei surpreendê-la.

Agora que eu sei qual é o fio que vai me ajudar a unir as pontas da história e descobrir quem é essa pessoa que anda boicotando meu trabalho a todo instante, está mais fácil retomar parte da minha vida. Vou ficar isolado por apenas mais uns dias para vasculhar a vida do mordomo ou, melhor dizendo, do advogado de confiança da família, conselheiro, também conhecido como titio Carl. O engraçado é me lembrar de que eu suspeitei daquela entidade da H&L desde a primeira vez em que cruzei com ele no departamento jurídico. Você não suspeitaria de um cara que é praticamente um monumento, que só é visitado pelos maiorais para consultas, conselhos e pedidos de bênção? Todos sabem que ele é respeitadíssimo, que tem fama de ter livrado a empresa de muitas crises e que a família Holmes-Lewis guarda grande estima por aquele senhor. Por mais irracional que pareça, as pessoas mais próximas sempre são as mais suspeitas. Familiares, amigos e cônjuges são aqueles que têm acesso aos seus segredos, suas falhas e pontos fracos. É mais fácil ser roubado por quem frequenta sua casa do que por alguém que precisará arrombá-la.

Baseando-me nessa premissa, confesso que minha atenção ficou com James por um bom tempo. Sua postura de urubu, sempre cercando Marina, me causava um estranhamento descomunal. Depois percebi que ele era só o menino adotado pelo figurão que acreditou em seu potencial, deixando aquela pobre alma eternamente grata. James doaria seus dois rins por aquela família, que o transformara no playboy que ele tão orgulhosamente ostentava ser.

Obviamente, Helen passou a ser o meu alvo da vez. Ela tem toda a pinta de viúva-negra. Aquela mulher, por mais gentil que pareça, me causa arrepios, e pouca gente já conseguiu isso. No entanto, tudo o que eu consegui foi ver que, assim como acontece com Josef, toda história mal contada sobre Helen acaba em um precipício.

A parte constrangedora é dizer que Marina também esteve na minha lista, e isso criou o maior dilema da minha vida. Felizmente, logo descobri que ela só foi posta no cargo de presidente como âncora para fazer o seu sobrenome pesar na cadeira do mandachuva. Ela nunca presidiu nada na verdade, só servia aos propósitos da mãe, que a comandava com a ajuda de James, dos outros sócios e também de Carl. Inclusive nas expansões, aquisições e afins, que sua mãe desfez em semanas ao retornar ao trabalho. Tudo parte de um esquema de lavagem de dinheiro, pagamento de propina e desvio de recursos. Foi assim, tudo premeditado e executado com maestria até eu aparecer e, com o meu delicioso sex appeal, convencer Marina a tomar uma atitude diferente da prevista. Talvez esse tenha sido o momento de instabilidade necessário para fazer alguém meter os pés pelas mãos. Mas quem? Não importa, eu vou descobrir. Se não for o meu atual suspeito, ele vai me ajudar a chegar até ele.

Passo os próximos dias sendo a sombra de Carl. Eu o sigo de casa para o trabalho, do trabalho para casa e para todos os restaurantes, clube de golfe e casas de massagem dos quais ele parece ser sócio. É em um desses momentos de investigação que meu telefone toca.

– Oi, perseguidora.

– Oi, Erik. Acabei de receber uma foto sua no meu e-mail. Que brincadeira é essa?

– Foto minha?

– É. Você está dentro de um carro preto. Acabou de chegar outra... Você está no mesmo carro, mas agora ao telefone. Erik, o que está acontecendo?

– Clarice, você vai desligar o telefone, pegar o seu marido e os meninos e ir para o nosso lugar seguro. Você sabe qual, não sabe? – digo, tentando conter a aflição.

– Sei.

– Então, vai.

Assim que desligo, Carl sai do restaurante e acena brevemente em minha direção. Só tenho tempo de olhar seu sorriso sarcástico antes que ele entre no carro de vidros escuros. Formulo um xingamento, mas não tenho tempo de pronunciar, pois meu telefone está tocando novamente.

– Clarice, não temos tempo para isso. Saia já daí!

– Como é? Está maluco? É o James que está falando.

– Oi, James, desculpe. Pensei que fosse minha irmã me infernizando. Algum problema? – digo, tentando encontrar o carro escuro no meio do trânsito.

– É o pai da Marina, cara... Ele morreu.

Anote aí: para tudo desabar, basta um segundo transcorrer.

35

UM DIA ANTES

"Tem gente a sorrir e a chorar
E assim, chegar e partir
São só dois lados
Da mesma viagem."

("Encontros e Despedidas", de Milton Nascimento e Fernando Brant, interpretada por Maria Rita)

Há tempos eu não via um dia tão bonito. Talvez os dias estivessem todos iguais, e eu é que não vinha notando o céu sem um risco de nuvem para atrapalhar o seu azul.

Acordo disposta e resolvo dar uma volta. Da rua, o clima está ainda mais gostoso. Nem o vento gelado estraga minha caminhada até a loja de jardinagem. A samambaia especial conseguiu sobreviver a minha falta de talento para a jardinagem, mas está com uma aparência descuidada, e eu pesquisei na internet algum meio de salvá-la.

Compro tudo de que eu precisava, paro no caminho para um lanche e volto para meu apartamento. Assim que chego, olho para o aparelho de som, que não é ligado desde a morte de Adam. Resolvo trazê-lo de volta à vida. *Matchbox Twenty* vibra alto nos alto-falantes. Eles cantam sobre uma garota que pensa demais no futuro, tem crises por isso, culpa o namorado e espera a chuva chegar para abafar seus pensamentos e fazê-la dormir. Mas a chuva nunca vem...

Ah... Adam, você devia ter um manual meu escondido em algum

lugar. Acho que você o consultava de vez em quando, decorava meu funcionamento e ignorava meus defeitos de fábrica. Pena que, com sua partida, esse manual também tenha desaparecido.

Suspiro forte e canto alto. Começo a preparar o vaso novo e leio as instruções que peguei na internet como quem segue uma receita de bolo. Enquanto minhas mãos trabalham, minha mente se acalma. Embora haja música, parece que o mundo está mais silencioso hoje.

Os minutos passam e eu continuo absorta na quietude do dia. Horas depois, o celular toca e eu deixo a pequena pá cair. Meu coração acelera e eu sei que algo está fora do lugar. Você já olhou para a janela da sua casa e teve a sensação de estar vendo outra paisagem?

Encaro o visor e me deparo com o número da minha mãe. É tão raro eu ter momentos de premonição que é normal duvidar deles. Nesse caso, preciso duvidar. É o meu último segundo de esperança.

A voz do outro lado tenta ser amena, tenta adiar a notícia e a dor, mas cada nervo no meu corpo parece reconhecer aquele momento. Eu já conheço a morte e também o jeito como as pessoas se constrangem ao pronunciá-la.

Saiba que ninguém conhece nada sobre esse momento até vivenciá-lo. É impossível prever o que é receber a notícia de que alguém que você ama simplesmente não existe mais. Justamente porque essa notícia é o mesmo que anunciar que não haverá mais abraços, telefonemas e almoços de domingo. Nunca mais você vai ouvir a risada, sentir o cheiro ou aquele carinho característico. E, do mesmo jeito que você não pensa em como seria o mundo sem você, ninguém está preparado para ver os dias sem as pessoas que fazem parte deles.

Ao desligar o telefone, tento chorar, mas a dor é tão grande que eu não encontro uma forma de tirá-la de mim. Parece uma enxurrada tentando se esvair por uma bica.

Olho em volta e vejo o dia ameno se despedaçar. As músicas, a terra espalhada sobre a mesa e a samambaia no vaso novo agora parecem lembretes de outra ausência. A morte cruzou minha vida por três vezes, e em todas elas eu me perguntei o que restaria. O que sobraria depois da perda? Depois do serviço funerário, dos pêsames e do luto? A morte me visitou por três vezes e eu ainda não sei a resposta. Ainda me pergunto o que restou da jovem esposa, da promessa da maternidade, e ainda não sei o que restará da filha. O que acontece quando a gente volta para casa, quando os dias passam e você realmente se dá conta de que a morte é irremediável e que não houve despedida? Não consigo me lembrar do último beijo que dei em Adam, da última carícia que fiz em minha barriga e da última vez em que meu pai me abraçou sabendo quem eu era. Estou certa de que essas sensações me acompanharão pelo resto dos dias, e esse é o fardo de quem fica.

Enquanto tomo banho e me preparo para as horas que virão, luto para não lamentar o fato de não ter me despedido. Eu sabia que a partida de meu pai estava próxima, os médicos me avisaram de que o organismo dele ficava a cada dia mais debilitado. Por esse motivo, quase fiz plantão na clínica desejando um momento de lucidez, nem que fosse o último, como vemos nos filmes. Desejei ardentemente que ele acordasse um dia perguntando por mim. Vislumbrei uma longa conversa no jardim, nós dois sentados de mãos dadas e ele me dizendo que eu estava muito magra. Imaginei-o começando a falar devagar, suspirando de leve e demonstrando cansaço conforme o sol caminhasse no céu. Previ até as minhas lágrimas ao me despedir sabendo que seria a última vez, pois, na manhã seguinte, ele voltaria a me esquecer. Agora eu tenho que aceitar que esse momento não virá amanhã nem depois, e não há nada que eu possa fazer para mudar esse fato. Acabou.

36

"Será que eu vejo apenas o que você não vê?
Eu não entendo como você não pode perceber
Que eu não sei mais, eu não sei mais...
Eu não sei mais o que fazer!"

("Luz Antiga, composta e interpretada por Nando Reis)

Nem troco de roupa. Dou meia-volta e vou direto para o apartamento de Marina. Mentalmente, estou ensaiando o que dizer, o que fazer e como abraçá-la, mas não consigo me concentrar. Meus pensamentos se misturam ao ódio que estou sentindo de Carl e preocupação com a minha família. Meu lado lógico insiste em repetir que um e-mail não significa nada. Eles devem ter encontrado o endereço de e-mail da Clarice rastreando meu computador ou coisa do tipo. Nada mais.

O caminho parece duas vezes maior do que de costume. Leva uma eternidade para eu cruzar algumas ruas, largar o carro em local proibido e subir os andares que me separam de Marina. Meu coração parece querer escapar pela minha boca e a veia saltadora parece pegar do meu pescoço até minha testa. Quando ela abre a porta, está dentro de um vestido preto e de uma áurea de tristeza quase palpável. Seu cabelo está preso e enjaulado em um coque, seus olhos estão baixos e sua palidez é de machucar. Ela não diz nada, eu não digo nada. Apenas nos abraçamos e eu quero que o mundo acabe só para não ter que vê-la chorar.

Já fui a muitos funerais. Infelizmente, dois deles para enterrar os meus pais. Confesso que não sou muito bom nesses momentos de exposição da dor. Quando meu pai morreu, eu era criança e só consegui ficar sentado ao lado da minha mãe. Lembro-me de rezar mais para que ela não caísse dura do que pela alma do meu pai. Não que eu não estivesse sofrendo com a morte dele. Eu estava, só que a ferida era maior do que um menino poderia suportar, então me concentrei em outra coisa. Minha cabeça infantil só conseguia pensar que, se minha mãe não aguentasse, todos nós acabaríamos morrendo com aquela tristeza. No fundo eu estava certo. A ausência de meu pai devastou nossa família, e a tristeza só precisou de alguns anos para levar minha mãe também.

Agora, olhando Marina inerte recebendo condolências, me pergunto se eu conseguiria fazer por ela o que não consegui fazer por ninguém. Não evitei que o coração do meu pai arrebentasse de tanto trabalho, preocupação e péssima qualidade de vida. Não consegui trazer de volta a alegria para os olhos de minha mãe e não salvei Luciana. Dessa vez tem que ser diferente. Eu simplesmente preciso arrumar um jeito de tirá-la desse inferno e fazê-la feliz.

Enquanto o grupo de amigos cerca Marina, vou até o lado de fora para fazer uma ligação. Eu sei que não é educado, nem de bom tom, mas preciso informar o que aconteceu. Pela primeira vez, eu preciso de ajuda.

Após dois toques, a voz de sempre me atende:

– Oi, Erik.

– Você precisa me ajudar.

Ele demora alguns segundos para responder. Sei que está surpreso – e preocupado – com o meu pedido inédito. Talvez o tom aflito do meu telefonema tenha deixado a situação ainda mais tensa.

– O que aconteceu, Erik?

– O pai da Marina morreu.

– Eu sei.

– E eu não consigo estar em dois lugares ao mesmo tempo.

– Diz o que precisa.

– Carl me mandou um recadinho e você precisa se certificar de que minha irmã e a família dela estão bem. Eu os mandei para um abrigo que construí no quintal da casa deles. Assim que você garantir que o perímetro está seguro, eu os aviso. Depois você vai precisar manter gente por perto por um tempo.

– Claro. Faço isso agora.

– Ótimo.

– O que mais?

– Mais nada.

– Não precisa de ajuda com o Carl?

– Não. Ele é meu.

– O que vai fazer?

– O que eu faço de melhor... Agora preciso ir.

– Se cuida.

Assim que volto, vejo Marina com a cabeça encostada no ombro de um cara que não é o James. Um frio percorre meu corpo e eu tenho vontade de me aproximar fazendo cara feia, mas me seguro. Pode ser um primo gay, um pastor ou... Minhas opções são poucas.

Acalmo meu semblante e caminho despretensiosamente em direção a eles. O cara é alto, tem o cabelo loiro, meio comprido, e está vestido mais informalmente. Ele me vê antes de Marina e abre um meio sorriso.

– Você deve ser o namorado – ele diz, me estendendo a mão, enquanto Marina desencosta dele.

– Erik. E você é? – Aperto sua mão com firmeza.

– Esse é o Samuel. Nós nos conhecemos na clínica em que o papai estava internado. Ele me ajudou muito nos últimos tempos – adianta-se Marina.

Era tudo o que me faltava. Um homem com cara de cantor de rock inglês consolando minha garota enquanto eu tentava consertar o planeta.

– Você trabalha lá? – pergunto, rezando pela opção enfermeiro gay.

– Não. Tenho um restaurante. Meu negócio é cozinhar. Minha mãe está internada lá – ele responde com simpatia.

O jeito como Priscila olha e sorri para ele elimina a opção cozinheiro gay e eu sinto minha orelha esquentar. Mas que diabos...

– Prazer em conhecê-lo, Samuel.

– Pode me chamar de Sam.

Que simpático, né? Sam, Samizinho, olha que fofo, que bonzinho! Otário, ladrão de namoradas, aproveitador de mocinhas tristes, filho de uma... Estou com vontade de te dar um soco só para te tirar do lado da Marina, pois esse lugar é meu, seu babaca. Mas, em vez disso, vou dar um sorrisinho amarelo, vou pedir licença e me dirigir até a mesa para pegar um copo cheio de qualquer coisa para fingir ter classe e não arruinar – ainda mais – esse momento da vida da minha Marina.

Engulo as palavras e o líquido fazendo um esforço que jamais imaginei precisar fazer. Estou inquieto, nervoso, quase ofendido. É um sentimento difícil de conter, uma angústia incontrolável... Enfim, ciúmes. Cá entre nós, estou petrificado de medo só de imaginar que a minha falta de assistência possa ter aberto espaço para a concorrência. Citação péssima, eu sei, mas minha cabeça é vulgar, sobretudo quando eu fico nervoso, e, nesse caso eu estou trêmulo de raiva.

James se aproxima, enche seu copo e me olha com cara de riso. Eu sei que ele vai debochar. É a desforra do cara. Eu entendo.

– Você está vermelho, Erik.

– Pois é...

– Chato ter mais testosterona no grupo, não é? Eu tentei dar um chega para lá no cozinheiro, mas eles formaram um tipo de grupo de apoio. Eles compartilham as desgraças ou algo parecido. Não sei...

– Não provoque.

Ele ri, depois me dá uns tapinhas no ombro:

– Não esquenta, cara, estou de brincadeira. Eles são só amigos, só se sentem à vontade para falar sobre as coisas que só quem vive pode entender.

– Será? – baixo a guarda.

– Eu sou o melhor amigo dela, a conheço desde quando ela usava maria-chiquinha, e a única vez em que Marina falou sem rodeios o que sentia foi em uma festa pós-morte que ofereci ao Adam e ela estava de porre. Tem gente que tem amigo de pôquer, de copo, de futebol, de trabalho, de acampamento... Essas coisas. Samuel é o amigo de sofrimento, só isso.

– Obrigado – e retribuo os tapinhas nas costas.

Aos poucos, as pessoas começam a se despedir e a sala, a esvaziar. Vejo Marina sentada em uma cadeira olhando para o jardim. Não é preciso ser vidente para saber o que se passa em sua cabeça ou coração. Provavelmente uma cena de sua infância correndo por esse quintal enquanto seu pai dizia alguma coisa da varanda, ou quem sabe os dois sentados no caramanchão olhando a chuva molhar a grama. De repente ela está se lembrando de seu casamento e revendo a cena em que seu pai a entregou para Adam. Ah... Marina, eu posso fazer tudo por você, garota, só não posso trazê-los de volta.

Eu me preparo para ir até ela e chamá-la para irmos embora quando um cara fortão, com rosto de quem deveria estar em alguma passarela, entra chamando por Melissa sem fazer cerimônia. Tento não notar que ela parece amedrontada e que ele parece um leão andando ao encontro dela. Os dois conversam baixinho por alguns instantes e ele a segura pelo punho. Não me contenho e vou até lá.

– Está tudo bem aqui?

Ele me olha com desprezo, não responde e volta a encarar Melissa.

– Melissa, está tudo bem? – insisto.

– Vá embora. Eu já disse que não quero mais te ver. É o funeral do pai da minha amiga, pare de fazer escândalo – ela sussurra para o cara.

– Então vem comigo.

Ela não diz nada, e eu volto a interferir.

– Ela te pediu para ir embora, cara.

– Fica quieto. Você não tem nada a ver com isso. Eu nem te conheço.

– Está certo, não tenho mesmo, mas você está na casa da família da minha namorada, que está sofrendo porque acabou de enterrar o pai, e também está incomodando a amiga dela. Então, camarada, se você continuar com essa postura e fizer um barulhinho que seja, vou ter tudo a ver com isso e você vai ter que se ver comigo.

Ele solta o punho de Melissa e pergunta uma vez mais:

– Você vem ou não comigo?

Ela olha para mim, depois o encara e responde com firmeza:

– Não. Nem hoje nem nunca mais.

Dois segundos depois, ele já está se dirigindo à porta, pisando duro e esbanjando aquele gingado ridículo que todo homem marrento faz para se sentir imponente.

– Você está bem mesmo? – pergunto a Melissa.

– Estou aliviada. Obrigada, Erik.

Olho em direção a Marina, que estica um dos lados da boca para mim. Um calor invade meu peito e eu descubro que aquele sorriso é o que eu mais quero.

37

"Por causa de você bate em meu peito
Baixinho, quase calado
Coração apaixonado por você
Menina que não sabe quem eu sou
Menina que não conhece o meu amor."

("Por Causa de Você, Menina", composta e interpretada por Jorge Ben Jor)

O dia seguinte é sempre aquele dia surreal em que você abre os olhos e se questiona se viveu tudo aquilo ou se teve apenas um pesadelo. Ouço barulho vindo da sala e caminho até lá. Erik está sentado no sofá lendo alguma coisa no celular e tomando café comprado. Não sei bem se a sua presença me deixa feliz simplesmente porque tudo parece menos errado quando ele está por perto ou se me entristeço, pois tê-lo em meu sofá com expressão de pesar é a prova de que tudo foi real.

– Oi. Comprei o café da manhã – ele diz baixinho, parecendo não querer me assustar.

– Obrigada.

Pego o pacote, abro e vejo que, além do café, tem meu muffin favorito. Sento-me ao seu lado e ele passa os braços em volta de mim. É tão bom tê-lo comigo que quase me esqueço de que ele esteve longe, sem me dar notícias e me fazendo acreditar que não o veria mais.

– Eu queria tanto ter alguma coisa linda e consoladora pra te dizer – ele fala e beija meus cabelos.

– Eu sei – respondo sem olhar para ele.

Sinto-me tão oca que não consigo retribuir, demonstrar afeto ou cobrar explicações. Coloco o pacote intacto na mesa e volto para o quarto. Separo uma roupa e sigo para o chuveiro. Minha cabeça pesa uma tonelada, e minha garganta parece querer fechar a cada instante.

A água escorre, me fazendo carinho, e eu só penso em voltar a dormir. Inesperadamente, Erik abre a porta do box e me olha profundamente. Ele fica em silêncio por alguns segundos, balançando a cabeça e parecendo buscar as palavras.

– O que foi? O que você quer? – pergunto friamente.

– Eu quero que você fale. Quero que chore, que jogue algum vaso na parede, que grite, me xingue ou qualquer coisa do tipo. Eu quero que você diga que eu te abandonei no pior momento que eu tinha para fazer isso, que quer que eu vá para o inferno e que uma porcaria de muffin não vai te fazer esquecer que eu prometi que seria o seu namorado e não fui. Eu sei que disse que seguraria a sua mão, que eu seria o cara que estaria ao seu lado e que você não precisaria passar por isso sozinha. Eu sei.

– Então por que é que você quer que eu ainda diga alguma coisa?

– Porque não dizer é desistir. Por favor, não desista de mim.

Sinto gotas diferentes começarem a descer pelo meu rosto e me dou conta de que estou chorando. Erik entra no box, me abraça e fica debaixo do chuveiro comigo. O choro que começou leve começa a ficar mais intenso, e em instantes eu me desmancho inteira. Encosto minha cabeça em sua camiseta molhada e me deixo sofrer. Eu choro, reclamo, falo coisas sem nexo e ele permanece me abraçando, beijando meus cabelos e me embalando como seu eu fosse um bebê.

– Por que você voltou, Erik? Por que não fugiu disso tudo? Você sabe que a minha vida é uma encrenca, eu sou uma encrenca, nada dá certo... – digo em tom mais alto do que deveria e chorando mais do que eu já consegui chorar em toda a minha vida.

– Você é encrenca, eu sempre soube. Mas você é a minha encrenca, Marina. Entende isso?

– Eu não sou a donzela à espera de um príncipe. Você sabe.

– Ainda bem, pois de príncipe eu só tenho a boa pinta.

Sorrio entre as lágrimas.

– Eu te amo, Marina. De verdade! Quando eu vi sua cabeça encostada no ombro daquele cara, fiquei louco.

– Não há nada entre mim e Sam.

– Eu sei, minha cabeça sabe, mas mesmo assim eu fiquei com vontade de socá-lo.

Desligo o chuveiro e puxo a toalha. Erik arranca a camiseta e também começa a se secar.

– Você sumiu, Erik. Simplesmente desapareceu. Como queria que eu continuasse a acreditar que você ainda se importava? Como eu posso me sentir segura? Às vezes penso que seu telefone vai tocar a qualquer instante e você vai voltar a desaparecer – desabafo.

– Marina, eu não vou prometer que a gente nunca vai se perder um do outro. Alguns casais se perdem morando na mesma casa. Mas estou te dizendo que, quando eu fecho os olhos e imagino o futuro, é você que está no sofá tomando cerveja e assistindo algum jogo de basquete comigo. A maldita samambaia está lá pendurada na varanda e eu ainda não consigo definir qual é a cor do seu cabelo, mas continuo achando que é a cor mais incrível que eu já vi. O James vai continuar sendo um urubu cercando a nossa família. Você sabe que ele nunca vai se casar e vai acabar passando todos os natais conosco porque você vai insistir que ele venha por medo de ele acabar em algum prostíbulo de luxo se escondendo da solidão. Eu também temo isso e compro uísque caro para agradar o cara, que também virou meu amigo com o passar dos anos.

Ele suspira, me pega pelos braços e continua:

– Eu não prometo que nunca vou errar, mas eu vou tentar consertar esses erros todas as vezes. Não posso jurar que jamais vou te magoar, mas juro que nunca vai ser intencionalmente. Marina, é você, com todas as suas encrencas, que eu quero na minha vida, mas eu preciso saber se você ainda me quer na sua.

Minha garganta trava novamente. Eu tenho tanto medo do futuro...

– Feche os olhos, se imagine daqui a dez anos e me diga o que você vê. Anda, Marina! Feche os olhos, o que você vê? – ele insiste.

Fecho minhas pálpebras trêmulas e não vejo nada. Meu futuro já mudou tantas vezes que tenho medo de tentar abrir mais uma vez essa cortina. Sinto as mãos de Erik soltando meus braços e seu corpo se afastando do meu. Ele me dá espaço, parecendo não querer interferir em meu momento. Permaneço de olhos fechados e respiro fundo. Eu sei o que desejo, mas temo desejar. Sei o que quero ver, mas e se esse futuro nunca chegar?

Abro os olhos e vejo que estou sozinha. Troco de roupa, entro no quarto e Erik está sentado na cama. Da porta, consigo ver uma ponta da samambaia que aquele homem tão generoso recebe no seu futuro porque aceita todas as partes que há em mim.

Penso em Adam me dizendo que sempre estou olhando para o lado errado. Sempre olhando para o passado quando planejo o futuro e sempre pensando no futuro ao analisar o passado. Ele nunca me levava a sério. Ele me via com a compaixão de quem olha para uma criança e sabe que ela comete erros, porque é isso que pessoas sem experiência e inocentes fazem. Porém, eu não sou mais aquela menina, não posso mais ser. É hora de crescer.

Vou em direção ao Erik, me ajoelho entre suas pernas, fecho os olhos e começo a falar:

– Eu me vejo em um lugar no qual eu sou apenas a Marina, sem sobrenome. Eu não sei o que eu faço, mas não tem nada a ver com os negócios da minha família. A minha casa é ensolarada, e, sim, a porcaria da samambaia está lá. Tem também uma foto minha sentada no colo do meu pai. – Lágrimas surgem, mas eu continuo. – Duas crianças correm pela casa, e talvez elas sejam adotadas, porque há grandes chances de eu nunca mais poder gerar um filho, mas isso não é importante, porque o que eu sinto quando as vejo dormindo é tão grandioso que todo o resto do mundo parece pequeno. E James, bem... Ele vai vir nos Natais e em todos os outros feriados, porque você está certo: ele vai precisar de um lar para não notar a sua solidão.

Abro os olhos e vislumbro o semblante calmo de Erik. Nesse instante, como um susto bom, percebo que o amo.

– E é você que sai do chuveiro, se secando e vindo com a pele ainda úmida para a cama. É você que me irrita todo santo dia, mas que me faz te perdoar todo santo dia. Acho que é porque você está bronzeado e eu ainda te acho o homem mais bonito que eu já vi na vida. Nós vamos para a casa da sua irmã nas férias de inverno e vamos levar as crianças à praia no verão e vamos brigar no caminho como dois velhos ranzinzas. Mas eu sempre vou voltar para casa, vou abrir a minha caixa mais bonita e vou fazer uma nova anotação naquele cartão-postal, que eu vou guardar para sempre como prova de que, não importa o que aconteça, a gente sempre arruma um jeito de voltar a ser feliz.

Ele se abaixa, me beija de leve e sussurra:

– Então é atrás desse futuro que estamos indo, e eu não vou desistir até te ver nele.

– Eu também não, mas vê se não dificulta.

– Vou fazer o meu melhor.

É possível que, dias depois, tudo vá por água abaixo, mas esse momento é tão intenso, tão verdadeiro e tão bonito que a minha esperança dura mais que um segundo em mim. Ela fica e, enquanto eu como meu muffin predileto, posso sentir o gosto doce de um futuro que se apresenta imperfeito, complicado, mas extremamente bom e totalmente possível.

38

"Ouça um bom conselho
Que eu lhe dou de graça
Inútil dormir que a dor não passa."

("Bom Conselho", composta e interpretada por Chico Buarque)

Não vou dizer que Marina ressurgiu como uma fênix. Para dizer a verdade, ela está mais para um pombo que se enroscou na linha de uma pipa e andava meio torto, mancando e perdido por aí. Ainda assim, sinto que algo nela está mais forte. Ela está ao menos tentando bravamente se manter dentro do plano de acreditar em dias melhores.

A primeira medida do projeto foi colocar o apartamento à venda. Marina disse que estava querendo fazer isso havia muito tempo, mas que acabou adiando. Perguntou se poderia ficar no meu *studio* e eu a recebi com uma euforia que estava fora do meu habitual contexto. Depois, ela se afastou da empresa. Helen protestou, veio com a história da única herdeira e Marina disse que James daria conta. Depois disso, ela passou em sua sala, pegou alguns porta-retratos e simplesmente saiu. Confesso que não acreditei que ela se desligaria de tudo tão facilmente. Desconfio de que ela permanecia atada àquilo tudo pelo pai. E só por ele. Ela e a mãe se distanciaram de maneira irremediável, como se a única coisa em comum entre elas fosse Josef. E agora esse nó estava desatado.

As lágrimas, o desânimo e o excesso de sono ainda a abatem, mas eu os encaro com muita tranquilidade. Acho que Marina está verdadeiramente de luto pela primeira vez. Ela nunca se permitiu sofrer. Parece que via isso como uma fraqueza, algo ruim. Eu, de minha parte, acredito que aquilo que não é vivido, amargado e sofrido nunca sai da gente. Eu me fechei por dias a cada perda. Chorei e esmurrei paredes. Dei surras e até matei. Nada disso diminuiu a ausência da pessoa perdida. Nada disso me fez uma pessoa melhor, mas me fez aceitar tais perdas. Sentir a dor é se resignar diante dela, e Marina sempre fez o contrário: ela sempre lutou. Mas essa é uma batalha perdida e injusta. Não vale a pena.

Testemunhar Marina conseguindo secar as lágrimas e receber os amigos nos fins de semana é assistir a sua cura chegando devagar. Eu nem me importo de ver o Samizinho sem graça cozinhando para todos e fazendo parte desses dias.

Pela primeira vez eu me vejo fazendo bem a alguém, e é estranho dizer isso, mas acho que também é a primeira vez que nos sentimos felizes. Talvez a felicidade não seja só aquela parte deliciosa da paixão, a descoberta do outro e as alegrias do namoro. Talvez ser feliz seja somente confiar que a tristeza não será eterna, que dias bons e ruins se alternarão e que em todos eles vai existir quem te faça companhia.

Ando emotivo, eu sei, mas a culpa é do meu pequeno pombo dilacerado pelas arestas que outros largaram pelo caminho, ferido por algo que ele não provocou, mas que continua a insistir e a voar. Eu já fui esse pombo e, acredite, não é fácil.

Não tenho muita certeza do que ando fazendo. Não raramente volto a desmoronar, e penso que nada disso vai ajudar. Contudo, a presença de Erik é algo que me acalma. Ele continua com conversas sussurradas ao telefone, ainda some algumas horas do dia e sei que há uma parte dele que eu não conheço. Mas agora eu sinto que ele está focado em nossa vida, nos dias que estamos tentando construir aos trancos e barrancos e a me ajudar neste recomeço.

Tudo continuaria nos eixos se eu não interferisse no roteiro. Eu poderia continuar levando a nossa vida, aproveitando o melhor de Erik e seguindo em frente sem sobressaltos, mas algo ainda me incomoda, e é difícil ignorar uma dúvida que insiste em atravessar o pensamento da gente de tempos em tempos.

Dúvida. É isso que te faz sair de onde está. É a dúvida, e não a certeza, que te tira o sossego e bagunça o que estava indo perfeitamente bem. Foi uma dúvida que me fez sair da cama, em plena madrugada, andar a passos lentos e silenciosos em direção àquela pasta. E agora essa mesma dúvida me faz parar e temer o que vou encontrar dentro dela, pois, seja lá o que for, sei que pode me fazer perder de vez o homem que amo.

39

"E se nem tudo estava errado
Quase nada estava certo
Talvez bem longe eu enxergue
O que não vejo aqui por perto."

("Ela Saiu um Dia", composta e interpretada por Marcelo Nova)

Estava tudo acertado. Eu vigiei, planejei e executaria sem problemas. O plano era entregar um pen drive para Carl com as provas que eu tinha levantado contra ele. Dizer que eu tinha uma cópia de tudo guardada em um cofre e que eu a enviaria para a polícia sem pensar duas vezes se ele chegasse perto de qualquer pessoa da minha família, ou seja, eu estava dentro de um procedimento-padrão. Eu o ameaçaria dizendo que iria enviar para os jornais cenas das câmeras de segurança que mostram Carl se encontrando com Mia frequentemente antes de ela abrir o processo contra o Sr. Josef, e também exporia a ligação que ela recebeu de um celular sem registro, na qual uma voz incrivelmente familiar a ameaçou dizendo que a descartaria se ela desistisse do processo.

Era para ser só isso. Juro! Mas a coisa esquentou e eu não tive escolha.

Alguns dias antes, envio um telegrama para Carl usando um nome falso e fazendo o pagamento em dinheiro. A mensagem dizia:

"Compareça à sua festa. Mia e eu esperaremos ansiosos. Levarei seu bolo favorito. Se você não aparecer, vou dá-lo para os cães. Com amor, Zangado."

O local do encontro ficava num canto não muito amistoso do Harlem, onde um coleguinha da agência não oficial me prometeu calmaria.

Carl aparece no horário marcado, sem atrasar um minuto. Está vestido com aquele seu rosto inexpressível e ares de senhor da máfia. Dois seguranças o seguem, e eu confesso que tenho vontade de rir. Os bandidos ricos são muito mais engraçados do que os pobres. Eles têm aquela arrogância de quem já fez muita sacanagem e nunca foi pego. Os olhos de Carl gritam que ele é inatingível.

– Olá, titio. Bem-vindo à festa – digo, ignorando seu ar de poderoso chefão.

– Quanto você quer?

– Como é?

– Anda, moleque. Diz logo o seu preço, porque eu tenho mais o que fazer.

– Espera aí, coroa. Eu te chamei aqui, eu tenho coisas muito interessantes a seu respeito que estão em meu poder, então eu é que distribuo as cartas.

Nesse momento, sinto alguém se aproximando e encostando algo nas minhas costas e, os seguranças, como em um espetáculo ensaiado, empunham as armas em minha direção.

– Que beleza! Agora sim é uma festa – ironizo.

– Olha, eu não sei do que você costuma brincar no seu país, mas as coisas por aqui são diferentes, rapaz.

– É mesmo? E como elas são, Carl? Os poderosos roubam e arrumam laranjas que aceitam uma casa para sua família em troca de apodrecerem na prisão no lugar de gente como você? Ou quem sabe aqui o problema seja que figurões, políticos e a indústria estejam unidos em prol do sistema de vantagens ilícitas e caixas dois? Fala, Carl. Como é por aqui? Porque, honestamente, eu nunca me senti tão em casa.

Ele não diz nada. Só aponta com a cabeça e eu entendo que é para me levarem para um lugar mais afastado e me matarem. Nessa hora eu sei que a situação já saiu do controle e que, daqui para a frente, é no improviso.

Sigo com as mãos para cima, até o cara me empurrar para longe de si e, com isso, cometer a sua derradeira falha. Não se exiba, não perca tempo querendo ver o medo nos olhos do outro ou algo do tipo. Os profissionais fazem o que tem que ser feito. Quando vira prazer, você acaba se enrolando.

Basta um dos caras que estão comigo chegar pelas costas e atirar bem no meio da vaidade do meu algoz. Claro, você não acreditou que eu estaria ali sozinho, não é? Eu estou ativo no meu trabalho, mas dessa vez não estou sozinho. É uma situação pessoal para mim. Não posso correr o risco.

Depois disso, é tiro, correria e carro cantando pneu. Eu me escondo atrás do muro de uma casa que está sendo demolida e respondo os tiros à altura. Não dá tempo de raciocinar. Ajo instintivamente até não ouvir mais nada.

Quando tudo serena, vou conferir a situação. Estou vivo, embora minha perna esteja sangrando. A maioria fugiu, deixando uns poucos caídos para trás. O problema é ver aquele casaco caro esparramado pelo chão. Quando viro o corpo, Carl já está morto e eu não vou dizer que tenho pena, mas também não estou feliz. Isso pode ser um problemão.

Em outros tempos, eu largaria tudo como está, mas resolvo pegar mais um celular descartável e ligar para o chefe.

– Pela hora, você está encrencado – ele atende.

– Eu não. O Carl está. Deve estar chegando no inferno a essas horas.

– Erik, você só me complica! Que raios aconteceu? Você vai acabar morrendo ou me matando.

– Não vou não porque esse foi o meu último serviço, chefe. Vou enviar o relatório e a pasta com tudo o que eu descobri, você dá um jeito no corpo como sempre e ficamos quites. Estou aposentado. Pode estourar aquela cidra lixo que você está guardando para isso.

– Alguém do lado dele sobreviveu?

– Os seguranças que eu vi não, mas alguém fugiu com o carro. Alguém roubou o carro ou tinha mais alguém do bando lá. Mas, a essa hora e fazendo esse tipo de serviço, duvido que seja alguém que possa colocar o rostinho em alguma delegacia.

– Certo. Some daí que eu vou falar com quem manda mais para fazer essa sujeira parecer um crime comum.

- Ok e... Obrigado.

– Está ficando mole, Erik. Está na hora mesmo de se aposentar.

Ando alguns quarteirões até chegar ao carro que aluguei. Arranco o casaco, rasgo uma manga e amarro na perna. Não posso ir para o hospital, e Marina agora mora comigo. Preciso arrumar uma boa história até chegar em casa. Ou posso simplesmente contar a verdade.

Dirijo com dificuldade até o estacionamento, vou até a caixa de energia e desarmo os disjuntores para evitar as câmeras de segurança. Subo as escadas parecendo que estou escalando o Everest e imploro aos céus para que Marina tenha tomado dois calmantes e esteja dormindo profundamente.

Assim que chego ao meu andar, a energia volta e eu não preciso dar mais do que dois passos para ver a luz escapando por baixo da porta do meu apartamento. Entro e vejo Marina sentada no chão. Em volta dela, celulares descartáveis, o dossiê da sua família, o resultado de vinte anos de investigação do Sr. Martinez, as provas que eu consegui contra Carl, duas pistolas e um pouco de munição.

Está escolhida a história que será contada. Vai ter que ser a verdade.

40

"Teu olhar
Não me diz exato
Quem tu és."

("Eu Te Devoro", composta e interpretada por Djavan)

Estava claro que Erik não tinha atribuições comuns. Ele já havia me contado parcialmente sobre sua vinda para os Estados Unidos e, principalmente, para a H&L. A história nunca esteve clara, mas eu preferi não pensar nisso para não chegar à conclusão de que precisaria exigir respostas. O estranho é que eu não tinha medo de que ele me enganasse caso eu o pressionasse. Eu sabia que ele seria direto. Justamente por isso eu temia ultrapassar essa linha. Eu não tinha certeza de que aguentaria a verdade.

Quando encontrei a pasta, pensei em não abri-la, mas nós sabemos que isso seria impossível. Eu só adiaria o problema e ficaria ainda mais angustiada. Melhor arrancar o curativo de uma vez.

A pasta tinha tranca. Apelei para a faca de cozinha e, quando finalmente consegui abrir, tive vontade de fechar novamente. Tente entender. Poderia ter qualquer coisa ali, e, mesmo eu tendo uma vaga ideia do que encontraria, a possibilidade de me surpreender existia.

Fui retirando papel por papel e senti um pouco de tudo durante o processo. Tive raiva por ver tantas coisas ruins sobre o meu pai, tive vergonha por ver o meu nome em alguns artigos de jornal e tive medo da parte que eu não conhecia de Erik. Quando abri o zíper do outro compartimento e encontrei as armas e os celulares, meu coração disparou e eu senti vontade de arrumar as malas e fugir. Foi nesse exato momento que ele apareceu na sala.

Um silêncio pesado fica entre nós enquanto eu olho, consternada, sua perna ferida e ele vê todas as suas coisas espalhadas pelo chão.

Ele apoia a chave no balcão, e o barulho me causa um sobressalto. Eu não queria demonstrar que estou assustada, mas estou, e a minha cabeça não consegue administrar direito tantas informações. Tento resgatar minha frieza, a CEO guardada em mim, mas estou fragilizada demais. Além disso, Erik é, definitivamente, meu ponto fraco.

– Vejo que você resolveu faxinar o armário – ele quebra o silêncio.

– O que houve com a sua perna? – questiono.

– Foi um tiro, mas acho que foi de raspão.

Lá está ele, o Erik direto, destemido e amedrontador.

– Eu não consegui mais ignorar a presença dessa pasta.

– Que pena. Ela só ficaria aqui mais alguns dias.

– Que diabos é tudo isso, Erik?

– Marina, você sabe o que é. Você sabe o que eu vim fazer aqui. Eu nunca menti.

– Pensei que tivesse desistido.

– Não. Só os meus interesses mudaram. Comecei a investigar pelo prazer de fazer isso. Depois, precisei continuar porque não sabia até que ponto a minha ausência nesse caso poderia te atingir.

– Está dizendo que tudo isso foi por mim?

– Você pode não acreditar. Talvez eu também não acreditasse, mas foi.

– Onde você estava?

– Com o Carl...

– É, eu vi. Ele... Ele conseguiu enganar a todos nós. O que vai acontecer com ele?

Erik se senta em uma das banquetas e geme de dor. Depois me encara como se estivesse me vendo pela última vez:

– Ele está morto.

Coloco os dedos sobre a boca, tentando sufocar o susto.

– Você o matou?!

– Não sei... Tinha tiro pra todo lado. Só posso dizer que não fui até lá pra isso. Ele tentou me matar e a coisa fugiu do controle. A intenção era negociar as provas. Ele me provocou mostrando que poderia atingir Clarice. Precisei revidar. Eu tinha que mostrar que ele também poderia sofrer prejuízos.

– Ah... Meu Deus! Que loucura...

Sigo meu instinto e vou até o guarda-roupa. Pego um casaco, coloco um tênis e sigo em direção à porta. No caminho, Erik segura minha mão.

– Eu só fiz o que tinha que ser feito, e fiz para proteger você.

– E agora você vai entregar tudo aquilo para alguém que certamente também está interessado na minha segurança.

– Vou botar fogo naquilo. Eu disse que entregaria, mas jamais faria isso. Principalmente agora que Carl está fora do jogo. Vou escrever um relatório que omita parte da história. Eu sei o que estou fazendo.

– Sabe? Que ótimo. Pelo menos um de nós sabe. Olha, é muita coisa. Não sei se consigo lidar com isso, Erik. É coisa demais! Conspiração, assassinato, dossiê... Eu saí da empresa porque não aguentava mais lidar com ilegalidade. Desculpa, mas não dá.

– Estou fora, Marina. Acabou, me demiti.

– Até quando? Até algum suspeito aparecer? Até uma nova matéria sair no jornal ou o seu telefone misterioso tocar trazendo novidades sobre um caso antigo que você não conseguiria ignorar?

– Espere. Não vá. Vamos conversar. Confie em mim

– Não dá... Agora eu não consigo. Adeus, Erik.

Saio antes que o calor da mão dele cole na minha, antes que o meu amor por ele me faça querer cuidar do seu machucado e, principalmente, antes que o medo apague todo o resto do que eu também sinto por ele.

41

"E quando eu estiver triste
Simplesmente me abrace
E quando eu estiver louco
Subitamente se afaste
E quando eu estiver bobo
Sutilmente disfarce
Mas quando eu estiver morto
Suplico que não me mate, não
Dentro de ti, dentro de ti."

("Sutilmente", de Samuel Rosa e Nando Reis, interpretada por Skank)

Eu tentei de tudo. Liguei, fiz plantão em frente ao apartamento de James, mandei mensagens e enviei para Marina a pasta que ela havia arrombado. Não adiantou. Ela não me ligou nem voltou a me procurar.

Preciso seguir com a vida, mesmo sem ter o mínimo de vontade. Volto à H&L para formalizar minha demissão. Todos estão tristes e abalados com mais um crime estampando o nome da H&L nos jornais. Nesse caso, um assalto malsucedido, que gerou incontáveis matérias sobre o crescimento da violência em Nova York e também sobre as novas tecnologias inventadas para aumentar a segurança dos milionários.

Aproveito para me despedir do meu amigão Jack e prometo que um dia eu volto, nós vamos jogar boliche e a bebida vai ser por minha conta. Falo com sinceridade, desejo que seja verdade e que nós continuemos sendo bons amigos, mas no fundo acho que eu e ele sabemos que não vai passar do primeiro cartão de *boas-festas*.

Aos sair daquele prédio imponente, constato que nunca estive ali de fato. Não consigo me lembrar de meia dúzia de nomes, nem do gosto do famoso chá marroquino. Só me lembro de Marina e de seus mistérios. Tudo sempre foi sobre ela: o trabalho, a cor da gravata e até o elevador. Eu não existi ao longo desses dias; orbitei em volta dela.

Sem escolha, programo a entrega do apartamento, faço o último depósito, esvazio os armários e me sinto perdido. Nada faz sentido. Finalmente consegui priorizar a vida comum e um futuro com menos adrenalina. Eu estava disposto a encontrar um lugar no mundo em que coubesse nossos novos anseios. Desejei um descanso, férias para nossos espíritos doídos e exaustos. Imaginei Marina me mostrando um novo estilo de vida, um com raízes, um lar e uma cama quente.

No entanto, aqui estou eu entre coisas que não importam, ternos que eu jamais vou voltar a usar e pronto para ir embora dos Estados Unidos sem completar meu tour pela cidade. Não está certo. Precisava existir um jeito. Ainda não consegui desistir de nós.

Na insanidade provocada pelo "tudo ou nada" ou ainda pelo "agora ou nunca", minha cabeça febril constrói um plano medíocre em poucos minutos. Após muitas horas tentando me redimir da estratégia adolescente que criei, me rendo. Na falta de coisa melhor, decido colocar o plano em prática. Só me resta arriscar. Pego a samambaia, as roupas que deixou para trás e a nota de cem dólares com as nossas digitais marcadas. Escrevo um bilhete, enfio tudo em uma caixa e deixo com o porteiro do prédio de James, esconderijo oficial de Marina.

As horas custam a passar, adormeço quando o dia já está ficando claro e acordo com o maior torcicolo que já tive na vida. Mesmo assim, levanto depressa, engulo um café, tomo banho e tento ficar com a melhor aparência possível. Pareço um menino a caminho do seu primeiro encontro. O nervosismo toma conta de mim, e eu temo que ela permaneça afastada como fez até agora. Mas eu não tenho o direito de desistir, muito menos de fraquejar. Há uma promessa em jogo, e até agora eu não a quebrei. Preciso manter as coisas assim.

Passei dias enfurnada no apartamento de James. Eu estava aos pedaços e me perguntava se conseguiria voltar a ser alguém inteiro. Além disso, havia um sentimento de medo que me assustava até me tirar o ar. Um medo novo, avassalador e paralisante. E não era medo do Erik; era medo de termos nos perdido um do outro de maneira irremediável. Eu estava aterrorizada porque fui treinada para desconfiar, analisar e me defender, mas dessa vez eu via lógica em atitudes que deveriam me parecer irracionais. De alguma maneira inexplicável, eu entendia o Erik, acreditava nele e sabia que não corria perigo ao seu lado. No entanto, essa constatação era a prova de que ele já havia me tomado por completo, e nada é mais assustador do que isso.

O nome de Carl apareceu em todos os jornais, mas de um modo aparentemente mais frio e menos invasivo. Todos comentavam o assunto como mais uma fatalidade, fruto da frieza da metrópole. Aos poucos, as manchetes viraram pequenas notas e o assunto amornou, como todo o resto.

Erik não se ausentava da minha mente um minuto sequer, mas as coisas entre nós pareciam uma montanha-russa e eu não sabia se teria estômago para viver isso por muito tempo. Era tudo muito intenso. Ele era demais para mim, demais em mim. Nossos momentos altos eram grandiosos, deliciosos e promissores. No entanto, nossos baixos momentos eram dignos das páginas de um romance policial. Não sei se tenho o perfil desse tipo de mocinha, sabe? Não sei como me fazer caber nessa vida por muitos anos e ainda assim ser feliz. O problema é que essa história já é a minha, e eu não consigo simplesmente fugir. Combinaria muito comigo seguir em frente fingindo que nada daquilo aconteceu, me abalou, estremeceu minhas ideias, meu coração e grande parte do meu ser. Eu faria, mas já não posso mais...

Na manhã de um dia frio e nublado, James entra na sala trazendo café e uma caixa com meus pertences. Reconheço de longe a ponta de um casaco e as folhas da samambaia que despontam fora do papelão.

– Ele foi embora, J?

– Não sei, Marina. Mas tem um envelope em cima da caixa. De repente ele te conta se o seu galã ainda está por aqui.

– O que eu faço?

– Rasga o envelope e lê o maldito bilhete logo.

– Não é isso. Estou dizendo que, se ele ainda estiver aqui ou tiver ido embora, o que eu faço?

– Marina, isso só você vai poder responder. Leia o que ele te mandou e faça a primeira coisa que vier à sua mente. Pronto.

É um bom conselho. Ligeiramente irresponsável, admito, mas mesmo assim é uma boa alternativa deixar a primeira emoção dominar. Nunca fiz isso e talvez essa seja a razão de todas as minhas más escolhas.

Quem sabe o sentimento mais genuíno seja aquele que aparece sem preparo, sem análises ou ponderações. Talvez o instinto seja apenas a nossa lógica pegando um atalho para se livrar da burocracia da razão.

Preciso de um sinal. Portanto, vou aceitá-lo. Vou ler a carta e me permitir sentir as palavras e as intenções de Erik. Estou certa de que alguma coisa escondida dentro daquele momento vai me levar ao melhor futuro, um futuro sem desconfiança, que pode não estar nos meus planos, mas que, ainda assim, vai me fazer feliz. A nós dois. Preciso resolver esse conflito. Já é hora de decidir.

42

"Eu mudaria
Até o meu nome
Eu viveria
Em greve de fome
Desejaria todo o dia
A mesma mulher."

("Por Você", de Roberto Frejat, Guto Goffi e Mauro Santa Cecília, interpretada por Barão Vermelho)

Não é difícil avistá-lo. O dia está tão gelado que poucos se aventuraram ao passeio. Fico alguns minutos observando Erik e sorvendo o gosto dessa sensação nova e inebriante. O que eu não faria para congelar este instante? Ele bem ali adiante, observando o horizonte com o olhar aflito, enquanto algo no mundo nos trouxe até aqui.

Ainda tenho medo, tantos que prefiro não mencionar. Desconfio que a esta altura você já os conheça de cor. Contudo, não posso ignorar o fato de que, entre todas as pessoas que cruzam o céu e voltam a cruzá-lo, foi ele que veio parar bem no meio da minha vida.

Adam me ensinou que tudo é como tem que ser e que não adianta lutar contra aquilo que já se instalou em nosso destino. Essa frase foi dita em um momento distinto, um que ficou tão longe que mal consigo me lembrar, mas, neste exato momento, quando vislumbro as possibilidades oferecidas, gosto de acreditar que Adam era algum anjo que recebeu a missão de passar alguns anos comigo e que me ensinou tudo o que pôde em tão pouco tempo.

Estou certa de que ele sempre vai aparecer nos meus pensamentos, que o seu sorriso habita alguma nuvem e que ele é parte de algo maior do que eu, você ou esse mar. Todos aqueles que partiram, mas deixaram algo em nós, são parte daquele infinito sagrado e misterioso. Estou certa de que sempre vou amá-lo também.

Dou alguns passos e Erik me vê, desencosta do parapeito e tenta sorrir. Eu me aproximo e ele diz:

– Você veio. Já estava aflito.

Abro a bolsa e retiro o envelope. Pego o bilhete e o leio em voz alta:

"*Marina, você trouxe consigo todas as perguntas que eu temia fazer por não haver respostas. Você e toda a sua confusão invadiram a minha vida, e, quando dei por mim, já estava acreditando que a minha imperfeição não era tão má assim.*

A primeira vez que te vi, tudo deu errado: seu pneu furou, havia uma tempestade e você pagou minha gentileza com cem dólares. E o pior: eu aceitei. Mesmo assim, algo já havia acontecido, e eu só me dei conta disso quando vi novamente nossas digitais entrelaçadas naquela nota.

Tudo bem as coisas serem confusas. Você me ensinou que eu não preciso de respostas desde que entre todas as dúvidas haja eu e você."

Quando termino de ler, tenho lágrimas nos olhos. Respiro fundo, mas a emoção já está instalada em mim.

– Sabe por que eu vim? – digo, com a voz embargada.

Ele só balança a cabeça, como fazíamos deitados na cama, tentando não permitir que nossas palavras estragassem a magia do momento.

– Porque eu me sinto exatamente assim – continuo. – Porque eu sinto que, de alguma maneira, você estava destinado a mim e eu tive medo desse destino. Ainda tenho... Ainda desconfio do futuro, mas parece que você é a *minha* encrenca também. O que eu posso fazer?

Ele me enlaça, me beija, me aperta e me levanta do chão. A Estátua da Liberdade testemunha mais um momento apaixonado entre tantos abraços, lágrimas e juras que já presenciou. Mas, desta vez, me agrada imaginar que nossa imagem entrelaçando as imperfeições das nossas vidas na perfeição da esperança a fez lamentar ser feita de pedra e não poder conhecer o calor do carinho, do toque e da lágrima de alguém.

Quem diria... Quem começou usando todas as credenciais de vilão acabou sendo o grande mocinho. Certo, eu admito que não foi como deveria. Poderíamos ter evitado alguns dramas e muito sangue, mas eu fiquei com a garota e com o plano de aposentadoria. Como dizem os mais velhos: pra quem é, está bom demais.

Marina e eu decidimos que não resolveríamos nada com pressa. Por enquanto, cuidaríamos do dia e planejaríamos no máximo a noite. O futuro chegaria de uma forma ou de outra. Melhor que ele, ao menos, seja repleto de boas lembranças.

Estamos provisoriamente instalados em um local sigiloso e seguro. Direi apenas que por estas ruas de pedra caminham lavadeiras e intelectuais, que por aqui há música na calçada, arte nas janelas e Deus em sua grandeza e beleza por toda parte. Digo também que ela gosta de ver o cair do sol sentada no parapeito da janela, e a luz que oscila sobre os seus cabelos combina demais com ela.

Antes que você pense que eu amansei, digo que só mudei o foco. Eu era um cara solitário, e por isso achava que precisava ocupar meu tempo, me sentir importante e maioral. Exceto pela solidão, tudo continua exatamente igual. Só que agora ocupo meu tempo beijando a mulher que amo, me sinto importante quando a vejo dormindo tranquilamente, sem um pesadelo ousando incomodá-la. Acredite: quando estou com ela, eu sou o maioral.

Sei que a vida não vai ser sempre assim. Não teremos férias eternas, mas, honestamente, não estou preocupado. Esta pausa é merecida. Nem eu nem Marina tivemos uma juventude comum, e ainda somos jovens. Ainda temos tempo, e temos também o direito de passarmos horas deitados na rede, decorando os traços e as curvas um do outro. Merecemos amadurecer a parte boa do amor. Começamos pela dificuldade. A lua de mel já está paga.

Agora, enquanto ela sorri para mim de um jeito inebriante e só meu, tenho certeza de que, seja lá o que vier, será nosso. Estamos misturados, fundidos, e ninguém separa dois lados da mesma moeda ou duas digitais na mesma nota. Você escolhe.

Epílogo

"De todos os loucos do mundo eu quis você
Porque eu tava cansada de ser louca assim sozinha
De todos os loucos do mundo eu quis você
Porque a sua loucura parece um pouco com a minha."

("De Todos os Loucos do Mundo", composta e interpretada por Clarice Falcão)

— Marina, vem depressa!

– A gente vai morrer aí.

– Como é? Morrer? – gargalho alto. – Deixa de firula, mulher, vem logo!

Ela sai de dentro da sala e pisa na areia com os pés descalços. A ventania sacode o seu vestido e quase arranca a flor presa nos seus cabelos.

– Está frio, relampeando... Nós não deveríamos estar aqui – ela diz, tentando mostrar maturidade, mas não consegue evitar o sorriso.

– Você não está percebendo a perfeição do momento?

Nós dois olhamos para cima e encaramos o céu cinza, revolto e bravo. A chuva começa e o vestido branco de Marina cola em seu corpo.

– Você é a noiva mais linda que poderia existir.

– E você também não é nada mal.

O vento quase dobra os coqueiros, e o mar esbraveja feito um leão.

– Tem certeza que não quer fazer isso da maneira tradicional? – pergunto uma última vez.

– Cartórios, papéis, assinaturas, testemunhas e cumprimentos eternos? – ela rebate.

– É. Não combina muito com a gente.

– Erik, sem papéis, sem sobrenome e a nossa tempestade como testemunha. Isso combina com a gente.

Enfio a mão no bolso e pego as alianças. Tomo cuidado para não deixá-las cair, porque eu jamais conseguiria encontrá-las na areia que sacudia ao sabor do tempo. Pego a mão gelada, fria e fina de Marina, coloco a aliança em seu dedo e digo:

– Não há outro lugar do mundo em que eu gostaria de estar, não há outra pessoa no mundo que enfrentaria uma ou muitas tempestades comigo. Essa aliança é só um sinal de tudo o que a gente já é.

Ela tira a outra aliança da caixa, coloca em meu dedo e sorri. Tudo nela sorri: os olhos, os vincos das bochechas e as suas mãos, que apertam as minhas. Ela não precisaria dizer nada. Já estou satisfeito com esta visão. Mas ela diz mesmo assim:

– Como era a vida antes de você? Eu olho para trás e parece que tudo o que eu vivi foi para chegar até aqui. Isso é de verdade, é real, e não importa o cenário inusitado ou as ironias desta trama. Não existe nada mais concreto do que nós dois e tudo o que o amor fez com a gente. Nós somos a prova de que nem o ódio, nem a tristeza, nem a obstinação ou qualquer outra coisa é capaz de transformar verdadeiramente. Eu sou fruto do seu amor e você é do meu. Ponto.

Depois de nos abraçarmos e trocarmos um beijo emocionado, saímos correndo de volta para casa procurando abrigo, e é nesse pequeno instante, com meus dedos entrelaçados nos dela, que eu descubro o que é ser feliz. Olho para o seu rosto coberto de gotas de chuva e percebo que a felicidade é tudo aquilo cujo fim você não quer ver.

FIM